滴水藏海——小故事中的大智慧全集

Dishui canghai

Xiao Gushi Zhong De Da Zhihui Quanji

吉林出版集团有限责任公司

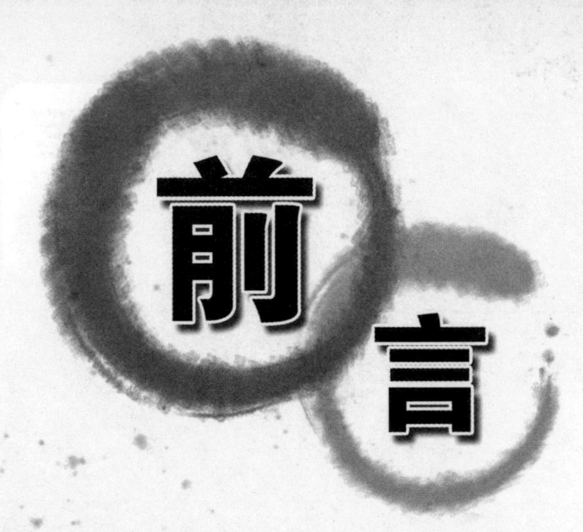

前言

一篇美文犹如一杯清茶，沁人心脾；一则故事犹如一面旗帜，指引方向；一本好书犹如一缕阳光，照进天堂。在您人生的路上，希望这些优秀的书籍能成为您的辅助力量，伴您成长，伴您进取，伴您翱翔！

品味优美浪漫的散文，阅读经典名著文章，体会人生哲理智慧，叩问真善美的心灵。我们所追求的正是让您在人生的航行中不断适应风雨的洗涤，不断学会独立成长，不断获取鼓舞的力量。为此，我们精心编选了本套励志丛书，愿与您分享。

本套“知书达礼·励志馆”系列丛书包括：《世界最美的散文》《中国最美的散文》《卡耐基励志经典全集》《鲁迅经典小说全集》《鲁迅经典散文全集》《鲁迅经典杂文全集》《滴水藏海——小故事中的大智慧全集》《走进不抱怨的世界》《这样做女孩最命好》《这样做男孩最成功》《有一种心态叫阳光》《学会读懂人心的智慧》《学会品味生活的哲理》《泰戈尔经典诗歌全集》《世界名著全知道》《每天读个好故事》《细节决定成败全集》《好习惯 好性格 好人生》《好思维 好方法 好未来》《做人做事全知道》共二十本。涉及中外名家经典散文、小说和诗歌，励志成长的哲理，做人做事的智慧等内容，以丰富的知识，多样的形式，博洽的内容，优美的文辞带您踏上一段心灵阅读的旅程。

本套丛书为您全面展示了中国文学大师鲁迅的杂文、散文和小说，让您可以充分领略大师的文学风采；品鉴中外经典散文，可以让您启迪心智、陶冶性情；还为您精心编选了印度诗人泰戈尔的诗集，带您徜徉于诗的海洋；了解中外名著简介，可以为您的经典阅读提供方向；甄选了大量励志、成功故事，可以坚定您的梦想、激励您前行；而阅读哲理、智慧故事则可以帮助您树立信念、塑造个性……我们所努力的一切，只是希望您能从这些书中寻找到人生的真意，获得追求成功的勇气和力量！

当您重新扬起生活的风帆，昂首前行时，相信您的内心已经萦绕着自信自强的阳光，今后任何的风雨险阻也不能阻挡前进脚步的铿锵，如果每个人都能坚定自己的航向，如此，寰宇之内也就会无限美好、惠风和畅！

目录 Contents

成功的公式

目录 Contents

态度决定人生

<<

许多东西我们无从选择，而我们能够选择的，是一份人生的态度，或者可以说，什么样的态度就决定了什么样的人生。

人生妙谛
Ren sheng miao di

最完美的萝卜，总是埋在土里的下一个；令人尊敬的粮食，却来自最平庸的那几棵；盛放在秋日的向日葵，无法等到最后的收获。这片美丽的田野，带给我们许多人生的思索。

在田园里的细品人生

●感 动

秋天的田野，黄色成了主色调，有六七株萝卜，仍是绿油油的。每一株萝卜，都是一个中心，翠绿肥硕的叶子，从这个中心向四周铺散开来，遮住了黑色的土地。透过这些叶片的缝隙，可以看到半露出土壤、浑圆可爱的红萝卜。

一个七八岁的小姑娘，提着柳条编织的小篮，在这片萝卜田边驻足，她告诉我，她要拔一个最大的萝卜带回家。我注视着，孩子用白嫩的小手用力拔出一个萝卜，出乎意料的是，女孩儿并没有停手，她好像并不满意，丢在地上，再去拔第二个。我的眼睛跟随着她，第二个萝卜被拔出来，又被扔在地上……这样的动作重复着，直到她拔光了所有的萝卜。

最终，女孩儿拿着最初拔下的那个萝卜离开了。

萝卜并无太大差别，但在人的意念中，拔下来的萝卜，永远没有长在地里的萝卜完美。

……

微风吹过，高粱随风舞动，沉甸甸的红色穗子，跳跃于枯黄的波峰与波谷中，簌簌响动，传递着成熟的讯息。

我坐在田间与农民分享丰收的喜悦，一个农民说，一株高粱的穗子，能出近半斤粮食，而一片田里，总有十几株最优秀的高粱，它们每株能打出一斤多粮食。但是他告诉我，几十年的种田经验表明，那些最好的高粱，往往没等归仓就会夭折。它们长得太高太出众，颗粒太饱满，穗子太沉重，风雨吹来，它们就会首当其冲，折倒在泥土里，刚刚倒下，机警的田鼠立刻就会盯上它们，只需一夜，这些高粱就会全部被吃光。而另一些即使侥幸没有倒下，也会由于太红、太出众，被眼尖的鸟雀们盯上，将它们肆意啄食。

平庸的高粱，成为了令人尊敬的粮食，优秀的高粱，却等不到秋日的阳光。高粱的不同遭遇，同样也困扰着我们。

……

向日葵成熟了，空气中弥散着成熟的气息。

极目远望，几乎所有的向日葵都弯下腰，低着头，在秋风的抚摸中摇曳。但仍有几株向日葵，让人赏心悦目。它们的茎笔直修长，表皮翠绿可人，花朵金黄炫目，这与它们周围干枯的同类形成了鲜明的对比。几个农民正在收割向日葵，我发现，他们并没有被这些美丽的个体吸引，相反，他们把赞美的笑容，都送给了那些枯黄朴素的向日葵。当农民带走了收获，热闹喧嚣的田里就只剩下那几株开花的向日葵了。它们看上去很美，也很失落。

不同态度注定了不同的结局，向日葵的不同结局，向我们昭示着生存的态度。

人生妙谛
Ren sheng miao di

机会是一位坏脾气的客人，当他敲门时，你没有及时开门，那么以后他就不会再光临了，错过了就再也无法遇到。因此，我们要抓住转瞬即逝的机会，不要让人生留下遗憾。

把握机会

●安丽

一天早晨，我到一个很远的地方去办事，需要坐公交车。于是，我从家里出来，直奔公交车站。就在我要到车站的时候，车却缓缓地开走了。

我知道，如果我跑步追那辆车，是能够赶上的。但是，我犹豫了，认为公交车不过是几分钟一趟，何必要紧赶慢赶非追上不可呢！于是，在犹豫中，我前行、追赶的脚步停下了。我等起了下一班车。

时间一分一秒地过去，几个“几分钟”过去了，车子仍不见影。天渐渐地阴了下来，最后下起了小雨。

等我踉踉跄跄赶到目的地时，天下起了瓢泼大雨，我被浇了个透儿。事情没办，因为我的样子很狼狈，已经没有精神去办事了。

在回家的路上，我拖着疲惫的身子在想，如果我当初用力赶上那班车，就不会有后来的不愉快发生，也许事情就会办得很顺利。想来，这一切也就只相差很短的时间。正所谓一步赶不上，步步赶不上。

坐车如此，生活又何尝不是如此！今天赶不上的只是一班车，明天失去的可能是一个很好的机会，因为机会只属于把握机会的人，而不属于等待机会的人。

其实，我们在生活中不能存在侥幸心理，不要认为机会随时都有，而要把每个机会都当成最后一班公交车，那样才能把握住机会，不让遗憾发生。

机遇是公平的，它眷顾每个热心追求它的人，只是人们漠视它的存在，导致机遇和我们擦肩而过。鉴于此，我们应该努力提升自己的能力，这样才能独具慧眼，紧抓机遇，享受它馈赠给我们的财富。

人生妙谛
Ren sheng miao di

发现财富的眼睛

胡桂英

吉田正夫是日本的一名小商人，有一年夏天，他到菲律宾度假。傍晚，他和夫人一起沿着海滩散步，见一群小孩子正在海滩的石头缝中寻找着什么，就走近前去观看，只见他们从那些石头隙缝中挖出了一些小虾。这些小虾很奇特，它们都是成双成对地紧紧抱在一起，即使把它们从石头缝中提出来，也无法将它们分开。再一细看，原来它们的身体已经紧紧连在了一起。这些虾怎么会长成这样呢？出于好奇，吉田正夫便向旁边的一位渔民请教。渔民告诉他，这些虾原本生活在热带海域，在它们还很小的时候就被海浪冲进了海滩上的石缝中，海潮退去之后，这些小虾被留了下来，就这样，它们在石缝中渐渐长大，以至于雌雄连体，就再也无法分开了。由于这种虾太小，食用价值低，所以渔民一般都不捉它，只有小孩子才会把它们捉来扔进堆满石头的虾缸里，养着玩。也有外地来的游客会带走一些作为纪念。临走时，那些挖虾的孩子高兴地把自己捉到的小虾送了些给吉田正夫。

吉田正夫回到住处，晚上，他对着灯光细看那些神奇的小虾，这些通体透明、温柔可爱的小东西成双成对地紧紧拥抱在一起，多像一对对坚贞不渝的情侣。这一闪而过的联想使吉田正夫的眼前为之一亮，他看到了其中蕴涵的巨大商机。回到日本之后，吉田正夫就筹办了一家结婚礼品店，专卖这种小虾。不过它们已经经过了巧妙的加工，精心的装饰和恰当的造型，并且有了一个美丽的名字叫“偕老同穴”。礼品盒上的说明是这种小虾从一而终、白头到老、至死不渝的经历。一时间，这种小对虾成为东京市场上最畅销的结婚礼品，吉田正夫也因此而声名大振，成为人人仰慕的商业巨子。

Ren sheng miao di 人生妙谛

礼物只是表现赠送者心意的一种物质形式，所以不要以它的贵贱来衡量赠送者的心。无论是价值连城的珠宝，抑或是不值一钱的鹅毛，只要真诚的心意在里面，就能体现出它真正的价值。

钻石的价值

●王悦

您也许听说过克伊诺钻石——世界上最令人瞩目的珠宝之一，这颗由英国王室收藏的大金刚钻是一位公爵幼年时送给维多利亚女王的礼物。多年以后再次见到维多利亚女王时，公爵已经成年，他请求再欣赏一下克伊诺钻石，女王同意了。

公爵手捧钻石，单膝跪在女王面前说："陛下，上次送您这件宝物时，我还是个天真的孩子，对金银珠宝一无所知，更不知道把东西送人的后果……"在场的官员都大吃一惊，心想：这位公爵向来真诚守信，难道在宝石面前，竟要抛弃君子之道，想反悔不成？会客厅里响起了一片窃窃私语声，只有女王面不改色，微笑着等公爵把话说完。

对众人的反应，公爵视若无睹。他继续对女王说："这颗钻石虽然价值连城，但作为礼物，当年它的价值却和一块好看的石头无异，因为那时送礼物的人并没有把它当做独一无二的宝物。今天，我已不再是懵懂小儿，完全了解克伊诺的价值，请准许我再次把它献给您。"说着，公爵把钻石举到女王面前，"不再作为儿童的玩物，而是作为一件稀世之宝。现在，我全心全意地把克伊诺送给您，只有这样才能配得上我对您的感激和尊重。"

礼物的价值，不在于东西的贵贱，而取决于它在赠送者眼里的价值。经济拮据的朋友请的一顿家常饭，比富翁的大餐更会令人念念不忘；患难之友的鼓励，比春风得意的旁观者的慷慨陈词更能温暖人的心灵。

如果你认为自己是小溪，你就只能在浅窄的河道上激起细小的浪花；如果你认为自己是大海，你就能在广袤的海岸边卷起滔天的巨浪。每个人的身上都蕴藏着无比丰富的宝藏，关键看你选择做小溪还是大海……

人生妙谛
Ren sheng miao di

没有人可以说你不行

●包利民

那是一个阳光明媚的午后，可是 27 岁的昆塔尼拉的心里却涌起一阵悲哀，因为她遇到了一生中最难忘的事情，尽管她已经有所预料。

那一天，她两个儿子的小学校长对她说："你的两个儿子反应很迟钝，我们只好把他们编入与他们能力相仿的阅读小组里去了。"她知道校长话中的含义，被编入阅读小组的学生通常就是被人们称为低能者或弱智的孩子。阳光仿佛在瞬间便失去了温度，儿时的记忆像一阵风从岁月深处吹来。

昆塔尼拉出生在墨西哥，13 岁的时候，父亲带她去学校，由于英语测验成绩很差，因此被编入一年级。在一年级上了四个月后，由于处处觉得低人一等，她被迫辍学了。她也是一直被列入反应迟钝之列，被周围的人"弱智、弱智"地叫着长大的。如今两个孩子也被列入低能者的行列，可她知道儿子们是聪明的，只是由于英语不好才受到影响。晚上，她想和他们谈谈，孩子们的话却让她再次震惊："妈，努力是没有用的，他们说这是遗传！"

那个晚上，昆塔尼拉彻夜未眠，她忽然明白，要想帮助孩子们，必须从她自己开始。于是，她开始自学英语，27 岁的她死啃教科书，硬背字典，可是进步却慢得使人灰心。看到孩子们嘲弄的

目光，她下了另一个决心，那就是重新去上学！

她去拜访了一位中学教育顾问，那人的答复让她绝望：“你的履历表明你反应迟钝、智力低下，我不能推荐你！”

她泪流满面地回到家。当她看到孩子们，心里又充满了希望，她对自己说，不要泄气！她又去找孩子们的校长，诉说了自己的想法。意想不到的是，校长建议她到德克萨斯南方学院去试试。她兴奋地跑去了那里，该学院的登记员被她强烈的求知欲所感动，便答应让她去上四门基础课，不过有个要求，考试不及格就要走人。

昆塔尼拉的求学生活开始了，她每天乘车去学校，中午赶回来为丈夫和公婆做午饭，接着赶回学校，然后再回家接孩子们放学。可是即使这样，她仍然努力地学习，事实证明她的接受能力很强。

第一学期，她受到院长的器重，在院长的鼓励下，她的成绩大幅度上升。随着学习的深入，她发现了一个激动人心的新世界，那就是知识和技术的世界。她忽然觉得自己应该有一个大学学位。于是一年后她进入了一所大学，那儿离家有 70 英里。她每周有两天坐车去上课，周一、周三、周五仍在德克萨斯南方学院上学。三年后，她取得了初级学院学位，还以优异的成绩取得了大学的理科学士学位。

孩子们终于发现了母亲的与众不同，因为一般的美籍墨裔的母亲都不上大学。他们开始钦佩母亲，在她的鼓励和感染下，孩子们各方面的能力都迅速提高，自信心也增强了，不但转到了正常的班级上课，成绩也名列前茅。

1971 年，昆塔尼拉被授予西班牙文学硕士学位。当豪斯登大学发起新的墨西哥美国文化研究运动时，她被任命为终身理事。她很快适应了行政管理方面的工作，新工作又促使她去攻读博士学位。1973 年和 1974 年是她最忙碌的时候，除了专职行政工作和攻读博士学位外，她还在大学任教。1977 年，她取得博士学位后，拥有了美国教育委员会一年的会员资格。她是有史以来第一个获取该委员会资格的拉丁美洲妇女。1981 年，她又被提升为豪斯登大学的教务长助理。

此时她的两个孩子已经先后上了大学，是学校里成绩最好的学生。又是一个阳光明媚的午后，他们的校长给她打电话，告诉她两个孩子再次夺得年级第一名的消息。她笑了。那个晚上，大儿子对她说：“妈，你是最好的，我们也是最好的！”她问：“真的吗？”

二儿子回答说：“当然，我们有今天的成绩，人们说这是遗传！妈妈，没有你的努力，就没有我们的今天！”郁结在昆塔尼拉心中多年的冰块终于融化了。

此后，昆塔尼拉又赢得了许多荣誉，可是在她的心底没有什么比对孩子的爱更宝贵的了，事实上她是为了孩子才会有今天的成果。

她当年的两个被认为反应迟钝的儿子，一个成了著名的医生，一个成了律师。他们现在这样对人说：“假如说我们有所作为，那是因为我们的母亲给了我们爱抚、自信和支持！”

爱像一个个精灵，在我们的一举一动中，活泼地播撒着温情与关怀。爱无处不在，爱不拘泥于形式，只要我们真心付出了，即使是微不足道的小事也能温暖人心，放射出无限光彩。

人生妙谛
Ren sheng miao di

爱的位置

●马国福

那是我上大学时的一件事。

那天下午，公共课老教授给我们讲了一个故事：有个国王有三个儿子，他很疼爱他们，但不知传位给谁。最后，他让三个儿子回答如何表达对父亲的爱。大儿子说："我要把父亲的功德制成帽子，让全国的百姓天天把您供在头上。"二儿子说："我要把父亲的功德制成鞋子，让普天下的百姓都知道是您在支撑着他们。"三儿子说："我只想把您当做一位平凡的父亲，永远放在我的心里。"最后国王把王位传给了三儿子。

教授讲完，问道："记得父母生日的同学请举手。"举手者寥寥无几。

"寒假给父母洗过脚的同学请举手。"这是他放假前布置的作业，没有做到的同学扣德育分。

一百多双手齐刷刷地举了起来，只有坐在最后的一位同学没举手。教授问是何故，该同学哑口无言。

"你是不是把我的话当耳边风了？"

"我很想给父母亲洗一回脚，可是……"

"可是什么？不要给自己找借口！"教授严厉地说。

"我的父母在一次车祸中失去了双腿，我只能给他们洗头……"

空气在那一刻凝固了，教室里静得能听到心跳声。

"记住，爱的位置不在嘴里，不在头上，也不在脚下，只在心中，在我们时刻关爱他人的细小行动中。"

人生妙谛
Ren sheng miao di

工作的过程中,不仅要勤奋、努力,而且要讲究效率。效率会让我们大步迈向成功,获得更大的发展。这就需要我们先整理好思路再去做具体的事情,这样才能事半功倍,有所收获。

那一刻决定成败

●沈湘 译

美国一家球星经纪公司有位女业务代表,她是有名的工作狂。她极具慧眼,凡是被她看好的篮球新人,日后几乎都能成名。有一段时间,她盯上了德国篮球新秀迪文·乔治。从此,只要有乔治出现的地方,她一定会出现。

她不仅要跟随乔治满世界飞来飞去,还要照顾他的日常生活。她要让乔治感觉到,她很关心他,这样才有可能成为乔治的经纪人。

有一次,就在她刚刚忙完了乔治的一场篮球训练赛,又得知巴黎有一场公开赛邀请了乔治。这时,本已极度疲劳的她还想跟过去为乔治捧场。主管担心她会因过度疲劳而耽误大事,建议让其他人代劳。结果她极力说服了主管让她去,因为她还从没失手过。终于,她准时赶到了巴黎,并顺利见到了乔治。

当天晚上,在一个为选手和记者们准备的宴会上,她像一位女主人一样照顾乔治,并为他介绍来自世界各地的来宾。当篮球名将约翰逊出现在他们面前时,她热情地准备为乔治作介绍,因为她跟约翰逊是老熟人,而约翰逊又是乔治的偶像。就在她很有礼貌地说:“这位就是美国篮球名将约翰逊,这位是……”她支吾了半天,居然将乔治的名字给忘记了!可想而知,那天的情况糟糕透了。

后来,乔治进了洛杉矶湖人队,果然成了篮球名将,可是却与她和她所在的公司没有任何联系。不要认为只要付出就一定会有回报,这是错误的。学会有效地工作,这是经营自己强项的重要课程。

智慧不是外在的财富，也不是可以掠夺的资源。它需要我们在生活中点滴地汲取，细致地观察，不懈地学习，这样才能使智慧的涓涓细流汇集成无尽的海洋，从而把人带到理想的彼岸、幸福的国度。

瓦罐中的智慧

●李群

安纳斯是生活在森林中的蜘蛛人，在加纳传说中，他既狡猾又贪婪。传说他把世界上所有的智慧都收归已有，盛进一个很大的瓦罐中随身携带。他得意地说："我拥有世上所有的智慧。"他用一根粗壮的葡萄藤拴住瓦罐，整天挂在脖子上吊在胸前。但是他仍旧担心有人会偷走他的智慧，"怎样才能让我的智慧安全呢？"他终于想出个办法，"我要把瓦罐藏在森林中最高的树顶。"他找到森林中最高的树。他往树上爬时，胸前的瓦罐总是很碍事，他的儿子问道："爸爸，你在干什么？"他说："世上所有的智慧都装在这个瓦罐里，我要把它藏到树上，这样我就永远是最聪明的人了。""可是爸爸，"儿子说，"为什么不把瓦罐背到背后呢，那样爬树不是更方便吗？"于是安纳斯把瓦罐背到背后，果然很快爬到了树顶。

但是安纳斯坐在树顶的树枝上，捧着瓦罐发起了呆："我以为我拥有世上所有的智慧，可是儿子的智慧却不在这罐里。"于是他下了一个结论，直到今天这句话还在流传："没有人能拥有世上所有的智慧。"

安纳斯把瓦罐扔到地上，瓦罐摔得粉碎，里面的智慧撒遍了全世界。

人生妙谛 Ren sheng miao di

生命中总有高潮和低谷，在生命的高潮，享受它；在生命的低谷，正视它。二者各有各的美丽，各有各的风景。如果因陷入生命的低谷而自怨自艾，就不会有机会走出黑暗，重见光明。

态度决定人生

●桑璇

1995届的学生毕业几年了，但是总让我想起班里的两个女孩——雯和娟，一样的灵秀可人，一样的聪明勤奋，每次考试班里前两名的位置总是被她俩占据。她们一个来自河南的农村，一个来自广西的深山，是两个特困生。她们穿着最朴素的衣服，吃着简单的饭菜，却对学业孜孜以求。

年轻人总是热情洋溢的，班里不断有同学给予她俩一些力所能及的帮助，帮她们找兼职，请她们到家里做客，甚至送一些吃的、穿的。作为老师，我也常常被这样的氛围所感动。

然而时间长了，觉得两个女孩的状况有些微妙的变化。开朗快乐的雯和同学们的关系越来越融洽，学校提供机会给学生勤工俭学，雯愉快地接受了扫楼的工作，课业之余，雯和大家一起搞社团、排话剧、逛街，到处都能见到她灿烂的笑容。而内向的娟越来越不苟言笑，总见她一个人孤零零地来，孤零零地去。娟在学校商务中心打工，一次赶论文，她帮我打字到凌晨，我真心地感谢她，却不想娟淡淡地说："不谢，这些活儿本就该我们这样的人干。"娟的语气让我愕然。

毕业后，我常常听到她们的消息，雯做过营销，当过记者，后来成功地应聘到一家著名的模特儿经纪公司做助理，雯打电话来报喜，我开玩笑地问："每天周围美女如云，她们收入高得离谱，你自己辛辛苦苦地挣薪水，心里没有不平衡？"电话那端的雯爽朗地说："各人有各人的人生啊！她们一天到晚地排练、赶演出、节食，哪有我这样轻松！模特儿吃青春饭，不知明天怎么样，压力蛮大呢！"

娟也若干次跳槽，但是境遇不太理想，听说她总是与同事处不好关系，抱怨周围的人们势利、欺生，感慨人情冷暖。她总把自己包裹得严严的防备着别人，让人不舒服。

我听说过一个真实的故事，有一个人因盗、抢、诈骗而被判终身监禁，入狱时一对双胞胎儿子才刚刚3岁。30年后他的大儿子也因作恶多端被判极刑，小儿子却凭着不懈的努力成了远近闻名的地产大王。记者闻讯分别采访了两个儿子，问他们为什么有了不同的人生，没想到两个人的答案竟然不谋而合："有这样一个父亲，我又能怎么样呢？"许多东西我们无从选择，而我们能够选择的，是一份人生的态度，或者可以说，什么样的态度就决定了什么样的人生。

单纯执著的爱的追求，昭示着老师对学生无尽的关怀。视名利如粪土，视学生为珍宝，这就是教师博爱无私的情怀，为学生插上想象的翅膀，送他们到知识的天空翱翔，是对爱最深厚的理解。

晨读

●葛翠林

在20世纪的30年代，我的故乡还把铁轮大车当做长途交通工具，我甚至没听说过汽车。一般的家庭里没有钟和表，只能白天看太阳，夜里听打更人敲梆子报时辰。小孩子对时间的概念是不知道几点钟而只知道几更天。鸡打鸣，天蒙蒙亮，就背着书包往学校里跑。深沉的夜空，星儿眨动着眼睛。我快走，星儿也紧跟着我快走；我停住脚，星儿也站住不动。星儿代替妈妈送我去上学，我感到很快活。寂静的大街上，只有我模糊的身影移动着，嚓，嚓……前边传来脚步声，小巷子里又跑出几个影子来，小伙伴们呼唤着、追赶着，奔跑到学校。我们把星星关在门外，就坐在教室里摇晃着身子背诵课文，这节课就是晨读。

那时的教科书课文很简单，第一课：天亮了；第二课：弟弟妹妹快起来……天天朗读，背得烂熟，淘气的同学坐不住了，老师就利用这时间给我们读课外书，读完一本又读一本。

这位老师长着一副瘦小的身材，清秀的脸有些苍白，一双温柔而又善良的眼睛，时时闪出甜美的微笑。她讲话的声音很轻，但却很清晰，仿佛琴弦发出的悦耳声音。她是外省人，住在校园里

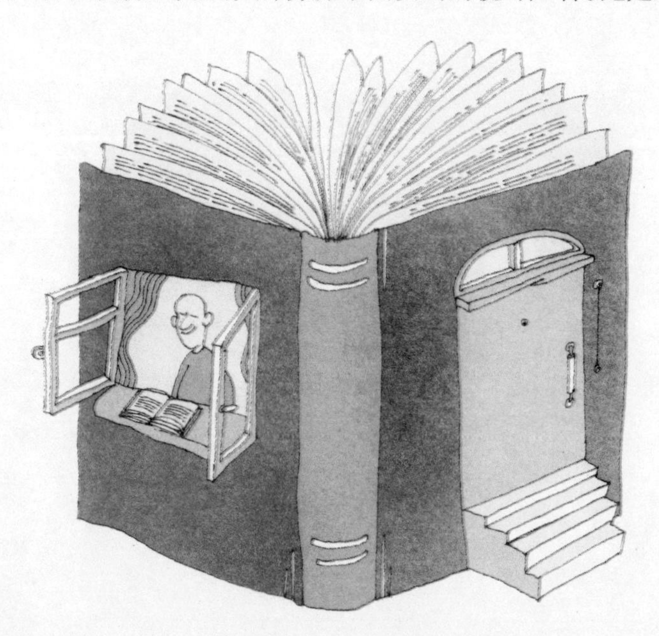

西北角的一间小屋里。清晨，谁第一个到校，就能看见她屋子里的小油灯映在窗纸上的亮光。她一听到教室里有动静，就立刻走出自己的小屋，陪着到校的学生坐在教室里。等同学们都到齐了，她就给我们读有趣的书。每天读一篇，读完了让我们背诵，我们很快就背熟了。老师给我们读《格林童话》《安徒生童话》和《叶圣陶童话》，我们都能背出来。老师还读过《万卡》《爱的教育》等。那些生动的文章，深深打动着我们的心。教室里静悄悄，只听见老师一字一句地读着，她的声音温柔而又深沉，当她读到最感人的段落时，就停下来沉默着。这时候，几十颗幼小的心灵，就和老师一起思索着，眼睛里含着泪水，回味着作品中的情景。我们的心便飞到很远很远的地方。通过阅读，我们认识了许多可爱的人，熟悉了许多有趣的事情，长了不少见识，了解了世界上的许多地方，欣赏着一幅又一幅悲哀而又感人的画面，在奇异的童话境界里漫游。我们被美好的情感滋润着，常常出神地忘记了自己，忘记了自己是生活在一个偏僻的小镇，忘记了学校是一座破旧的古庙。阴暗而又潮湿的教室仿佛变成了迷人的宫殿，智慧的星在我们心中闪光……

现在的教育更加倾向于能力的培养，素质的提高，过去的死记硬背，已不再适应当前时代的需要，因而应当让思维活跃起来，使人不拘泥于书本上的知识，获得独立发展的能力，这样才称得上是真正的教育。

你也能写一本书

●园达

教育系本科班的学生要毕业了。

离校前夕，教授给同学们讲了这样一个故事：

国外有一家出版公司要出版一本超级畅销书。为了让这本书一炮打响，他们请来策划专家出谋划策。专家出了这样一个主意：出一本书，书的名字就叫《你也能写一本书》。这本书除了封面、扉页之外，里面既不印字，也不印图，全是白纸。凡是购书者只要把自己想写的话写在上面，然后寄回公司，公司将会派专人认真审阅，并从中选出几部最佳作品出版。

此举一出，举国轰动。几十万册“书”很快销售一空，为公司赢得了丰厚的利润。

记者采访专家为什么会有这样出奇制胜的创意，专家微笑着说：“只有不把书当书卖才能卖得比书更好。”

“那你把这本书当什么卖呢？”

“我把它当本子卖。”

讲完故事，教授让大家各抒己见。绝大多数同学都赞叹商务专家超凡脱俗的想象力，他出奇制胜的怪招令人不得不叹为观止！

只有一个大学生说：“我觉得这是一则关于教育的寓言：教师只有放下僵化的书本，变成一个能够让学生充分发挥自己想象力和创造力的本子，让学生自己去写，而不是强行灌输，才能充分调动学生的积极性，才能担负起教书育人的神圣使命！”教授颔首微笑。这一课，从此成为大家大学时代最难忘的一堂课。

人生妙谛 Ren sheng miao di

“活一天就要活出一天的精彩”，尽管路蒙佳失去了健康，失去了自由，但她用顽强的意志和坚韧不拔的精神与困难斗争，历经痛苦的磨炼，正是这些坎坷激励她笑看人生，破茧成蝶。

活一天，活出一天的精彩

●舒一笑

刚刚迈出人生第一步不久，厄运就降临到路蒙佳的头上——她被诊断为神经元性肌无力。随着病情逐渐恶化，路蒙佳读初二时就只能借助拐杖走路，到最后只能坐在轮椅上。

虽然身体不好，一举一动都很不方便，但她暗下决心要比健康人做得更好，她要用事实证明自己的能力。终于，她取得了一系列骄人的成绩：1992年她以全校第一的成绩考入远近闻名的北京二中；1998年以617分的成绩考入中国人民大学财政金融学院；2002年获免试攻读硕士研究生资格；2004年以总分第一的成绩考取博士……

身体上的缺憾注定她即使取得一个微小的成绩也要比常人付出更多的汗水。大学里课时比较长，课间休息次数有限，这无疑给身陷轮椅的她带来了很多不便。为了减少上卫生间给同学们带来的麻烦，她一年四季都限制饮水量，午饭不喝汤、不喝粥；为了坚持上完每一节课，她绑上带钢板的特制护腰来支撑她那不堪重负的腰部。无论烈日当头、大雨倾盆、大雪纷飞，她都会按时出现在教室里。8年来，即使是在同学们眼里觉得可上可不上的选修课，进课堂最不方便的路蒙佳却没有缺过一堂课。

人们都来呵护这个要强的女孩，人世间的真爱像阳光洒满她的心底。于是十几年来她一直不忘用力所能及的方式回馈社会。从中学起，她就坚持通过希望工程，帮助身处四川省偏僻乡村的贫困女生冯英。冯英在她的鼓励下刻苦学习，终于考上大学，走出了贫瘠的大山。现在冯英已经大学毕业，成为了一名教书育人的老师。每逢春节，有些同学由于种种原因回不了家，她就把这些同学接到家里一起过一个温暖的新年；每次有同学们义务献血后，她总叫爸妈端来熬得浓浓的鸡汤给同学们滋补身体。

为了便于博士班同学们的交流，路蒙佳为班集体建立了一个拥有顶级域名的班级主页，并一直担任繁杂的网站管理工作，这个网站慢慢地成为同学们学习和交流的重要园地。路蒙佳还是一个密切关注人类生存环境的环保志愿者。早在六年前，她就加入了中国第一个环保组织——NGO自然之友，此后她开始积极投入环保工作，协助创办防治沙漠化网站、整理保护藏羚羊系列讲座资料、整理为保护藏羚羊英勇献身的英雄索南达杰的录音资料……

对于路蒙佳来说，大学为自强不息的她提供了一个研究与实践的平台。她对学术有一种超乎常人的发自内心的热爱，攻读硕士期间她大量阅读中外参考资料，参与各种科研活动，不断培养自己的科研能力。厚重的书本她无力长时间翻阅，她便把书按章节拆开，减轻重量以便阅读。

经年累月的博览群书和刻苦钻研，使她打下了坚实的专业基础，具有了宽广的知识面。

厚积而薄发，当路蒙佳付出比常人多出不知多少倍的努力和艰辛后，她开始收获了！四年来她在权威刊物发表了多篇论文，并参加国家“211 工程”金融政策与金融管理子课题《银行经济学》课题组，成为这套研究生教材的主要编写者之一。

小时候，路蒙佳喜欢弹钢琴，在飘扬的音符里幻想自己有一天能在舞台上演奏，但是严重的病情限制了她这个爱好，因为她的手指几乎没有任何力度，再也按不动那诱人的黑白键。她现在闲暇时间喜欢跟朋友聊天、制作网页、管理网站。她曾经自信地说：“生活的苦难算不了什么，我活一天就要精彩一天；我想我应该保留对生活微笑的权利，这是我享受青春的方式。”

2006 年年末，路蒙佳光荣当选“2006 年全国大学生年度人物”。而 2007 年路蒙佳就博士毕业了，她对自己的未来充满信心。她说：“社会给我的关爱太多了，我一定要尽自己最大的能力来回馈善良的人们！”

人生妙谛
Ren sheng miao di

温室里的花朵早早凋谢，寒梅经霜却傲然绽放，在逆境与困难面前，人们会变得坚强和勇敢。人只有经过磨砺，才能成长、成熟。

“替鸡破壳”的启示

●张秀梅

母鸡孵小鸡整整21天了。“妈妈，快来看！”一大早就蹲在鸡房前看孵小鸡的9岁的儿子兴奋地喊。原来，已经有10多只毛茸茸的小鸡仔抖动着小翅膀从蛋壳里爬了出来。望着还未破壳的一只鸡蛋，急躁的儿子忙帮小鸡戳破蛋壳，小鸡果然轻松地爬了出来，但它在地上蹒跚了没几步，就一头扎地而死。儿子哭了。我恍然大悟，原来，只有小鸡自己从蛋壳里挣扎出来身体才能健壮，小鸡在蛋壳里挣扎是在锻炼和完善自己。正是儿子替小鸡破壳的好心之举，害死了这只小鸡！

望着正擦拭眼泪的儿子，我的心不禁猛然一震：当前，不少父母非常疼爱孩子，可以说已经到了捧在手里怕掉了，含在嘴里怕化了的地步。包括我在内，儿子都9岁了，还是我给他穿衣服、系鞋带、叠被子……我的这些做法不正是与“替鸡破壳”如出一辙吗？现在的孩子任性、自私、依赖性强，这样的孩子将来走上社会，必然缺乏独立生活的能力，有的甚至经不起挫折和磨难。而对此，父母负有极大的责任，正是我们那些“替鸡破壳”式的过分溺爱、庇护和包揽，扼杀了孩子创造的天性，窒息了孩子探索的精神，夺去了孩子锻炼的机会。

不经风雨，难见彩虹。为了孩子的健康成长，我们每一个做父母的都应当坚决摒弃那种“替鸡破壳”式的“好心”之举，让孩子在探索未知世界的过程中经受风雨的洗礼和人世间艰苦的锻炼，自己“破壳”而出。

生命的土地需要辛勤的耕耘，经过冬的酝酿，春的播种，夏的耕作，才会在秋天捧出金灿灿的谷穗，奉献出满园飘香的瓜果。现在就开始为自己的将来播撒种子吧，有所准备的人生才会更加精彩。

人生妙谛
Ren sheng miao di

准备月亮，就变出月亮

●潘炫

那一年，我在一家小报当记者。在我凭着发表的一摞作品而扬扬自得的时候，那家报社进行机构改革，和我一同编辑副刊的一位同事被留用，而我则被辞退了。

我愤愤不平，刚进这家报社时，那位同事发表的作品只是凤毛麟角，根本无法与我相提并论。

一天，我与另一位同事，也是我无话不谈的好朋友去喝酒，我向他倒了一肚子苦水后，他竟意味深长地对我说："其实这并非偶然……"

他欲言又止，在我的再三追问下，他断断续续地说："有一个作家曾说过，上帝的面前有一架天平，他把我们每个人放进天平的一个盘里，另一个盘里则放入与那个生命等重的收获。

"你的生命重于泰山，你就收获泰山；你的生命轻若鸿毛，你就收获鸿毛。在报社任职期间，你只是沾沾自喜，固步自封。而他，今天读一本书，使他的生命加重了100克，明天，他又深入采访，连夜赶稿，又使他的生命加重了200克。他为的是将来上帝把他放入天平时，他交出的是一份最重的生命，收获的是一份最有价值的人生。"

我默不做声，朋友接着说："还记得那次一家马戏团来我市表演时我们一起去采访的那位魔术师吗？"

是的，我当然记得。

当时，我和朋友一块儿去采访，我问那个魔术师："你的成功是不是因为你有一双比别人更灵活更敏捷的手？"

那个魔术师笑了笑，摊开手说："我的手，永远空空如也。"

我当然悟不透他的言外之意。他便说："那好，你现在想要什么？"我随口说："一串珍珠。"他说："我现在变不出珍珠来，不过给我三分钟，我就能满足你的愿望。"

我点点头，他在他的百宝箱里翻腾了一会儿，胸有成竹地回到我面前开始了他的表演。是的，只是一瞬间，他原本空无一物的手上，恍然间就变出一串晶莹剔透的珍珠项链。

我夸他神奇，他却憨然一笑，"神奇？如果你让我变一个月亮捧在手心，那才叫神奇呢。"见我

皱着眉头，他又说：“因为我的百宝箱里没有月亮。”

那次采访很短暂，如今想起却回味无穷。

是啊，他的百宝箱里没有一轮月亮，他的手就不再变幻莫测了。如此说来，魔术的施展，必定离不开准备。准备珍珠，就变出珍珠；准备月亮，就变出月亮。

那么人生呢？人生是不是也需要准备——准备种子，就收获果实；准备痛苦，就收获幸福；准备努力，就收获成功；准备今天，就收获明天。

在许多人眼中,生活细节并没有得到重视,实际上,这些被忽视的细节才恰恰体现了一个人的品位、修养与习惯,正所谓细节决定成败。"小处不可随便",说的也是个道理。

人生妙谛
Ren sheng miao di

生活细节

●许云倩

夸张地说,细节有时候可以决定命运。这是我那天在电视里听宋丹丹谈婚姻爱情时想到的。宋丹丹说,她的一个女友在一次旅途中对一位男士特别有好感,可是仅仅因为那男士偶尔露出了一个带土气的字,什么美好的感觉都破坏殆尽了。

还在大学时,我的一位女同学也曾发表过同上述观点相似的说法。她说,假如有个男同胞在她面前打个嗝,那么哪怕他再优秀,也绝无同他发展下去的可能。这话多少有点孩子气,也近乎苛刻了,但有时候,这样的细枝末节还真能左右人的选择。

记得很久以前我父亲的一个学生经人介绍认识了一位容貌平平的姑娘,第一次见面后他决定继续保持联系的一条重要的理由就是:当他们在看电影的时候,那个女孩吃完了手中的冷饮后,把包装纸缠在木棒上始终拿在手里,直到走出影院才投进垃圾箱。她做得非常自然,不像是故意装出来的。仅此一个细节,她体现出了自身的教养;仅此一个细节,他们终于喜结连理。另一个女友在决定终身大事时,也强调细节,有一次那位先生在离开宾馆的房间时,将房间里的灯一个一个关掉,那一瞬间,她决定:就是他了!

对于细节的敏感不仅仅体现在婚姻恋爱的选择上,在日常生活中,对于一个人的评价等等,也时常要受到一些细节的影响。记得一个蛮有名气的女作家曾表示,她无法忍受异性肩膀上的头皮屑。我呢,比较注意的是走玻璃弹簧门。很多人进门后便潇洒地一放手,根本不顾跟进的人被门撞到。每次走到门前,只要前面有人,我都基本做好被撞的准备,缓步或用手去挡。有时候,我还离门好远,一个不相识的人在那里为我挡着门,直到我接过那扇门,我会非常感动,很唯心地想,这样的人,一生大致不会做什么坏事。

人生妙谛 Ren sheng miao di

每个人心中都有一盏照亮心灵的灯，这盏灯用善做燃料，用爱做灯芯。点燃这盏灯，会给自己和他人带来温暖，带来真诚，给你自己也会带来意想不到的快乐。

向善的灯

●罗 西

这个故事发生在巴西。

暴风雨之夜，在某个偏僻的山村里，有位女士即将分娩，可她的丈夫却在监狱里，她身边只有一个5岁的小男孩。情急之下，这位女士报了警。但由于暴雨已经造成洪灾和泥石流，救护车和救灾人员已经全部出动了。留守的警员只好打电话到地方服务社团团长家里请求协助。

那位团长马上答应，并亲自驾车到那位女士家把她送到医院，使其顺利生产，母子平安。这时，团长才想起孕妇家里还有一个儿子，必须立即去把他接走，便用手机给社团里最不热心但也是最后一个没有出动的团员打了电话，希望他能去救助那位受困的小男孩。

那位“落后分子”很不情愿地从被窝里钻出来，懒洋洋地驾车到了小男孩的家。他一路上还一边诅咒着鬼天气，一边吹着口哨。费了一番周折后，他终于找到了小男孩的家，把小男孩抱上了车。

那男孩上了车后，就一直盯着“落后分子”看，突然他开口了：“先生，你是不是上帝？”这位老兄被突如其来的问话给“震”住了，有些丈二和尚摸不着头脑，莫非小孩受了惊吓，精神出了问题？他吐掉嘴里的口香糖，有点结巴地问：“小弟弟，为什么说我是上帝？”

小男孩说：“我妈妈要出门时，告诉我要勇敢地待在家里。她说，这个时候只有上帝能够救我们。”这位先生听了这话，脸一下子红到了脚后跟，他惭愧地腾出一只手摸了摸孩子的头，慈爱地说：“我不是上帝，我是你的朋友！”他万万没有想到有一天自己也可以成为别人眼里的“上帝”，他突然觉得是那孩子天真的眼神点燃了自己内心的那盏灯——向善的灯。

人生的路并不一定总是“步步高升”，也并不一定总能达到预期的目标。但一步一个脚印地走下去，即使有时会倒退，也终会走向终点。就像在起跑时你会将一只脚向后退去，为的正是跑得更快啊！

Ren sheng miao di 人生妙谛

松鼠的智慧

●[英]詹姆斯·休伊特

我刚从事写作时还年轻，收入很不稳定。我与一位心爱的姑娘订婚4年了，但一直不敢跟她结婚。生活充满了艰辛与不测，我甚至不知道来年能否养活自己。我也渴望到巴黎、罗马、维也纳和伦敦去追寻自己的写作梦想，但是，离开自己熟悉的环境，到5 000公里以外的地方工作，如果对生活与前途没有十分的把握，这样行事会是一个明智的选择吗？对此，我犹豫不定。

那些日子，我常去住所附近的一个静谧的公园，在那里独自思考生活中碰到的一些问题。有一天，我不经意间抬头看见树上的一只松鼠，它停在一根树枝上，似乎准备跃到对面的另一根树枝上，但两根树枝间的距离太大，它这么跳过去无异于自杀。出人意料的是，它双腿一蹦跳了出去，虽然没能够得上那根树枝，但还是安然无恙地落在了另外一根较低、较近的树枝上。随后，它双腿又一蹦，跃上了它原来想去的那根树枝。坐在公园椅子上的一位老人向我介绍说：“很有趣。它们这样跳来跳去，我都看过几百次了。特别是树下有狗出现的时候，它们就跳得更勤。许多松鼠不能一次跳到较远的树枝上，但它们也不会因此受伤。”然后老人又意味深长地说，“我觉得，如果这些松鼠不想一辈子待在一棵树上的话，那就得冒冒险，勇敢地跳出去。这是小松鼠的智慧。”

我忽然若有所悟。两周后，我跟女友结了婚，然后卖掉所有家当，坐船横渡大西洋———我们来到了一个陌生的地方，我们不知道自己能否安然地落在“另一根树枝”上。我开始加倍努力地写作，妻子也找到了一份工作。在熬过头一年的艰难时期之后，我们的日子过得越来越宽裕，我的写作也变得得心应手，我意识到自己当初的选择没有错。

从那以后，每当生活中面临新的机遇，需要我有所取舍的时候，我就会想起那些在树枝之间跳跃的松鼠，记起那位老人说过的话：“如果这些松鼠不想一辈子待在一棵树上的话，那就得冒冒险，勇敢地跳出去。”

人生妙谛
Ren sheng miao di

在恶劣的生存环境下，能够坚持不懈地寻求生存的条件，通过自身的努力克服困难，小虫静静地诠释着执著与感动，相对于小虫，我们有着聪慧的头脑、充实的心灵，而我们是否应向小虫学习“生命的立起”呢？

生命的立起

●潘晓琴

生命需要空气、阳光和水分。沙漠里有阳光，也有空气，但没有水。然而，沙漠里却有生命，这是自然的奇迹，也是生命的奇迹。

一只很小的虫子，能在没有水分的茫茫大漠一代代生存繁衍，我纳闷，它们靠什么活着？看了电视上的一个自然类节目，让我再一次惦记起这些小生命，并对它们生出几分崇敬来。

清晨，小虫们早早起床，打开房门，一只接一只地从沙丘底部的家爬上来，在沙丘顶上列队，一大排地立起身子，把它们光滑的背甲对着同一个方向。在太阳还没有升起的时候，会有一阵清风从这个方向吹来，拂过沙丘的表面，最后，爬上小虫的身体。风缓缓地吹来，小虫长时间一动不动，在它们的背甲上悄悄地凝起了水珠，这是晨风带来的仅有的一点湿润，水珠越聚越大，它们相互融合，终于，成了一颗水滴，水滴从小虫的背上流下来，流过它的脖子、脑袋、鼻子，最后，流到它的嘴边，成了这只小小的甲壳虫一天赖以维系生命的甘露。

这是一个自然的故事，也是一次“有组织有预谋”的求水活动，它发生在一种极其渺小、极其卑微的小生命的身上。它们每天都重复着这样的劳作，靠这一滴小水滴一次次地将自己的生命垫起，再垫起！我不太喜欢用其他生命的故事来幻化人类的行为，也不善于用一种简单的自然现象来启迪人类的精神，但这次不同，我已经不自觉地把小虫的故事看做是一个童话，把“它们”定义为“他们”和“她们”。像在月下讲给孩子们听的童话，有如《三只小猪》和《小马过河》，这一切似乎与人无关，是在人类生存之外，另一种灵魂在播种。它不会有呼啸的声音，也不会有清新的气息，它就只是一群虫子和一滴水的故事。但在孩子们眼里，小猪和小马就是我们的邻居，小虫也是。

自然面前，感动是多余的，所谓坚忍不拔，所谓顽强自信，小虫都不知。但人有知，所以就有了一句——大地有大美而不言。人世间可以忽略的东西太多了，可以发现的东西太多了，因而，突然的发现就会让人兴奋、感动和自省，一切都不再多余。小虫就仅仅为了一滴水，一滴要活命的水，静静地在沙丘上立起，人呢？

母性，会让一个女人变得无比可爱。母爱，会让一个世界变得无比温馨。其实，只要人人都献出一点爱，世界将淡去黑暗与寒冷，只在每个人的心里留下灿烂的春光。

人生妙谛
Ren sheng miao di

明亮的世界

●张玉庭

在火车上，我们的对面坐着一对年轻的盲人夫妻，但他们的孩子却是大眼睛，长睫毛，小嘴巴，就像个漂亮的布娃娃。自然，当我和妻子夸奖这可爱的孩子时，那对盲人便报以感激的微笑。

我们很快成了熟人，而且，当孩子安然入睡后，他们还告诉我们一个秘密——这孩子是他们捡的。

“那天天特别冷，”那女的说，“我和他下班回来，在路上捡到了这个孩子，真可怜，嗓子都哭哑了。”

“她就赶紧把孩子抱了回来，紧紧搂着她睡了一夜。”那男的说。

“孩子睡着了，我摸了摸孩子的脸，觉得她特别漂亮，也特别可怜，就决定当她的妈妈……”那女的说。

“我听她的，我没意见，不管怎么说，这可怜的女孩儿总得有一个温暖的窝儿……”那男的补充。

啊！这可真是个凄美的故事！听着听着，我的妻子居然掉下了眼泪。

更奇怪的是，对面的盲人夫妻特别敏感，居然猜到我的妻子哭了，还真诚地劝了一句：“您放心！这孩子有我们照顾，肯定能长大……”

我们深深地点头，坚信这是一个庄严而神圣的许诺，而且的确看到了他们脸上那沉稳肃穆的表情。

突然，泪痕未干的妻子小心翼翼地问了他们一句：“我，可以给这孩子打件毛衣吗？”

“可我该怎么谢您呢？”那年轻的妈妈说。

“甭谢，就当是送给孩子的礼物。”妻子一边说，一边用手指量了量孩子的身长，然后拿出毛线，开始飞针走线地忙碌起来。

就这样，妻子一夜没睡，用她给女儿买的毛线，为这可爱的不幸的陌生的孩子忙碌着，忙碌着……忙了整整一夜。

当曙光悄悄染红了早晨，妻子的眼已经彻底地熬红了，但那件漂亮的小毛衣，也已严严实实

地穿在那个可爱的小女孩儿的身上了。

妻子笑了，我一辈子也忘不了那明媚的笑容，我敢断定，那种温暖的笑，只能属于妈妈，属于母爱。那位盲人夫妻也特别感激，那盲女人还一把握住了我妻子的手，深陷的眼窝里汩汩地流出了两行热泪。

妻子掏出手绢儿为她擦泪，可自己也哭了。

就这样，我们与这对盲人夫妇告别了。

也就在这天夜里，妻子突然从睡梦中惊醒，还那么急切地说了一句：“糟了！忘记问他们的地址了！”我问：“怎么？还不放心？”妻子回答：“嗯，我怕那孩子冻着。你瞧，天降温了。”

我点了点头，的确，这一夜风很大。

而且我明白了一个道理，原来，圣洁的妈妈们，是把孩子紧紧地搂在自己的心里的：那里有阳光，有一个永远永远明亮的世界。

人应该认识到自己的价值，不应该妄自菲薄，甚至烦恼迷茫。生活是公平的，它给予每个人最优秀的特点。因此我们要发现自己，努力奋斗，用一个闪光点，点燃辉煌的人生。

人生妙谛 Ren sheng miao di

登上诺贝尔奖坛的小学教员

●鲁先圣

1945年的诺贝尔文学奖，颁发给了米斯特拉尔，一位出生于智利北部农村贫困家庭的乡村小学女教师。

瑞典皇家学院的颁奖词这样说："她由强烈感情孕育而成的抒情诗，使她的名字成为拉丁美洲渴求理想的象征。"她成为拉丁美洲获得诺贝尔奖的第一人。

她的获奖，震惊了整个拉丁美洲世界，也让当时刚刚从"二战"的硝烟中抬起头来的世界文坛侧目。人们惊诧的不是她作为拉丁美洲第一位获奖者，也不是她是为数不多的获奖女性，而是她几乎没有接受过任何正规教育的经历和她小学教员的资历。

当时，来自全世界的无数媒体记者蜂拥到了她的家乡，她服务的那所小学。人们想弄明白，一个没有什么教育背景的小学教师，一个单身女人，一个地地道道的丑小鸭，是怎么变成的白天鹅？

米斯特拉尔1889年出生于智利首都圣地亚哥市北部的一个小镇。她的父亲是一位小学教师，有着他生活的那个小村子里少见的醒目才华：能歌擅唱会写诗。这个颇具诗人气质的男子身上，洋溢着一股不羁的浪漫色彩。在他组织的合唱队里有个单身母亲，带着她十多岁的私生女。他不顾人们讶异的目光，娶了这个比他大出好多的女子。这个女子，后来成为米斯特拉尔的生身母亲。父亲酷爱自由和旅行，经常外出，在她3岁时，父亲弃家出走，不知去向，家庭由此陷入极端的困顿。

在这个缺少了父亲的家庭里，母亲没有能力供她去学校读书。为了生计，母亲给富人家帮佣，小小年纪的米斯特拉尔也帮着母亲去洗衣服做饭。给孩子苦涩童年以温煦滋养的，是祖母、母亲和同母异父的姐姐。祖母是位虔诚的教徒，是村子里唯一拥有《圣经》的人，她教孩子阅读这本"书中之书"。母亲带来的那位姐姐是一位乡村教师，她教米斯特拉尔识字。没有钱买新课本，姐姐就找来过去的旧课本让她用。

虽然没有进过学校一天，但是经过这样七八年的刻苦自学，她掌握的知识和写作技能，与同龄的孩子相比毫不逊色。爱好诗歌的姐姐教给她用诗歌表达情感，她也逐渐培养起对诗歌的爱好，每当借到一本好诗，就会废寝忘食地抄录下来，反复咀嚼欣赏，直到能够背诵。

在14岁的时候，米斯特拉尔开始写诗歌，并大胆地向当地的报刊投稿。她的文笔虽然幼稚，但是她天真烂漫的情怀感动了编辑，有几首诗在当地报刊发表了。一个小女孩发表了诗歌，这在偏远的智利北部乡村产生了很大的影响。尽管她还不到15岁，镇上的小学就决定聘请她担任小学的语文教员。

在17岁的那一年，情窦初开的女孩爱上了一个青年铁路工人。她这样写道："小路上，遇见了他。水面依然如故，玫瑰未开新花，可我的心却又惊又怕。"女孩甚至直截了当："它在田垅间自由来往，它在清风中展翅飞翔，它在阳光里欢腾跳跃，它与松林紧贴着胸膛。"女孩的羞怯常常使她不能对情人吐露爱的字眼，所以，爱又往往成了痛苦："我本是一个涨满的池塘，可对你却像干涸的泉眼一样。一切都由于我痛苦的沉默，它的残暴胜过死亡！"但是，这个铁路工人却喜欢上了别的姑娘。写诗的女孩用民间形式的《谣曲》记下了这种情境："他爱上了别的姑娘，那里洋溢着花香。唱着歌儿过去，只让刺儿为我开放……"最终，大悲剧降临了。由于至今不能清楚的原因，这个不忠诚又贫困不得志的铁路工人竟举枪自杀了，这给女孩心灵留下了永难愈合的创痛。

1914年，智利文艺家协会主办诗歌比赛。此时，距那位年轻铁路工人自杀已经有5个年头。但是，爱情和死亡的巨大能量，一直在女孩胸中蕴聚。她提起笔，三首《死的十四行诗》奔泻而出："人们把你搁进阴冷的壁龛，我把你挪到阳光和煦的地面。人们不知道我也要在那里安息，我们将共枕同眠梦在一起。像母亲对熟睡的孩子一样深情，我把你安放在日光照耀的地上，土地接纳你这个苦孩子的躯体，会变得摇篮那般温存。我要撒下泥土和玫瑰花瓣，月亮的薄雾缥缈碧蓝，将把轻灵的骸骨禁锢。带着美妙的报复心情，我歌唱着离去，因为谁也不会下到这样隐蔽的角落，同我争夺你的骸骨！"三首诗全没有死的阴郁寂灭，只有爱情战胜死亡，超越死亡的坚定执著。米斯特拉尔立即为所有评委接受，它获得了这次诗歌竞赛的头奖。米斯特拉尔的名字迅即传遍了整个拉丁美洲。

1922年，米斯特拉尔应邀到墨西哥参加该国教育工作。也就在这一年，美国纽约的西班牙学院为她推出了第一部诗集——《绝望》。《绝望》的出版，为诗人赢得了巨大的名声。诗歌成功地宣泄了诗人内心的郁结，使她将视野扩大，将心域拓展，她的爱又复活了。

由于"她那富有强烈感情的抒情诗，使她的名字成为整个拉丁美洲的理想的象征"，米斯特拉尔荣获了1945年的诺贝尔文学奖。在拉丁美洲，她是第一个获得此项殊荣的诗人。米斯特拉尔从一个没有进过校门的孩子，靠自学当上了小学教员，最终登上了人类世界文学艺术的顶峰。

“会当凌绝顶”方能“一览众山小”。人生亦如此，眼光必须与自我的能力相符合，才不会因华而不实而黯然伤神，才不会因生活处境的困窘而自惭形秽，所以，只有提升自己的能力，才能站得更高、看得更远。

给你的脚下多垫些砖头

●崔修建

大学刚毕业那会儿，我被分配到一个僻远的林区小镇，做了一名不起眼的老师，工资低得可怜。其实我有着不少优势，教学基本功不错，还擅长写作。于是，我一边抱怨命运不公，一边羡慕那些拥有一份体面的工作、拿一份优厚薪水的同窗。这样一来，不仅对工作没了热情，很多事情都是草草应付，而且连写作也没了兴趣。我经常发牢骚，整天琢磨着“跳槽”的事儿，幻想能有机会换一个好的工作环境，也能够拿到一份优厚的报酬。

就这样，两年的时光匆匆过去了，我的本职工作干得一塌糊涂，写作上也没什么收获。这期间我试着联系了几个自己喜欢的单位，但最终却没有一个接纳我。

就在我抱怨命运不公之时，一件微不足道的小事改变了我一直想改变的命运。

那天学校开运动会，这在文化活动极其贫乏的小镇，无疑是件大事，前来观看的人特别多，小小的操场四周人山人海，围出一道密不透风的环形人墙。

我来晚了，站在厚厚的人墙后面，努力踮起脚也看不到里面热闹的情景。这时，身旁一个很矮的小男孩的举动，吸引了我的视线。只见他一趟趟地从不远处搬来砖头，在人墙后面耐心地垒着一个台子，一层又一层，足有半米高，我不知道他垒这个台子花费了多长时间，不知道他因此错过了多少精彩的比赛，但他登上那个自己垒起的台子时，冲我粲然一笑，那成功的喜悦和自豪，是那样的清楚。

刹那间，我的心被震了一下——多么简单的事情啊：要想越过密密的人墙看到精彩的比赛，矮个的小男孩就要往高处站。如果想不依靠别人，一个看似辛苦却很实用的办法，就是给自己脚下多垫些砖头。

我很自然地联想到在果园里常见到的一种情景——人们经常要站在凳子或梯子上，才能摘到高处的果实。

进而我联想到自己师大毕业以来，总是想改变自己的处境，总是在望着高处，徒然地踮着脚尖，却忘了“增高”的最好方式，便是给自己的脚下垫些实实在在的“砖头”。

哦，我明白了：要摘取远处的玫瑰并没有错，但不能踏坏眼前的菊花。那更大的机遇，需要珍视眼前的一个个小小的机会。

从此以后，我满怀激情地投入到工作中，踏踏实实，一步一个脚印。很快，我便成了远近闻名的教学能手，编辑的各类教材接连出版，各种令人炫目的荣誉纷纷落到我的头上。业余时间，我笔耕不辍，各类文学作品频繁地见诸报刊，成了多家报刊的特约撰搞人。

每当有人赞叹我事业有成时，我总要结合自己的经历，由衷地告诉他们：其实每个眼界高的人都一样，只要不辞辛苦，默默地在自己的脚下多垫些“砖头”，就一定能够看到自己渴望看到的远方，就一定能摘到挂在高处的那些诱人的果实。

生活的幸福与否，并不在于物质条件是否优越。在恶劣的环境下仍能保持良好的心态，在心中埋下“坚强”的种子，期待它生根、发芽。就像故事中的主人公，凭着自己的坚毅，将凄惨的境遇侍弄成了生命的春天。

人生妙谛
Ren sheng miao di

侍弄生命

●马德

有这样一户人家，在那个特殊的年代里，被迫从城里流落到乡下。朋友送他们走的时候都落了泪。从小在城里长大的夫妻俩，手无缚鸡之力，除了满脑子的学问，几乎什么农活都不会做。更要命的是，他们的一对儿女还不到5岁呀。一家人该怎么活啊，望着他们远去的背影，朋友们都很担心，而他们的脸上却非常平静，根本看不出痛苦和绝望。

若干年过去了，城里的朋友决定去遥远的乡下看看这一家人。在朋友们看来，这家人一定活得很凄惨。于是他们凑了一些钱，到商店里买了所有能够买到的东西，大大小小装了许多包，开始朝一个叫圪塄营的村庄出发。

汽车在坑坑洼洼的土路上颠簸了很长一段时间，才到了圪塄营，这是一个荒凉的小村庄，没有几户人家。轻轻地走到屋里，朋友们都惊呆了，只见他们一家人围坐在一张破旧的八仙桌旁，桌上，是新沏好的茶水，一缕淡淡的清香飘散在空气中。丈夫、妻子、儿子、女儿，每人手里捧着一本书，在这样一个初夏的午后，正静静地埋头读着。

朋友们都知道，原先在城里的时候，男人就有这样一个习惯：每天午后，跟妻子一道沏一壶好茶，然后在茶香的氤氲中，品茗读书。没想到这么多年过去了，在这么荒凉的乡下，他们竟然还保持着这样一个高雅的习惯，几年的艰苦生活，竟没有压垮他们。

据说，这一家人在小村庄里一直这样精神昂扬地生活了近20年。落实政策后，男人又回到了城里，成了一所著名大学的教授，而他们一双在贫穷中长大的儿女，大学毕业后，一个留学于德国，一个留学于意大利。

一个人出生的一刹那，坚强、勇敢、忍耐……人生这些优秀的品质就像一粒粒种子，一同降落在了生命深处。那些屈服于命运的人，就是在自我的精神世界里放弃了这些种子的人。而生活中的胜利者，常常是侍弄这些种子的高手。譬如，故事中的那个男人，在生活艰难中，依然饶有情致地组织全家午后品茗读书，这是他对一粒叫做“坚强”的种子最高雅的侍弄。

所以说，只有不屈服的人才不会败给命运。

人生妙谛 Ren sheng miao di

大自然的神奇正在于它的变化莫测，在不同的时间和角度，其呈现在我们眼前的样子也不尽相同。因此，我们应该坚信自己的眼睛所看到的，既不随波逐流，也不因别人的否定而改变自己的观点。

画杨桃

●维祖

念小学四年级的时候，我得了一场大病，在家休养半年。父亲为了慰我寂寥，教我读唐诗、下围棋，还教我学画画。他是岭南画派祖师爷高剑父、高奇峰的弟子。岭南画派是吸收西洋画技法的，因此我学画自然要从素描入手，画鸡蛋、茶杯、水壶、香蕉……父亲对我要求很严，要我认真忠实于素描对象，一丝不苟。从轮廓到光线的明暗，都要尽量准确。“你看见那是怎样的，就得把它画成怎样，不要想当然，画歪了它的模样。”他老是这样叮嘱我。

休养完了，回校复课，升上了五年级。有一次上图画课，老师把带来的两个杨桃平摆在讲台上，要我们对着写生。

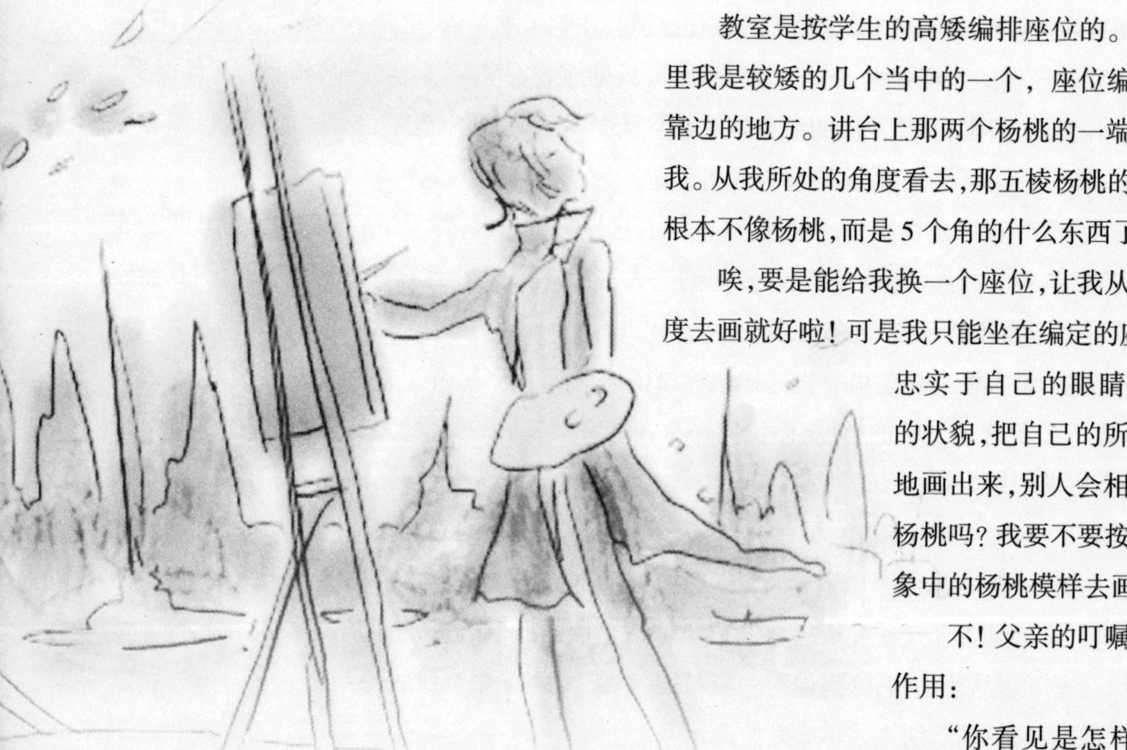

教室是按学生的高矮编排座位的。在全班里我是较矮的几个当中的一个，座位编在前排靠边的地方。讲台上那两个杨桃的一端正对着我。从我所处的角度看去，那五棱杨桃的轮廓就根本不像杨桃，而是5个角的什么东西了。

唉，要是能给我换一个座位，让我从别的角度去画就好啦！可是我只能坐在编定的座位上。忠实于自己的眼睛和物体的状貌，把自己的所见如实地画出来，别人会相信那是杨桃吗？我要不要按自己想象中的杨桃模样去画呢？

不！父亲的叮嘱还在起作用：

“你看见是怎样的，就把它画成怎样的，不要画歪了它的模样。"

到头来,我还是老老实实地照画了。画得很忠实,很认真,而且还相当准确。当我把自己的这幅习作交出去的时候,有几个同学看了,都哈哈大笑:

"瞧,他画出个什么来了?"

"嘻嘻,杨桃是这个样子的?"

"倒不如说是五角星吧!"

"哈哈,画杨桃画成了五角星……"

老师把我的习作要过去看了看,又走到我的座位坐下来,审视了一下讲台上的杨桃,然后走到课室中央,高举起我的习作向同学们发问:

"这幅写生,大家说画得像不像?"

"不像!"同学们齐声回答。

"它像什么?"老师又问。

"像五角星!"几个同学应道,同时发出了嘻嘻哈哈的笑声。

老师的神情变得有点儿严肃,半晌,再问道:"画杨桃画成'五角星',好笑么?"

同学们摸不透老师发问的意思,大都不敢回答,唯有刚才笑得最响的那几个不知好歹,齐声答道:

"好笑!"

老师于是下令:"说'好笑'的同学,请离开座位,站到前面来!"

刚才还嘻嘻哈哈的几个同学不知道将要发生什么事,面面相觑,迟迟疑疑地站起来走到讲台前一字排开。

这时,老师走到我身旁,要我让开座位,然后对那几个同学说:

"来,你们排好队,走过来,轮流坐到这位置上。"

他们只好听从命令。

"好啦,现在你看看那杨桃,像你平时想象中的杨桃那个模样吗?"老师对头一个坐到我座位上的同学问道。

"不……像。"

"那么,像什么呢?"

"像……五、五角星。"

"好,你站起来。下一个……"

老师让这几个同学回到自己的座位之后,随即和颜悦色地对全班同学说:

"说起杨桃,大家都会想到杨桃的形状:接近椭圆,肩部肥大,底部略为尖削,有五棱。但是从不同的角度看去,杨桃就不一定是人们心目中的杨桃那个模样了,有时候,它看起来就真的像五角星。因此,当我们看见别人把杨桃画成五角星的时候不要忙着发笑,要看看人家是处在哪个位置,从什么角度对着那杨桃的。我们应该忠实于自己的眼睛。当你从自己所处的角度看去,杨桃不像杨桃而只像五角星,你也应该大胆地把它画成'五角星',不要唯恐别人说它不像杨桃,而故意把它画成将会取得别人认可的那个样子……"

老师的教诲使我一生受用。这道理自然不仅在于画画。

人生妙谛
Ren sheng miao di

用突破常规的角度去看待问题，不要让约定俗成的习惯束缚了我们的思维，只有懂得避免错误的人才能把损失降到最低。所以，请让思维突破茧壳，在空中自由飞翔吧！

莫让思维起茧

●陈霞

柯特大饭店是美国加州圣地亚哥市的一家老牌大饭店，由于原先配套设计的电梯过于狭小老旧，因此已无法适应越来越多的客流，这也将阻碍饭店的发展。

于是，饭店的老板准备扩建一个新式的电梯，便花重金请来了全国一流的建筑师和工程师，请他们一起探讨如何扩建电梯的问题。

建筑师和工程师的经验都很丰富，他们讨论了半天，最后达成了一致结论：为了安装新电梯，饭店必须停业半年，这样才能在每个楼层里打洞，并在地下室里安装最新式的马达。

“除了关闭饭店半年以外就没有别的办法了吗？”老板的眉头皱得很紧，“要知道，那样会损失难以数计的营业额……”

“必须得这样，这是最好的方案。”建筑师和工程师坚持这么说。

就在这时候，饭店里的清洁工刚好经过这里，听到了他们的话，他马上直起腰，停止了工作。

他望了望忧心忡忡、神色犹豫的老板和那两位一脸自信的专家，突然开口说：“如果换了我，你们知道我会怎么来装这个电梯吗？”

工程师瞟了他一眼，不屑地说：“你能怎么做呢？”

“我会直接在屋子外面装上电梯。”

工程师和建筑师听了，说不出话来。

很快，这家饭店就在外面安装了一部新电梯。在建筑史上，这也是第一个把电梯安装在楼外的建筑。

人们在思考问题时，因为经验的积累，会形成一种思维定式，这种思维定式有时的确能够帮助人们在直觉下做最快最好的反应，但这种定式同时也变成了一种思考上的障碍。

如果人们能经常突破常规、突破思维定式来思考问题，成功就一定会降临。

重要的是莫让思维起茧。

生活未曾有过一帆风顺的幸运，前进的道路上总有许多阴云和风雨。当我们在为跌倒而懊悔时，当我们在为失败而痛心时，别忘了，拍掉尘土，带着微笑上路，前方定会阳光明媚。

人生妙谛 Ren sheng miao di

带着微笑上路

●崔鹤同

1998年7月22日，桑兰代表中国参加在纽约市长岛举办的美国友好运动会上，不幸因体操练习中意外失手造成脊髓严重挫伤继而瘫痪。但是这个阳光女孩用她的努力和坚强，以“桑兰式微笑”征服了无数世人。她继国际著名影星成龙之后，成为了2008年申奥形象大使，也是2008年北京奥运会火炬手。由她发起，经中华国际医学交流基金会研究同意，设立了中华国际医学交流基金会——桑兰专项基金。她不仅加盟了星空卫视，成为《桑兰2008》节目的主持人，而且在众多媒体上开设了自己的体育评述专栏。

是的，十年来，桑兰带着灿烂的微笑，一路前行。她灿烂的微笑和微笑着的人生，感动了世界。听说一个女孩急急忙忙地准备出门参加一个重要聚会，母亲检查了女儿的行装，确实无可挑剔之后，又幽默地叮嘱了一句：“别忘了带着微笑上路！”

带着微笑上路！说得多好！

人的一生就是一个行走的过程。人生之路，既有通都大邑，也有羊肠小道，既有鸟语花香，阳光灿烂，也有冰天雪地，阴云密布。无论什么时候，遇到什么情景，无论是顺境还是逆境，都要心存坦然，乐观面对，带着微笑上路，勇往直前。

带着微笑上路是一种豁达。人生在世，既会成功、富有、幸福和欢愉，也会失败、贫穷、受难和痛苦，而且十之八九不尽如人意。因此，要善待得与失，得之淡然，失之坦然。失去了今天，还有明天；太阳落下山，月亮会升起来。留得青山在，不怕没柴烧。在困顿与窘境中带着微笑，是一种超然和大度，犹如雄鹰在狂风中搏击，苍松在冰雪中傲立。

带着微笑上路是一种智慧。外国有句谚语：别为打翻的牛奶而哭泣！宋朝诗人杨万里有诗云：“风力掀天浪打头，只须一笑不须愁。”事已至此，怨天尤人，悲观失望，只会使人丧失斗志，萎靡不振，畏缩不前。只有乐观面对，才能振奋精神，鼓舞士气，增强战胜困难的决心，从而迎来新的机遇。

带着微笑上路是一种希望。在跌倒时微笑，意味着又一次站起；在冰雪中微笑，预示着春天的临近；在失败时微笑，坚定成功的信念；在病痛中微笑，增强战胜疾病的勇气。失去了滔天巨浪，就缺少大海的雄浑;隐息了飞沙走石,就没有沙漠的壮观。人生遇到挫折和磨难,更平添豪迈和壮丽。微笑着走过山重水复,便会迎来柳暗花明。

人生只有一次,活着就是奇迹。善待生命,善待自己。带着微笑上路,在每一个清早,向着天边一抹淡红的晨曦,在每一个春天,面对枝头凸起的苞蕾,在每一次迈出家门,眺望遥远的地平线……带着微笑上路,豪情满怀,精神抖擞,成功和幸福,就在前面守候!

“没有比脚更长的路，没有比人更高的山”是对信念的肯定，亦是对人生的顿悟。踏雪留痕，那痕迹是历经艰辛的见证，更是走出困境的希望。当你对前途迷茫甚至绝望时，不妨看看身后，奋斗的足迹会激励你不懈前行。

人生妙谛
Ren sheng miao di

路途的顶端

●朵朵

鹅毛大雪下得正紧，漫山遍野都覆盖了一层厚厚的雪。

有一位樵夫挑着两担柴吃力地往山上爬，他要翻过眼前的大山才能到家。樵夫一脚深一脚浅地走在山路上，寂静的山头只听见踩雪发出的吱吱的响声。

肩挑沉重的担子，头顶凛冽的北风，樵夫每一步都走得十分费力。好不容易爬了一段路，以为离山顶近了，可是他抬头仰望，前方仍看不到尽头。

樵夫沮丧极了，跪拜在雪地上，双手合十乞求佛祖现身帮忙。

佛祖现身问：“你有何困难？”

“我请求您帮我想个办法，让我尽快离开这鬼地方，我累得实在不行了。”樵夫疲惫地坐在地上。

“好吧，我教你一个办法。”说完，佛祖把手向农夫身后一指说：“你往身后瞧去，看见什么？”

“身后是一片茫茫白雪，只有我上山时留下的脚印。”樵夫不解地说。

“你是站在脚印的前方还是后方？”

“当然是站在脚印的前方，因为每一个脚印都是我踩下去后才留下的。”樵夫理所当然地回答。

“孺子可教！如此，即是说你永远站在自己走过路途的顶端。只是这个顶端会随着你脚步的移动而变化。你只需要记住一点，无论路途多么遥远、多么坎坷，你永远是走在自己路途的最顶端，至于其他的问题，你无须理会。”说完，佛祖便消失了。

樵夫照着佛祖的指示，果然轻松愉快地翻过山头回到家。

人生妙谛 Ren sheng miao di

哲人乔·比杜斯曾说过："人生并不在于你拿到多少好牌，而在于你如何打出你手中所有的牌。"打牌与人生，正如下棋与人生，或步步为营，或从容不迫，你亲自经营的过程，决定了你未来的结局。

打牌与人生

●[美]雷切尔·雷曼

我从小养成占卜的习惯，每逢大事都要算一下吉凶。好运意味着幸福、顺利、没有痛苦；噩运则完全相反。我曾沉迷于此，如今我却不再相信命运。正如我父亲，一个纸牌的狂热爱好者所言："关键不在于你摸到的牌，而是你的打法是否高明。"

我们家几乎每个人都曾被父亲"拉壮丁"打牌。他精通牌理，工于计算，并且身经百战。往往刚打出五六张牌，他就能根据已经打出的牌和他自己手中的牌，相当准确地说出你手里有什么牌，你需要什么牌才会赢，很少失误。他会攥住那些你需要的牌不出，直到摸到他自己需要的牌一举获胜。他经常同朋友们打牌，在家里弥漫的雪茄烟雾中，他几乎每局必赢。

母亲打牌全靠直觉，从不墨守成规。她随意地拆开顺子，把相配的牌打掉，刚刚抓到手里的牌转眼掷出，但是爸爸却常常打不过她。我记得每当她把她的三张J中的一张丢出的时候，父亲就怒吼起来，因为她理当保留这三张牌，等待摸到另外一张J时再出牌。父亲会咆哮道："格拉迪斯，你不能那样打。"母亲则带着淘气的笑容无辜地看着他，说："但是我打了，雷。"最终父亲拒绝跟她打牌，他告诉我："她的打法不讲道理。"

父母在餐桌上打牌的情形是我最美好的家庭回忆。它不但热闹有趣，也是我童年的最初一课。我学到游戏不必墨守成规，还有我意识到我们知道许多连自己都无法解释的东西。因此，遵从你内心深处的智慧，也许就是最好的生活方式。

一个没有梦想的人绝不可能拥有令他人羡慕、让自己满意的成绩。如果只有梦想而不为此付出努力,同样也无法成功。只有在一切艰难险阻面前不动摇、不退缩,梦想才会变成现实。

梦想的翅膀

●刘祖光

他今年26岁,很年轻,学法律出身,却对历史充满了兴趣。他是湖北人,5岁时跟爸爸到书店里逛,一本《上下五千年》吸引住了他,爸爸问他是不是喜欢历史,他茫然地回答:“什么是历史啊?”

那本书定价5元6角,而当时爸爸的月薪是30元,但爸爸还是给他买了。在随后的7年里,他把这本书看了11遍,熟稔中国的历代皇帝。由此发端,看历史书竟成了他的业余爱好,让当时痴迷电子游戏和香港录像片的同龄人惊奇不已。上中学的时候他就读了《二十四史》和《资治通鉴》,这些用文言写的史书连大学里历史系的学生都感到挠头,但他觉得,要想写出生动的文章,必须读那些枯燥的书。因为陈独秀和鲁迅这些名教授深厚的国学根底,就是与他们早年的私塾教育有关系。

但令人啼笑皆非的是,痴迷历史的他历史成绩并不好,原因很简单,他的看法和教科书上的不一样。而且他觉得,历史应该是有趣的,不是教科书式的简单的年代、人物、事件、意义的罗列,

更不是各种各样不平等条约的累积。因此，写出让人们喜欢阅读的真正的历史，是他的一个梦想，只不过，这个梦想在强大的高考面前，只能是梦想而已。

他是家中的独子，所以，为了父母殷切的目光，他痛苦地准备高考，最后，他考上了一所不知名的大学，他觉得在那所大学里，老师没有教会他什么。直到现在，他连那所学校的校名都不愿意提起。他的大学四年，完全是自学，他不谈女朋友，不去网吧玩通宵，自己一个人待在教室里看书，看自己喜欢的历史书。有时候到深夜了，他抬头一看，空荡荡的教室里只有他一个人，再看外面，寂静的校园里早已是人迹全无。

毕业后，他参加了公务员考试，并且顺利通过。他成了广州市的一名公务员，参加工作6年后，他仍然保持着大学时的习惯：不抽烟，不喝酒，不交际，下班后就回到家看书。终于，他有了把梦想付诸实施的念头——重写明史！

写史书历来是历史学家的事情，而他，一个小小的公务员居然有了这个念头。他不管别人怎么看，开始动手写自己心中的历史。

每天晚上，他要写4～6小时，为了保持清醒的头脑，他一天要洗几次凉水澡，洗得皮肤都过敏了。但他仍然坚持着，为了梦想而坚持！

很快，他发在天涯网上的帖子受到了追捧。他的帖子吸引了众多网友，并且拥护者和反对者发生了激烈对抗，导致三位版主离职。他转而在新浪和搜狐上开了博客，在没有任何宣传的情况下，他的博客点击率居然很快达到了300万。他那通俗易懂、生动有趣的文章，吸引了小到7岁的儿童、大到70岁的大学教授在内的众多“明矾”的追捧。

他就是《明朝那些事儿》的作者当年明月，这个到现在仍不愿意透露真实姓名的小公务员，依然淡泊名利，他去凤凰卫视录节目时，穿的是洗得领子都卷了的衬衫。普通的一个人，却因为对梦想的执著追求，成为中国最不普通的公务员。梦想给了他腾飞的翅膀，在庄子的《逍遥游》中，那个有着3 000里长翅膀的大鹏之所以能飞上9万里的高空，所借的是海上的飓风，而托起当年明月翅膀的风，则是他不甘于平凡生活，对理想执著追求的坚强意志。

每个人都有梦想，所缺的只是将梦想付诸实施的勇气和毅力。

生活是一面镜子,它只是忠于你自己的心态而已。面对扑面而来的急风骤雨,有人感慨于"无可奈何花落去"的悲怀愁绪;而有人则放眼"钟山风雨起苍黄"的豪情壮志,关键在于你的选择。

人生妙谛
Ren sheng miao di

态度

●明达 译

这是一位92岁高龄,身材娇小,但仪态自若略带几分矜持的女士,每天早晨都在8点钟前穿戴完毕,头发做成时髦的样式,面部的妆容也是十分精致完美,而她实际上已经双目失明。她今天要被送进一家养老院。她70岁的丈夫前不久去世了,她不得不住进养老院。

在养老院的大厅耐心等候了数小时,当被告知她的房间已准备就绪时,她的脸上露出了甜甜的笑容。她转动步行器进入电梯,护士对她那小小的房间进行了一番描述,包括挂在窗户上的镶有小圆孔的窗帘。"我真喜欢!"她说道,流露出的热情简直和一个8岁的孩子得到一个新的小狗一样。"琼斯夫人,您还没有看到房间……再等等。"

"这和看不看没有什么关系,"她回答,"快乐是你事先决定好的。我喜欢不喜欢我的房间并不取决于家具是怎样安排的,而在于我怎样安排我的想法。我已经决定喜欢它……"

"这是我每天早晨醒来后作的决定。我可以选择接受变化,并且在种种变化中寻找最佳;我还可以选择担忧那些可能永远不会发生的'假如'。我可以从床上起来,对我身体还有许多部位能工作心怀感激;我也可以整天躺在床上琢磨我身体哪些部分不灵了,给我带来这样或那样的困难。每一天都是一份礼物,只要我睁开眼睛,我就决定不去老想那些已经'发生在我身上'的事情,而是专注于我已使之发生的事情。"

"我有一条简单易行的快乐法则:

1.心中不存憎恨。

2.脑中不存担忧。

3.生活简单。

4.多点给予。

5.少点期盼。"

人生妙谛 Ren sheng miao di

生命长河川流不息，人在其中沉浮，感受着生命的价值。面对人生的风浪，“甘于沉下去，才可浮上来”，当我们的目标暂不能实现的时候，沉下气来，为目标积聚力量，也许，成功就会变得容易许多。

企鹅的沉潜

●姜胜

企鹅是种憨态可掬的小动物，可在水中游嬉，也能在陆地上行走。然而，南极大地的水陆交接处，全是滑溜溜的冰层或者尖锐的冰凌，它们身躯笨重，没有可以用来攀爬的前臂，也没有可以飞翔的翅膀，如何从水中上岸？

纪录片《深蓝》详尽地展示了企鹅登陆的过程。

在将要上岸时，企鹅猛地低头，从海面扎入海中，拼力沉潜。潜得越深，海水所产生的压力和浮力越大，企鹅一直潜到适当的深度，再摆动双足，迅猛向上，犹如离弦之箭蹿出水面，腾空而起，落于陆地之上，画出一道完美的U形线。

这种沉潜为了蓄势，积聚破水而出的力量，看似笨拙，却富有成效。

人生又何尝不是如此？当我们面前困难重重，出头之日遥不可及时，何不学学企鹅的沉潜？这种沉潜绝非沉沦，而是自强。如果我们在困境中也能沉下气来，不被“冰凌”吓倒；在喧嚣中也能沉下心来，不被浮华迷惑，专心致志积聚力量，并抓住恰当的机会反弹向上，毫无疑问，我们就能成功登陆！反之，总是随波浮沉，或者怨天尤人，注定就会被命运的风浪玩弄于股掌之间，直至精疲力竭。

甘于沉下去，才可浮上来，企鹅的沉潜原则也适用于人的生存。

成功就是不断超越自己 <<

如果你总是以他人的成绩来衡量自己，你终生也只不过是一个“追逐者”。奔驰的骏马尽管在开始的时候总是呼啸在前，但最终抵达目的地的，却往往是充满耐力和毅力的骆驼。

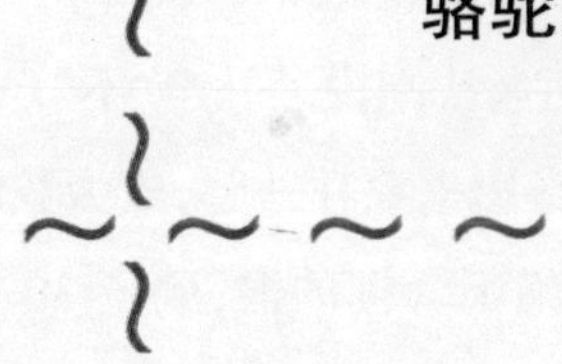

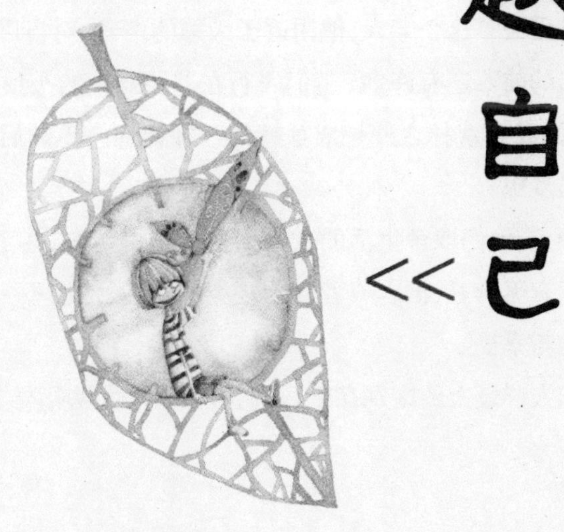

人生妙谛
Ren sheng miao di

社会有着约定俗成的法则与运行规律，融入其中的我们已慢慢地被束缚其中却浑然不觉，其实成功未必是最重要的。用心去生活的人可以不计较得失，变得从容而快乐，可以在平淡的日子里发现感动，体会生命中的纯真和美好。

用心脏生活

●范晓波

我一直反对用成熟或者幼稚之类的词汇来衡量一个人的进步程度，因为这是一种基于大众准则的理性判断，并不能涵盖一种更接近诗意的生存。

我20岁左右的时候，经常因为过于率真浪漫而在为人处世上发生误会，所以便用法国著名风景画家柯罗来抵挡别人对自己许多可笑举止的嘲笑。因为那么伟大的柯罗对社会常识知之甚少，以致父母从不放心他一个人单独出门，他五十多岁了，外出还必须向母亲请假。

柯罗的幼稚也许是因为他沉醉于对美的探索而忽略了对生活技能的演练，可以相信的是，他在画布上不会迷路，并因此比那些成熟的人领略到了更多的人生辉煌。

还有另一种不成熟的人，他们无法学会和适应流行的价值准则。他们是时代的水土不服者，或者说他们眼里根本就没有那些公共绿地的栅栏，孤独的身影骄傲地掠过人群的尖叫和愤怒。

曾读过一个故事：一个欧洲商人在太平洋的一座小岛上发现一个老者用手编的草帽很漂亮，每只售价20比索。商人想倒卖一些到欧洲去，便问老者："如果买1万顶可以便宜多少？"老者却答："每顶还要多加10比索，因为编1万顶相同的帽子会让我乏味而死。"

我真是爱极了这个老人，他用近于天籁的声音，对自以为是的商业法则说了一声"不"。

能列出的前辈还有许多。他们飞行在芸芸众生的头顶，相似的身影重叠在一起，成为我的精神教父，鼓励我在森林之外长成独特的一棵树——不计后果的爱，绝不含糊的恨，到了30岁还相信光荣与梦想。

有一种人，他们取舍生活的主要依据不是得与失，甚至不是世俗意义上的对与错，他们的人生指南里只有美与丑、泪水或者麻木之类的路标，他们不一定能取得所谓的成功，但胸腔里永远装满了感动与幸福。

他们和人群最大的区别在于：人们习惯于用大脑指导人生，而他们，更喜欢用心脏生活。

生命不是匆匆而过的征程，不是追逐利益的舞台，而是我们真心感悟人生的过程。牵着蜗牛散步，其实就是放慢我们前进的脚步，细心关注并学会欣赏人生，才有坚定我们对于希望的信念，发现生命中真正美丽的东西。

人生妙谛 Ren sheng miao di

偶尔可以牵着蜗牛散步

●章晴雨

有个人讲了一个笑话：上帝给我一个任务，叫我牵一只蜗牛去散步。我不能走得太快，蜗牛已经尽力爬，每次总是挪那么一点点。我催他，我唬他，我责备他，蜗牛用抱歉的眼光看着我，仿佛说："人家已经尽了全力！"我拉他，我扯他，我甚至想踢他，蜗牛受了伤，他流着汗喘着气往前爬。真奇怪，为什么上帝叫我牵一只蜗牛散步？"上帝啊！为什么？"天上一片安静。好吧！松手吧！反正上帝不管了，我还管什么？任蜗牛往前爬，我在后面生闷气。咦？我闻到花香，原来这边有个花园。我感到微风吹来，原来夜里的风这样温柔。慢着！我听到鸟声，我听到虫鸣，我看到满天明亮的星斗。咦？以前怎么没有这些体会？我忽然醒悟，莫非是我弄错了！原来上帝是叫蜗牛牵我去散步。

你找到你的蜗牛了吗？偶尔出去散散步吧！

停的时候，是为了欣赏人生，在欧洲阿尔卑斯山中，一条风景很美的大道上挂着一条标语，写着："慢慢走，请注意欣赏！"

有个好莱坞的歌手，曾经说了一些很让人感慨的话。他说："当我年轻的时候，急急往山顶上爬，就像参加赛跑的马，戴着眼罩拼命往前跑，除了终点的白线之外，什么都看不见。我的祖母看见我这样忙，很担心地说：'孩子，别走得太快，否则，你会错过路上的好风景！'

"我根本不听她的话，心想：一个人，既然知道要怎么走，为什么还要停下来浪费时间呢？

"我继续往前跑，一年年过去了，我有了地位，也有了名誉和财富，还有一个我深爱的家庭。可是，我并不像别人那样快乐，我不明白我做错了什么。"

这位歌王继续说："有一次，一个歌舞团在城外表演，我是主角，表演完了，观众的掌声久久不停。这一次表演很成功，我们都很高兴。可是这时候有人递给我一份电报，是我妻子发来的，因为我们的第四个孩子出生了。突然，我觉得很难过，每一个孩子的出生，我都不在家，我的妻子独自承担着养育孩子的辛苦。

"我从来没看过孩子们走第一步的样子，他们天真的哭、笑，我都没听过，只有从母亲那里，得到间接的描述。

“我想起祖母对我说的话——的确，我和我的朋友也疏远了，我好久没去摸书本，或者看看花园里的树木。我曾经答应和妻子一起去度假，却总因为忙碌而取消。”

有一位哲学家说：“单凭思想而不劳动，当然不能生活，但一生像机器一样不停地转，那更加没有意义。”

我们不必把每天的时间安排得紧紧的，总要留下一点空间来欣赏一下四周的好风景，做一做自己的主人，这才是重要的事。

我们想走的时候就走，想停的时候就停，随心所欲地去发现乐趣和值得珍惜的东西。

既然有机会来到这个多彩多姿的世界，就应该像一个旅行家，不仅要跋山涉水，走完我们的旅程，更要懂得欣赏、流连。

走的时候，是为了另一个境界；停的时候，是为了欣赏人生。

人生最大的悲哀莫过于:暮年时,才发现年轻时的梦想有好多还没实现……但你已追悔莫及,真是时不我待呀!所以,我们还是趁年轻,多努力,多吃苦,不要给人生留下遗憾。

人生妙谛 Ren sheng miao di

80 层楼

●郑悦

有一对兄弟,他们的家住在 80 层楼上。有一天,他们出去爬山,回家的时候,却发现大楼停电了!虽然他们背着一大包行李,但看来没什么别的选择,哥哥便对弟弟说:"我们爬楼梯上去吧!"

爬到 20 楼的时候,哥哥说:"包太重了!这样吧,我们把它放在这里,等来电了再坐电梯下来拿。"于是他们就把包放在 20 楼,继续往上爬。卸下沉重的包袱,轻松多了。

但好景不长,到了 40 楼,两人还是感到累了。想到只爬了一半,两人便开始互相抱怨,指责对方不注意停电公告,才会落得如此下场。他们边吵边爬,一路到了 60 楼,累得连吵架的力气都没有了,哥哥对弟弟说:"不要吵了,爬完吧!"终于,80 楼到了!到了家门口,哥俩才发现他们把钥匙留在 20 楼的包里了……

有人说,这个故事其实在反映我们的人生。

20 岁之前,我们活在家人、老师的期望之下,背负着很多的压力、包袱,自己也不够成熟,能力有限,因此步履难免不稳。

20 岁之后,摆脱了压力,卸下包袱,开始全力追求自己的梦想,就这样过了愉快的 20 年。

可到了 40 岁,发现青春已逝,不免有许多的遗憾,于是开始遗憾这个,惋惜那个;抱怨这个,痛恨那个……就这样在抱怨和遗憾中度过了 20 年。

到了 60 岁,发现人生已所剩无几,于是告诉自己,不要再抱怨了,珍惜剩下的日子吧!于是默默地走完自己的余年。到了生命的尽头,才想起自己好像有什么事还没完成……

原来,我们的梦还留在 20 岁,还没有来得及完成……

人生妙谛
Ren sheng miao di

世事无常，人若冷眼看世界，必将陷入绝望的深渊，唯有以热情乐观的态度，才能发挥出潜在的能量，才能充满自信地去搏击人生中的风浪，从而立于不败之地。

发烫的熔炉不易破

●贾莉娜 黄敏 译

钢厂的工头带着一名新职员参观工厂。他们来到一个车间，在那里，熔化的金属被倒进巨大的熔炉中。熔炉由半透明的材料制成，遇高温就变得红彤彤的，像火一样。工头抡起一把大锤，双手紧握，使劲儿敲打一只空的但非常烫的熔炉。尽管他使出全身力气，一次一次地敲打，也无济于事，只在那口巨大的容器上面留下了几个小小的凹痕。

然后，工头拿起一把很小的榔头，走到一只已经完全冷却的熔炉前面。他只是轻轻地抬了一下手腕，就把那只冷却了的熔炉打破了。他解释道："当熔炉发烫的时候，无论用多大力气都敲不破；可当它冷却下来，一击就破。"

最后，工头像一位哲学家似的说："当一个人热情高涨时，是很难被击垮的；而一旦他松懈下来，一点小事都能把他击倒。"

超越梦想的人会成为成功者，超越自我的人会成为强者。人时刻都在进步，只是我们无法衡量。因此，不要为能力不佳而颓唐怅惘，努力奋斗，我们终将取得胜利。

人生妙谛 Ren sheng miao di

成功就是不断超越自己

●综 合

曾在一本弗洛伊德的书上读到过这样一则故事：

约翰和汤姆是相邻两家的孩子，他俩从小就在一起玩耍。约翰是一个聪明的孩子，学什么都是一点就通，他知道自己的优势，自然也颇为骄傲。汤姆的脑子没有约翰灵光，尽管他很用功，但成绩却难以进入前10名。与约翰相比，他心里时常流露出一种自卑。然而，他的母亲却总是鼓励他："如果你总是以他人的成绩来衡量自己，你终生也只不过是一个'追逐者'。奔驰的骏马尽管在开始的时候总是呼啸在前，但最终抵达目的地的，却往往是充满耐心和毅力的骆驼。"

约翰自诩是个聪明人，但一生业绩平平，没能成就任何一件大事。而自觉很笨的汤姆却从各个方面充实自己，一点点地超越着自我，最终成就了非凡的业绩。约翰愤愤不平，以致郁郁而终。他的灵魂飞到了天堂后，质问上帝："我的聪明才智远远超过汤姆，我应该比他更伟大才是，可为什么你却让他成了人间的卓越者呢？"上帝笑了笑说："可怜的约翰啊，你至死都没能弄明白：我把每个人送到世上，在他生命的'褡裢'里都放了同样的东西，只不过我把你的聪明放到了'褡裢'的前面，你因为看到或是触摸到自己的聪明而沾沾自喜，以至于误了自己的一生！而汤姆的聪明却放在了'褡裢'的后面，他因为看不到自己的聪明，总是在仰头看着前方，所以，他一生都在不自觉地迈步向前！"

有些人的沮丧来自于"比较心"。我比别人出身差，我比别人长相差，我比别人运气差，我比……这样子比下去可能比不完。明知"比"的心态不好，但我们仍然要比一比。如果是这样，我们不妨先把镜头朝向自己，想一想从小到大的自己，以及那些不如你的人，再想想自己此时的心情，你将深切体会到一个失败者的心情。

不要对别人路上的风光左顾右盼，这样只会增添自己的烦恼，扰乱自己前进的步伐，回首之际，你会发现你错过了途中向你微笑的花朵。

英国作家约翰·克莱斯可以说是全世界数一数二的多产作家，一共出过564部小说，如果以一年出10本来算，他花了五六十年的时间在写小说。出了那么多书，你可能会以为他是百战百胜的作家，那你就错了，他曾经被退稿达753次。

人生妙谛
Ren sheng miao di

天才，不是与生俱来的，而是汗水与爱心打造出的强者。贝利的成功正是他付出了辛勤的汗水，懂得爱的价值，才能怀着感恩的心回馈别人的爱，才能义无反顾地努力向前，从而取得世人瞩目的成绩。

天才的造就

●刘燕敏

在里约热内卢的一个贫民窟里，有一个男孩子，他非常喜欢足球，可是又买不起，于是就踢塑料盒，踢汽水瓶，踢从垃圾箱里捡来的椰子壳。他在巷口踢，在他能找到的任何一片空地上踢。

有一天，当他在一处干涸的水塘里猛踢一只猪膀胱时，被一位足球教练看见了，他发现这个男孩踢得很像那么一回事，就主动提出要送给他一个足球。小男孩得到足球后踢得更起劲了。不久，他就能准确地把球踢进远处随意摆放的一只水桶里。

圣诞节到了，男孩的妈妈说："我们没有钱买圣诞礼物送给我们的恩人，就让我们为我们的恩人祈祷吧。"

小男孩跟随妈妈祷告完毕，向妈妈要了一把铲子便跑出去，他来到一座别墅前的花园里，开始挖坑。

就在他快要挖好坑的时候，从别墅里走出一个人来，问他在干什么，小男孩抬起满是汗珠的脸蛋，说："教练，圣诞节到了，我没有礼物送给您，我愿给您的圣诞树挖一个树坑。"

教练把小男孩从树坑里拉上来，说："我今天得到了世界上最好的礼物。明天你就到我的训练场去吧。"

三年后，这位17岁的男孩在第六届世界杯足球赛上独进6球，为巴西捧回了第一个金杯。一个原本不为世人所知的名字——贝利，随之传遍世界。

天才之路都是用爱心铺成的，并且在铺成这条路的所有的爱心中离不开天才人物自己的不懈努力。

人贵有自知之明，即使金子也要在阳光下才能闪光。因此，人应全方位地了解自己，扬长避短，正确对待人生的每一个转折点，为自己在生活中找到合适的位置，这样才能在事业和生活中游刃有余，才能成就梦想和希望。

人生妙谛
Ren sheng miao di

不要在必败的领域里和人竞争

●付军

公安局新进了一批警察，单位对他们进行业务培训。培训期间，学员们组织了一个篮球队。政治部的领导下班后，常来看他们打篮球，教官便悄悄地告诉他们，要在球场上好好地表现自己，政治部领导对他们每个人的印象，将会决定他们集训后的岗位分配。

年轻的小伙子们都明白，他们职业生涯中的第一次竞争已经无声地开始了。于是在认真受训之余，他们都在球场上拼命地表现自己。每个人都希望通过自己出色的技术动作和奋力拼搏

的精神引起领导的注意。

当别人在篮球架下越战越勇时,他们中有一个学员却越来越灰心。他是全班个子最小的,而且从小对篮球不太感兴趣。在队友们高大灵活的身躯下,他只能当配角。每次他被别人的假动作迷惑以致扑空后,观众席里就会传出阵阵笑声。有一次,他分明看到领导站在边上,边看边摇头。

他不想当别人的笑料,于是下决心苦练球技。一有空闲,他就一个人抱着篮球在场子里练习。可他发现,如果没有兴趣只有压力,他是无论如何也打不好篮球的。比赛时他照样经常被人盖帽,带球时被人轻易断球也是家常便饭。他对自己感到失望了。他不敢想象自己刚一上班就成了领导和同事眼中的小角色。

有一天,懊恼的他无意间看了一本书,书上有句话深深震动了他:不要把你的钱投在不熟悉的领域。他立刻在脑海中引申出另一句话:不要在必败的领域里和人竞争。他一下子醒悟了:我干吗非要去打篮球呢?我并不具备打好篮球的身体素质!更重要的是,我对篮球不感兴趣。最后,他毅然退出了篮球队。等到别人再比赛时,他成了一名观众,与普通观众不同的是,他手里多了台照相机。

没过几天,一篇名为《新警察们的一天》的短文刊登在了当地的晚报上,短文还配有警察们打篮球时的照片。这篇文章立刻引起了学员们的关注,更引起了教官和政治处领导的注意。此后,这名学员接二连三地在报纸上发表了一系列作品。集训结束后,政治部主任直接把他调进了政治部宣传科,从此,他的职业生涯比那些卖命打篮球的小伙子要平坦得多。

这个小伙子就是我!如今我更懂得:聪明人得运用自己的优势,把竞争引向自己擅长的领域,不思变通的人则恰恰相反,他们往往十分卖力地把自己逼进死胡同。

1 000年前，人们不相信钢铁制造的船可以在水面上航行；100年前，人们不相信人类能登陆月球；但是如今这些都实现了。所以说，世界上没有做不到的事情，只是人缺少尝试的勇气，从而在成功面前停滞不前。

把布鞋送给总统

晓洛

那一年，我随一个商贸团去南非，带了一批手工布鞋，老总让我借此打开南非这个新兴的市场。

然而一到南非，我很快就发现由于气候干燥，当地的普通百姓一般都不穿鞋。

我尝试着与几家进口商取得联系，但他们对中国布鞋的兴趣都不大，他们一致认定中国布鞋在南非没有市场。

几天下来，贸易团的成员都各有所获，唯独我一份订单都没有签到。那天在宾馆里看到曼德拉总统的新闻，我心里一动：我是不是可以送两双布鞋给总统，也许他可以帮我打开南非市场。我的这个想法让贸易团的其他成员大吃一惊，都说我这是在痴人说梦，曼德拉是何等人物，怎会收我的布鞋？但我不管这些，选了两双总统穿的尺码的布鞋，第二天一早就赶到了总统府。非洲人对中国朋友都很热情，我一到总统府，警卫就很热情地接待了我。我被允许留下布鞋和短信，我在信中说自己来自中国，送两双中国布鞋给总统，一是表达自己对总统的敬意，二是希望总统能穿着它去中国旅行。

其实，连我自己都怀疑布鞋和短信是否真能交到曼德拉总统的手中。然而就在第三天，曼德拉总统的秘书竟然找到宾馆，交给我一封有曼德拉总统亲笔签名的感谢信，感谢我送给他两双舒适的中国布鞋，他很喜欢。

听说总统喜欢我的中国布鞋，南非的一家进口商很爽快地和我签了一份合同，数量不大,就 1 000 双,根本无利润可言。

但回国后不久,我竟然被总裁委以重任,派往美国的办事处。这可是个让人眼红的职位,而我到公司工作还不到两年,许多人对此很不理解。总裁当时是这样回答那些心存不满的人的:既然他能把布鞋送给曼德拉总统,那他也可以把布鞋送给美国总统。

这是我的一个朋友的亲身经历,他现在是那家贸易公司驻美国的首席代表。前些日子他从美国回来,对其年纪轻轻就身居要职,我很是好奇,请他谈谈成功的经验,他淡淡地一笑,只是说了这个他刚参加工作时的故事。

朋友的故事让我明白:把布鞋送给总统,把不可能的变成可能,这需要勇气,也需要智慧。一个人的成功也许会有许多的偶然性,但一个充满自信勇于去尝试的人,他的成功是迟早的。因为成功总是青睐有勇气的人。

敢于相信自己，肯定自身的价值，才能挖掘出自身的潜能。相信自己，未来虽有风雨，终能看见彩虹；相信自己，前方虽有坎坷，终能踏上成功之路。

人生妙谛
Ren sheng miao di

最优秀的人就是你自己

●詹磊

有这样一个古老而动人的故事：

古希腊的大哲学家苏格拉底在临终前有一个很大的遗憾，就是陪伴他多年的得力助手，居然用了半年多的时间都没能给他寻找到一位最优秀的关门弟子。

在风烛残年之际，苏格拉底知道自己已时日无多，就想考验和点化一下身边那位颇有才气的助手。于是，他便把那位助手叫到床前说："我的蜡烛所剩不多了，得找另一根蜡烛接着点下去，你明白我的意思吗？"

"明白，"那位助手马上就心领神会，"您的思想光辉需要很好地传递下去……"

"可是，"苏格拉底慢悠悠地说，"我需要一位最优秀的继承者，他不但要有相当的智慧，还必须有充分的信心和非凡的勇气……这样的人选目前我还未发现，你帮我物色一位吧。"

"好的，"助手说，"我一定会竭尽全力去寻找，不辜负您对我的栽培和信任。"

苏格拉底笑了笑，没再说什么。

那位忠诚而勤奋的助手，不辞辛劳地开始通过各种渠道四处物色人选。可他领来的很多人，苏格拉底都表示不满意。有一次，当那位助手再次无功而返、回到苏格拉底面前时，苏格拉底爱惜地抚摩着那位助手的肩膀说："真是辛苦你了，不过，你找来的那些人，其实都不如你。"

"我一定加倍努力，"助手立刻言辞恳切地说，"就是找遍世界，我也要把最优秀的人挖掘出来，举荐给您。"苏格拉底笑了笑，没再说什么。

半年之后，眼看苏格拉底就要告别人世，但最优秀的人选还是没有着落。在苏格拉底弥留之际，助手非常惭愧，泪流满面地坐在大师床边，语气沉重地说："真对不起您，我令您失望了。"

"失望的是我，对不起的却是你自己，"苏格拉底说到这里，很失望地闭上眼睛，停顿了许久，失望地说："本来，最优秀的人就是你自己，只是你不敢相信自己，才把自己给忽略、耽误了……其实，每个人都是最优秀的，差别就在于如何认识自己，如何发掘和重用自己……"一代哲人忍不住掩面叹息。没多久，他便永远地离开了自己曾经深切关注着的这个世界。

那位助手非常后悔，甚至整个后半生都处在自责中。

人生妙谛
Ren sheng miao di

机会是上帝赐予每个人的礼物，抓住机会才能收获成功。当我们没有能力去创造优越时，我们唯一能做的就是不放弃任何一个改变自己的可能。

不能放弃的机会

●沈岳明

吉拉德13岁那年，全校考完试，决定放寒假的最后一天，他们的班主任老师弗朗西斯小姐说："这是今年的最后一课，不如大家来开个联欢会吧，因为明年我就要调去别的学校任教了，我真的很舍不得大家。"

接着，弗朗西斯小姐宣布，每个人都要唱一首歌，或者表演一个节目，因为她想深深地记住每一个同学的面孔。弗朗西斯小姐的话音刚落，坐在角落里的吉拉德便紧张得喘不过气来了，他知道，老师所说的每个人里也包括他。一向胆小内向的吉拉德，从来不敢想象，如果自己当众唱一首歌或者表演一个节目，那将是一种怎样尴尬的情形。

一时间，全班都陷入了沉默。弗朗西斯小姐提醒说："谁第一个来为大家表演节目？"见没有人吭声，弗朗西斯小姐只得点名了。当弗朗西斯小姐的目光扫到吉拉德的时候，他不由自主地低下了头。谢天谢地，弗朗西斯小姐点了安东尼的名字。安东尼站起来唱了一首歌，那是约翰·丹佛的《乡村路请带我回家》。安东尼唱道："在那里可以看到蓝岭及雪兰多河，那里的生活源远流长，比大树悠久，比高山年少，如微风渐进。乡村路，请带我回到属于我的家——西弗吉尼亚，乡村路，请带我回家……"

吉拉德默默地在心里跟唱着，其实他也会唱这首歌。吉拉德想，如果弗朗西斯小姐下次喊到他，他就唱一首歌，有一首名叫《上帝之手》的歌他会唱，并且唱得比安东尼唱的《乡村路请带我回家》还要好。

可是，令吉拉德没想到的是，这次还没等老师点名，坐在他旁边的布赖恩便站了起来，并大声说："老师，我来唱一首，歌名叫《上帝之手》！"弗朗西斯小姐微笑着点了点头。布赖恩便开始唱了起来："他出生在乡村农舍，这是上帝的意愿，用一种谦卑的方式，成长和生活，去面对逆境……"

吉拉德真后悔，自己怎么就没有抢先站起来唱这首歌呢，就在他在心里狠狠地骂自己是胆小鬼的时候，布赖恩已经唱完了。在大家热烈的掌声中，一位叫露西娅的女生站了起来，她说："老师，我不会唱歌，我就念一句台词吧。"老师同样高兴地点了点头。露西娅念的是影片《扬帆》

里的一句经典台词:“噢,杰瑞,不要再乞求能得到月亮,我们已经拥有星星了。”

那时,正是影片《扬帆》热播的时候,这句台词几乎人人会念。吉拉德想,我怎么就没想到念一句台词呢?于是,他决定下次他一定会为大家念一句台词。他想还是念台词好,简简单单就能获得老师的赞许和同学们的掌声。就在他正思考着念哪句台词的时候,阿德里站了起来,他说:“老师,我既不会唱歌也不会念台词,我就给大家讲一个小笑话吧。”弗朗西斯小姐依然高兴地点了点头。

阿德里的笑话讲完了,吉拉德竟然一句也没听进去。全班同学都在大笑,他却将头埋得低低的,手心里全是汗水。因为他实在是太后悔了,怎么就没想到讲一个笑话呢,其实他最喜欢的就是读笑话,并且很多笑话他都能流利地讲出来。

就在吉拉德决定勇敢地站起来,也给大家讲一个笑话的时候,弗朗西斯小姐宣布:“因为时间关系,今天的节目就到此为止,大家下课后就赶紧回家吧!”这件事,让吉拉德失落了好长一段时间,同时,也让他深深地明白了一个道理:机会来临的时候,如果你没能好好地把握,一眨眼就会被别人抢去了。

后来,吉拉德成了全球最受欢迎的演讲大师,曾为世界五百强企业精英传授他的宝贵经验,来自世界各地数以百万的人被他的演讲所感动,被他的事迹所激励。尽管吉拉德出身于贫困的家庭,从小就遭受歧视,但他从自己的经历中学会了不能放弃任何可获得成功的机会。主要表现为以下两点:从不放弃任何一个演讲的机会;从不放过任何一个让别人了解自己的机会。

人生妙谛 Ren sheng miao di

没有想象的人是痛苦的，因为他没有瑰丽的梦；没有发散的思维，只是空洞地生活着，即使事业有成，也体味不出生活的真正乐趣。因此，人应在想象中遨游，任思想驰骋，从而于不经意间获得成功。

把阳光加入想象

●感动

美国青年罗尔斯大学毕业后，开始为工作四处奔波，但很长一段时间后，罗尔斯都没有找到需要自己的职位。

不久，罗尔斯的朋友邀请他一起去夏威夷旅行。一天，罗尔斯注意到，很多在海滩上休闲的人在用手机聊天，但这些人不一会儿就不得不顶着太阳跑回停车场。这是为什么呢？罗尔斯从游客的抱怨中找到了答案。“该死的手机又没电了！”这引起了罗尔斯的思考。如果有一种能在海滩上充电的充电器，这个问题不就解决了吗？

罗尔斯极度痴迷太阳能，此时，夏威夷海滨的阳光让他若有所悟。为何不利用这取之不尽的太阳能呢？他突然有了设计一种便携式太阳能充电器的冲动。罗尔斯在网上购买了一款太阳能充电器并把它缝到了背包上。当他把这种背包拿到一个旅行网站上出售后，吸引了许多购买者。2005年，罗尔斯创立了罗尔斯设计公司，销售自己生产的“瑞特”牌太阳能背包。半年后，罗尔斯公司的产品竟在世界各地的沙滩上都占有了一席之地，紧接着，罗尔斯又开始设计一种能为笔记本电脑充电的背包。这种产品面市后更受欢迎，世界各地的订单雪片般飞向罗尔斯的公司。这使罗尔斯每个月就有近两万美元的收益。

一个为找工作而发愁的大学生，两年后竟成为一个拥有自己公司的老板。罗尔斯在接受采访时说：“我没有做什么，我只不过是把触手可及的阳光加入了想象。”

亚历山大临终前才明白了人生的三个教训，知道了什么是对他自己最重要的。我们也要明确什么是自己想要的，才能找到属于自己的人生价值，才不会在生命的尽头留下遗憾。

人生妙谛
Ren sheng miao di

亚历山大的三个遗愿

●李孟 编译

亚历山大是一位伟大的国王。在征服了许多国家胜利返回的途中，他病倒了。此刻，占领的土地、强大的军队、锋利的宝剑和所有的财富对他来说都毫无意义，他明白死神很快会降临，他已无生存的意义，他已无法回到家园。他对将士们说：“我不久将离开这个世界，我有三个遗愿，你们要完全按我说的去执行。”将士们含着泪答应了。

“第一个遗愿是，我的棺材必须由我的医师独自运回去。”亚历山大喘了口气，接着说道，“第二，当我的棺材运向坟墓时，通往墓园的道路要铺满我宝库里的金子、银子和宝石。”亚历山大裹了裹毛毯，休息了片刻，继续说，“最后一个遗愿是把我的双手放在棺材外面。”聚集在他身边的人都很好奇，但没人敢问为什么。亚历山大最喜爱的将军吻了吻他的手说：“陛下，我们一定会按您的吩咐去做，但您能告诉我们为什么要这么做吗？”

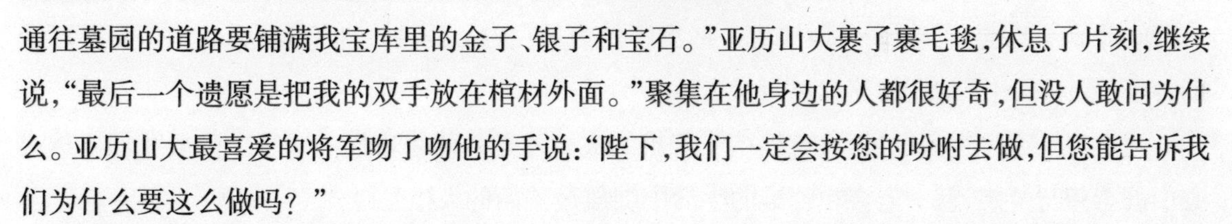

亚历山大深吸了一口气说：“我想让世人明白我刚学到的三个教训：我让医师运载我的棺材，是要人们意识到医生不可能真正地治疗人们的任何疾病。面对死亡，他们也无能为力。我希望人们能够懂得珍爱生命。第二个遗愿是告诉人们不要像我一样追求金钱。我花费了一生去追求财富，但很多时候是在浪费时间。第三个遗愿是希望人们明白我是空着手来到这个世界，又是空着手离开这个世界的。”

说完，他闭上眼睛，停止了呼吸。

人生妙谛
Ren sheng miao di

灰暗的人生总会过去，抬起头，前面有蔚蓝的天空和明媚的阳光。请铭记，不是每个人都是命运的宠儿。因此，即使我们长着最苦的叶子，也要开出最香的花朵。

最苦的树开最香的花

●包利民

大学毕业那年，我找了几份工作都不如意，雪上加霜的是，在一次应聘的途中我被车撞断了胳膊，伤愈后，我的左臂再也不能完全伸直了。从那以后每次去应聘，我的胳膊都成了人家客客气气或不留情面地将我打发走的重要缘由。而且正是在这段时间里，相恋三年的女友也离我而去。那些日子，我的世界除了灰暗还是灰暗。

有一天表姐陪我去公园散心。那时正值4月，丁香花开得一片灿烂，却丝毫不能点燃我内心的热情。徜徉在丁香丛中，表姐给我讲她的故事，讲她怎样在最初的不断跌倒中爬起来，怎样走到今天的成功——她今天已经拥有了三家服装店，而最初她只是个在街旁摆小摊的小贩。讲着讲着，表姐忽然问我："你闻到丁香花的香味了吗？"此时空气中溢满了那让人心旷神怡的花香，我点了点头。表姐伸手摘下一片叶子，放在嘴边咬了一口，咂咂嘴说："你说丁香的叶子是什么味道？"我也摘了一片叶子咬了一口，一股极苦的味道让我的嘴几乎麻木了，我不禁皱起了眉头。

表姐看着我的眼睛说："我最失意的那些日子，也是春天，我常来这里尝这些叶子，在这苦苦的味道里我终于明白：只有最苦的树才能开出最香的花！"我顿时明白了表姐的良苦用心，心中一瞬间充满了感动，看着那树那花，有一股温暖的力量在内心涌动。如今我早已走出了那些暗淡的日子，每天都用最灿烂的笑容去面对生活。

记不得是哪位哲人说过，只有根植于苦难的成功才是最值得珍惜的成功。只要我们不放弃心中的希望与梦想，就一定会在苦难的生活中绽放最美丽的人生！

人生之路漫长曲折，选择最近的路通向成功往往成为人们的首选。但真正有智慧的人会发现：生命有限，容不得你有片刻的停留。最短的路途未必是最佳的途径，相对的，选择弯路有时会使你节省时间和精力，达到事半功倍的效果。

人生妙谛
Ren sheng miao di

走弯路有时最快

●寒流

坐在出租车上，司机问我："走最短的路还是走最快的路？"我有些好奇："最短的路不是最快的路吗？""当然不是。"司机说，"现在是上下班高峰，最短的路经常交通堵塞，走的时间长，如果绕道而行，多跑点路，可能早到。"

走最短的路还是走最快的路？一个人不只在坐车时遇到这种情况，很多时候都面临这样的选择。有一次，我和一位朋友去伏牛山区游玩，从山底到山顶的直线距离很近，可所有通向山顶的大路都是盘山而上的，路的距离是直线到山顶的几倍甚至几十倍。朋友不听劝阻，执意要走距山顶最短的小路，并打赌看谁先到达山顶。结果我在山顶喝光了两瓶水后他才气喘吁吁地从山的后面爬了上来。他说："我原来想抄近路先你一步抵达山顶，没想到中途没路，幸亏我知道怎样利用阳光识别方向，否则……"

在实现梦想走向成功的途中，我们常常幻想走最短的路能够最快抵达，却很少人知道"捷径"的中间没有路。"捷径"仅仅是一种诱惑。当我们明白这个道理时，人生的许多风景早已悄然而逝。

人生不怕走弯路——弯路，有时就是最快的路。

人生妙谛
Ren sheng miao di

沉重的压力既能让我们疲惫不堪，也能在智慧的改造下，变成帮助我们前进的工具。正如这位聪明的女士的做法，变换思路，给自己减负，从而让生活和工作轻松起来。

把重负变梯子

●纪广洋

这是一家中外合资企业精心策划的户外培训项目。

在一处有深沟、陡渠、梯田的地势落差较大的沂蒙山区，某合资企业专门策划的户外培训正在进行。这次参训的人员不多(三男一女)，而且是相互隔离，逐个单独进行的。企业发给每个参训者一大捆粗细有别、长短不一的木材(大约20公斤)，他们从临时设在半山腰的培训营地出发，务必在最短的时间内，通过一道道的梯田和沟渠，把木材送到对面半山腰的指定地点。

结果，在训练结束之后的评比中，只有那位女士顺利过关——她用的时间最短，她流的汗最少，几乎没有任何创伤(三位男士皆有程度不同的跌伤或划伤)。

原来，这位瘦弱无力的女士背着那捆重重的木材走出那间帆布营房没多远，就急中生智，将缠绕着木材的麻绳解开，然后用石块将麻绳砸成一截一截的，再把那些长短不一的木棍儿绑扎成一架简易的梯子。这样一来，重重的木材捆就变成了一种有用的攀爬工具。原来的重负一下子发生了本质的变化，给她一种如虎添翼的快感和信心。她凭借着自己的智慧和发明，轻易又迅速地攀上攀下。通过那些高高的梯田和深深浅浅的沟渠(有些较窄的沟渠，直接架上梯子就走过去了)，非常顺利地到达了指定地点，成为以弱克强、以智取胜的又一典范。

曲折的人生之旅、坎坷的事业征程上，人们负重前行，每个人都有各自的压力和负担。具体到某种工作和劳动，更是如此，如何因事制宜、因地制宜地化压力为动力，化曲折为神奇，化坎坷为阶梯，尽可能轻松自如地超脱、进取、快速成功，成为个人和团体的企望与追求。该项培训活动以及那位聪明女士的做法，是否能给我们提供一种启发和参照呢?

人生是一趟单程列车，上错了车、走错了路就无法回头重来。有时，我们急于寻找梦想，却搭错了列车，从而驶向了与梦想相反的方向。慎重选择，谨慎行事，才能让人生的简历表丰富多彩。

人生妙谛 Ren sheng miao di

人生的简历表

●潘炫

那一年，我18岁，只因一件极小的事而一时头脑发热，决定走出家门去闯闯。

说起来我也没有错，无非是爱读一些汪国真的诗，也爱信手涂鸦几句，而这一切都被父亲视为大逆不道。父亲是一个脾气暴躁粗鲁而思想传统的农民。在父亲几次声色俱厉的训斥下，我终于怒不可遏地反抗起来，结果我毫不犹豫地离家出走了。

我选择了去北京。在我看来，北京的空气中都飘着诱人的文化气息。不料想事与愿违，抵京后我才知道，我的这种选择是多么的不明智，我首先要面对的是生存问题。

为了能生存下去，更为了有朝一日能出人头地，我先在苹果园地铁站附近找了一份工作，在建筑工地上当小工。我每天顶着烈日，汗如雨下地重复着搬砖、翻沙、和灰的单调工作，为了那个在父亲眼中一文不值的文学梦我忍辱偷生。每天傍晚收工之后，我都蜷在闷热的民工房里，啃着馒头咀嚼着有血有肉的文字。有几个四川人时不时地戏弄我，也没有改变我对文学的虔诚与痴迷。

也许是我一如既往、持之以恒的精神感染了别人，有一天，平时也拿我找乐子的工头告诉我，一家小报社招聘印刷工人。当印刷工人待遇虽然不高，但总比窝在工地上强，况且，与那些飘着墨香的文字朝夕相处正是我求之不得的。于是我没有多想，第二天就请了假，激动不已地准备去应聘。我特意洗了个头，换上那件平时舍不得穿的格子上衣。

没想到等我几经周折走进那家报社的大门时，我顿时感到无地自容，心灰意冷了。我面前的应聘者都穿着清一色的白衬衣，打着领带，唯独我像一只丑小鸭，寒酸至极。

我正打算逃之夭夭，一位主考官把我们召集起来，准备面试。我就这样赶鸭子上架，心如鹿撞地进了一个副主编的办公室。

看见我的那一刻，那位副主编显然也是始料不及，他惊愕的眼神让我一下子不知所措。

他随后拿起一张表，让我先当着他的面填好。我忐忑不安地坐下来浏览简历表，我的头顿时"嗡"的一声蒙了，那表格中有关大学名称、发表作品情况的内容，轻易地击碎了我心中的一切梦想。我操着蹩脚的普通话，嗫嚅地问："招印刷工人还需要大学文凭和作品吗？"那位副主编先是

一愣，继而温和地说："你可能搞错了，我们这里招聘的是记者和编辑。"

我一时语塞，如坐针毡。当时我能想到的唯一做法就是夺门而去。可我没有，我告诉他，我喜欢文学，正因为如此，我才离家出走以期望在文学上有所发展。我支支吾吾地讲了一刻钟，他很耐心地听完，接着从抽屉里拿出另外一张简历表，说："你如果愿意做一名印刷工人，我今天就破例聘用你，可你知道是为什么吗？"我摇摇头。"那是因为你对文学的痴迷打动了我。我可以留用你，可我相信，你进了印刷厂以后就很难在文学上有太大的发展，因为你学习文化的大好时光将会被那些无情无义的机器消磨殆尽。"

我低下头，心想，现在我应该坐在教室里过着紧张而又有意义的高三生活，可我却如此执迷不悟，我远离校门也许与我想在文学上有所成就的初衷相抵触。正在我犹豫不决的时候，那位副主编又说："你可以带上这张表格回去想想，读书还是当工人，填还是不填。"

我郁郁寡欢地揣着那张简历表回到了工地。见我一副失魂落魄、恍恍惚惚的样子，工头和几个四川人幸灾乐祸的嘲弄神色也断然收住。他们肯定以为那个开过了头的玩笑对我打击太大了，我才沮丧得不说一句话。

我没有理睬他们，那一夜我想了很多。那张特别的简历表一直放在我的胸口，让我眼潮心热。因为我从那上面看到了父亲与工地民工所不曾给我的理解与尊重，也看到了我狭隘的心灵不曾解读的人生与梦想。

第二天，我义无反顾地坐上了返乡的列车。10年后的今天，当我在文学上有所建树并且成为一家报社的编辑时，那张简历表仍摊在我的心头。我念念不忘的不是今天的成就，而是当年我迷失时从它上面感受到的那份入肌切肤的温情。我终于知道，人生有很多转折点，关键处却只有几步，选择坚持与放弃绝对是迥然不同的天地。

我将一直保存那张简历表，并将它视为我一生的珍藏。也许在许多人眼中，它真的不算什么，但它却是我人生的第一张简历表，它与我的一生息息相关。

善于扬长避短，就是成功的一种途径。多变的思维和多角度的思考往往会帮我们解决一些实际难题。试着多角度地思考问题，你会发现更好的解决方法。

人生妙谛
Ren sheng miao di

换个角度，你便是赢家

●阿嘉莎

艾哈默德是古代阿拉伯世界一位威严的国王，但他只有一只眼睛和一条臂膀。

有一天，他召来三位画师，命令他们为自己绘制肖像。国王对三位画师说道："我希望有张像样的画像，现在你们就用彩笔精心描绘出我身跨战马、驰骋疆场的形象吧！"

在画师们呈交画像的这一天，宫殿富丽堂皇，号角嘹亮，国王威严地端坐在王位上。画师们诚惶诚恐地献上了他们画成的肖像。

国王站起身来仔细端详第一位画师献上的肖像，不由得怒发冲冠，气满胸膛。他认不出自己的面目！国王斥责说："骑在马上的这位君王两只手握着弓箭，两只眼睛正视前方，骑在马上的不是我。我只有一只眼睛、一条臂膀。我要你立刻予以回答，你怎敢如此大胆地粉饰我的形象？"恼怒的国王下了一道旨令："该画匠弄虚作假，判处流放！"

国王拿起第二幅画像，不由得浑身颤抖，怒火万丈。他觉得自己的无上尊严受到了污辱，怒吼道："好一副歹毒心肠！你胆敢让我的仇敌开心，竟然丑化你的君王！你这居心叵测的小人，专画我一只眼一条臂膀！来人！推出去杀了。"可怜这位写实主义的肖像画师，年纪轻轻便成了刀下的冤魂。

第三位画师吓得瑟瑟发抖，浑身似筛糠。他毕恭毕敬地捧上了自己画的一幅肖像。画面上的国王，侧身骑马，不是面向看画人。因此，看画人就不知道他有没有右眼，也不晓得他是不是一条臂膀。在这张画上，人们只能看见一条健壮的左臂，紧紧地握着一面盾牌，一只完好无损的左眼，像鹰隼的眼睛一样锐利明亮！

从此，这位聪明的画师备受青睐，官运亨通。临终时他的胸前挂满了勋章。

人生妙谛
Ren sheng miao di

将复杂的事情简单化，也许是取得成功的最佳方法。生活中，机遇随处可见，换个角度去思考，换种方式去做事，就会弥补你的不足，发挥你的优势。做一个聪明的人，哪怕是处于人生的低谷也要努力抓住机遇，创造奇迹，开创未来。

5 美分产生的奇迹

●祁文斌

伍尔沃斯年轻时干过许多工作，但都不尽如人意。后来，他到一家杂货店做店员，由于生性怯弱，不善言谈，连顾客的询问都使他紧张得要命。杂货店老板常常叹气说："弗兰克，你是我见过的最没用的售货员！"他也为自己的无能叹息，沮丧甚至落泪。

一次，老板把他单独留在店里，说："弗兰克，你看见这些盘子了吗？还有这些刀子和刷子，今天你要把它们卖出去。"他最害怕讨价还价，为了避免同顾客面对面打交道的困窘，他想出了一个"笨"办法：干脆把这些小商品堆在桌子上，旁边立一块板子，在上面注明老板要求的最低售价：一律 5 美分。

结果，情况出乎意料，商品卖得非常好，一会儿工夫就全部售出了。这个意外的成功鼓舞了他，1879 年，他借了 300 美元，在宾夕法尼亚州开了一家商品零售店，卖的全是 5 美分的货物。后来，他的 5 美分连锁店一家接着一家，遍布美国、英国、加拿大。

1913 年，他在纽约建了一栋高 238 米的大厦，当时的美国总统威尔逊亲自参加了大厦的剪彩仪式。这就是当时世界第一高楼——伍尔沃斯大厦。

1996 年，他创立的连锁店数量成为世界之最，达到 8 000 多家。他创立的明码标价、薄利销售、连锁经营等理念被现代商家沿用至今。

伍尔沃斯的成功看似意外，实则不然。其 5 美分奇迹的核心在于：微小和简单。微小基于价格、利润，而简单则抓住了一个普遍的消费心理。

正所谓“小处不可随便”，一个不经意的疏忽可能就会铸成大错，造成无法弥补的损失。认真地对待工作、对待生活，担负起你的那份责任，你会看到努力的结果。

人生妙谛 Ren sheng miao di

影响一生的半小时

●崔修建

那时，格瑞是美国一家超级大公司某部门的负责人，事业前景正一片光明。但就在那个秋季的一天下午，他犯了一个无法挽回的错误——擅自离岗半小时，并由此影响了他一生的走向。

那段日子，公司的业务的确很少，他每天只需要一两个小时就处理完了，剩下的时间似乎就只能坐在办公室里无所事事了。但他还是每天按部就班地上下班，因为公司有严格的劳动纪律。

但9月12日那天下午，他实在经不住正如火如荼地进行的欧洲杯足球赛的诱惑，处理完所有的事情，他偷偷地离开办公室，找到一个有电视的房间，尽情地欣赏起自己喜爱的球队的精彩表演。

半小时后，他带着惬意，匆匆赶回自己的办公室，似乎一切正常。蓦地，他被桌子上的一张纸条惊呆了。那上面写道：格瑞先生，既然你那么喜欢足球，我看你还是回家尽情地去欣赏好了。上面是他熟悉的签名——本公司老板威廉·斯通。

原来，格瑞刚刚离开办公室10分钟，许久不曾到下面各部门走动的老板很随意地走进了格瑞的办公室，并在格瑞的办公桌前坐了10分钟，却一直不曾见到他的影子。当得知原因后，老板勃然大怒，毅然辞掉了这位很有潜能的中层管理者。

中年失业的格瑞后来又辗转应聘了几家公司，但始终未能找到适合自己的位置，收入每况愈下的他日渐潦倒下来。后来，他竟长时间失业在家借酒浇愁，深深地懊悔当年的那次擅自离岗。

接替格瑞职务的是他的同事德克。当时，德克无论是工作经验还是办事能力，都明显地逊色于格瑞。若不是格瑞被辞退，恐怕他一生都只会是一个默默无闻的小小职员了。

但15年后，德克却成了拥有20万名员工、子公司遍布50多个国家的大集团总裁，成了世界级的管理大师。

2000年，他在结束了耶鲁大学的一场讲演，被人流簇拥着走到大厅门口时，意外地遇到了已沦为乞丐的面色苍白的格瑞。

四目相对，格瑞黯然慨叹："一切都是命运啊！"

德克轻轻地摇摇头，坚定地补充道："也许是命运，但问题的关键是把命运握在手中，还是失落在手外。"

格瑞和德克的经历，告诉今天的职场人士——珍惜你的工作，坚守住你的岗位，不要自以为是地草率行事。须知，有时不经意的一个小小的闪失，也可能铸成危及一生的大错。格瑞擅自离岗半小时，丧失的不仅仅是一份好工作，还有一个个足以改变命运的重大机遇，乃至酿就了一生无法弥补的深深遗憾。

为自己找一个梦想，你就会有人生的目标、奋斗的动力。怀有崇高的理想，始终鞭策自己，鼓足勇气朝着这个目标前进，用你的努力和奋斗让你的梦想早日实现！

人生妙谛 Ren sheng miao di

只有3分钱

●华庆富

40年前，杰米还是一名6岁的小学生。他的家庭非常贫困，每天他都是默默地一个人来上学，又默默地一个人走回家，一路上他几乎从不抬头。

一天，品行课的老师玛丽小姐在课堂上让全班的24个孩子写下自己最大的梦想，由她替他们保存，看看将来谁能通过努力实现今天的梦想。

班级立刻炸开了锅，孩子们跃跃欲试，有的孩子甚至有好几个梦想，自己都不知道究竟确定哪一个。只有杰米独自坐着发呆，他从不敢奢望有梦想，家里那么贫困，自己怎么可能实现梦想呢？这时，玛丽小姐笑盈盈地走了过来，柔声问道："杰米，你还没有说自己的梦想呢？"

杰米红着脸嗫嚅道："老师，我……我什么梦想也没有……"

杰米的话立刻引起了哄堂大笑。"孩子们，请安静！"玛丽小姐摊开双手做着向下压的手势。

玛丽小姐在杰米面前蹲了下来，用一种鼓励的目光望着杰米说："杰米，你开动脑筋想一想，你一定会想出你的梦想的。老师等着你呢！"

"可是老师，我真的什么梦想都没有！"

"那么这样吧，你可以在全班有多个梦想的同学那里买一个梦想过来！"

"可是老师，我只有3分钱啊。"

"够了，足够了！"玛丽小姐认真地说。于是，在玛丽小姐的见证下，杰米花3分钱购买了同学的一个梦想：到埃及去旅游！

尽管当时杰米连埃及在什么地方都不知道，可他开始为这个梦想而努力。

他不再漫无目标，他的成绩逐渐上升。后来他考上了著名的华盛顿大学，在大学的图书馆里认识了同样是埃及迷的妻子。终于有一天，杰米携妻带子来到了他梦想开始的地方——迷人的金字塔国度埃及。

几年之后，杰米通过打拼已经拥有了6家总价值3 000万美元的超市。

所以请你们不要吝啬自己对别人的鼓励，也不要束缚自己对未来的野心。或许不经意间，你就能够创造一个奇迹。

人生妙谛
Ren sheng miao di

像渴望呼吸那样渴望成功；像呼吸那样自然地将梦想融入生命；像享受生命那样将追求梦想的信念洒在人生的每个角落。做到这三点，成功自然会来到你的身边。

成功与活着

●蒋光宇

有一个年轻人诚心诚意地向苏格拉底请教："成功的秘诀是什么？"

苏格拉底当时没有回答，而是约这个年轻人第二天早晨到河边见面。

第二天，他们在河边见面了。苏格拉底让这个年轻人陪同自己一起向河里走。当河水没到他们的脖子时，苏格拉底趁这个年轻人没有防备，一下子把他的头摁入水中。年轻人拼命挣扎，但苏格拉底很强壮，一直把年轻人按在水里，待到他难以忍受时，苏格拉底才把他的头拉出水面。年轻人露出水面所做的第一件事情，就是迫不及待地深深吸了一口气。

苏格拉底问："在水里的时候，你最需要什么？"

小伙子回答："呼吸。"

苏格拉底说："这就是成功的秘诀。当你渴望成功的欲望就像你刚才需要呼吸的愿望那样强烈的时候，你就会成功。"

苏格拉底让年轻人成为落水者，并让他感受到，当渴望成功如同渴望呼吸、渴望生命一样重要时，才可能获得成功。

苏格拉底不仅对成功的理解与呼吸紧紧相连，而且对整个生命的理解也与呼吸紧紧相连。

另一个年轻人也诚心诚意地请教苏格拉底："人活着靠什么呢？"

苏格拉底说："呼吸。"

"那么，"年轻人又问，"呼吸又为了什么？"

苏格拉底早已深思熟虑，"呼者，为出一口气；吸者，为争一口气。"

苏格拉底用呼吸来理解成功和活着，实质上就是用奋斗和拼搏来理解成功和活着；实质上就是主张生命不息，奋斗不止，拼搏不止。

一日百钱，十日一千。绳锯木断，水滴石穿。如果我们像呼吸那样不停止地奋斗和拼搏，还会有什么险阻不能征服？还会有什么高峰不可攀登？

我们可以把生活中的挫折看做是生活馈赠给我们的礼物，正因为经历了这些挫折，我们才变得比从前更加坚强、自信。当下一个挫折来到时，请坦然面对。

人生妙谛 Ren sheng miao di

激情融化冰雪

●李素素

心由境造，境由心生。心冷了，太阳都不再温暖；心热了，冰雪也会融化。

经历了黑色6月，我并没有取得自己梦想中的好成绩，尽管分数还说得过去，但只能进一所不起眼的大学。

经过半年，我终于熬到放寒假的时候。在家的时候，父亲向我问起了大学生活，我告诉他说："其实真的很没劲。"

我的父亲是个铁匠。他听了我的话后，脸上一直很惊愕，沉默了半晌之后，转过身用他那粗糙无比的手操起了一把大铁钳，从火炉中夹起一块被烧得通红通红的铁块，放在铁垫上狠狠地锤了几下，随之丢入了身边的冷水中。

"吱"的一声响。水沸腾了，一缕缕白气向空中飘散。

父亲说："你看，水是冷的，然而铁却是热的。当把热的铁块丢进水中之后，水和铁就开始了较量——它们都有自己的目的，水想使铁冷却，同时铁也想使水沸腾。现实中，又何尝不是如此

呢？生活好比是冷水，你就是热铁，如果你不想自己被水冷却，就得让水沸腾。”听后，我感动不已，朴实的父亲竟说出了这么饱含哲理的话，让我真的深受感动。

第二学期开始了，我反省自己，不停地努力，学习终于有了一点儿起色，内心也开始一天天地丰富充实起来。

没人喜欢挫折，没人愿意奢望多，收获少。但是，当你本能地去生活、去追求幸福时，你的主要目标之一就是最大限度地减少挫折、增加欢乐。

没有人喜欢磨难，没有人放着笔直平坦的大道不走，而选择坎坷不平的羊肠小道。但是，当生活中的磨难落在了你头上，当没有宽阔平坦的大路时，你就要坦然面对，不能逃避，逃避只能让你滑入生命的沼泽地，越陷越深，最终将被生活淘汰或遗弃。

只要你抱着生活中的挫折是生活馈赠给你的礼物的态度，你便不会抱怨生活的不公了，这些礼物就是坚定的信念和积极的生活态度。

“及时当勉励,岁月不待人。”幸福不是遥不可及的梦,人的生命有限,际遇各异,幸福与否取决于你的选择。脚踏实地地做人,在生命的黑夜里燃起希望的火把,终有一天你会振翅高飞。

人生妙谛
Ren sheng miao di

晨光的翼翅

●[美]戈登·阿瑟 于丹 译

数年之后,当她已经声名大噪之时,常有人不时询问:“是什么使你开始的,特洛伊?”

她总是微笑着摇头,一副什么也不知道的样子。但是,有时她朝写字台上放的一片绿玻璃投去匆匆的一瞥,她从未对任何崇拜者提起过,如果她想说,那就是在很久以前的某个清晨……

起伏沙丘的背面,大海一望无垠地舒展着。宇宙万物井然有序,除了这儿……在她自己的秘密小道上,出现了一双套在皱巴巴棕色长裤内的脚,从一个被露水沾湿的报纸做的帐篷中伸出来。最初惊心动魄的刹那间,她以为这是一具死尸。她毛骨悚然地站着,手里抓着一条妈妈吩咐买来的面包。

她呆若木鸡,脑中飞旋着餐桌上听到的母亲和姨妈之间的闲谈,什么海滩上的谋杀案啦、破坏财物案啦等等。

19岁的她,一向安安全全地待在自己的世界里,从来不曾认真对待那些话题。如今……看,一条腿动弹了一下,接着,一只胳膊露了出来,袖子耷拉着。随后,那手一把扯开报纸,人钻了出来。年轻的?年老的?特洛伊吓得什么也没看清。

“早上好。”他问候她。

特洛伊后退了两步。声音听起来倒不凶,可他那沾满沙子的脑袋、胡子拉碴的模样着实让人害怕。

“去吧,”他赞同地说,“快跑吧,我不会追你的……是叫你出来买面包的,对吗?”

特洛伊默不做声。

他解开自己的鞋带,从鞋内倒出一股细沙。“我深表谢意,”他礼貌周全,“因为你叫醒了我。当然,在这种时刻,我并不怎么清醒。我常常搞不清自己到底是谁——是失业记者,还是走霉运的诗人;是遁世者,还是替罪羊?我想,你一定以为我只不过是个流浪汉。”

特洛伊慢慢地摇摇头。

他对她微笑,突然间显得年轻了许多。

“……我光顾谈自己喽,现在来谈谈你吧。你会成为一个人物的。我相信,不然,你也不会站在这儿啦——你早就跑掉了。但是你没跑……”

她只是瞪眼疑惑地瞧着他。但是，一种巨大的怜悯、温情和理解——自从父亲去世后久违了的感情突然涌上心头。

“来吧，”他哄着她，“告诉我，你将来想干什么？演员，画家，音乐家，作家？——也许，还不知道？不知道更好，一切都在前面，新鲜、光彩的未来。可是，你听着……”

他朝前探着身子，“我要告诉你一个秘密——一个我知道得太晚的秘密。未来取决于美的真谛——你怎么找它，怎么看它。人们赞扬钻石又美又名贵，当然，这没错。可是，就在这儿……”他抓起一把细沙，“这儿也有成百万颗钻石。只要你深入其中去发现。瞧这个，”他递给她一片玻璃碎片，“它的棱角被海水和沙子磨光了。别人会说它毫无用处。可是，把它对着光瞧瞧！它翠得像绿宝石，神秘得如翡翠，光洁得像墨玉！”

一只海鸥尖叫着飞来，在他们头顶盘旋，投下一片浮翔的阴影。那眼睛闪亮的鸟儿自在地在晨光中飘荡着。

“看那里，”他指着海鸥，“那就是我的意思。人不能像海鸥点水般，哪怕只有针尖般大的希望也不能放弃。孩子，要努力寻找，努力抓住晨光的双翅！”

海鸥飞远了，特洛伊说：“她们来啦。”

他飞快地穿好鞋子。“请原谅，”他说，“我喜欢逃跑。”

他一溜烟儿不见了。她站着，不动弹，任妈妈和姨妈抓住自己的两只手，叫嚷着：“太可怕啦……快打电话给警察……他对你说些什么……他想干什么？”

“什么也没说。”特洛伊回答。

但是，她知道自己在说谎，证据就在她那捏得紧紧的手里。那片被海水刷亮了的碎玻璃片，翠得像绿宝石，神秘得如翡翠，光洁得像墨玉。

成长的过程是一个不断发现自我的过程，充分地了解自己，才会为前方的旅途铺平道路。以自信为圆心，以勤奋为半径，它们会为你画出一个圆满的人生。

人生妙谛
Ren sheng miao di

了解自己才能做好工作

●沈湘

有一家新建的酒店招来一批应届毕业生。可是，怎样才能将这些毕业生安排到适合他们的岗位呢？如果按照常规一个个进行选拔，显然需要很多时间和精力。而且一旦选错了人，将一个不适合这个岗位的人放在了这个位置，那受损的不仅仅是个人的前途，还关乎整个酒店的命运。

就在老板犯难的时候，一个年轻人敲开了老板的房门："虽然我们对这些新招来的人不了解，但他们对自己都非常了解。与其一个个地进行选拔，不如将所有职位列在一张纸上，让他们来挑选适合自己的工作岗位。"

酒店老板眼前一亮，这确实是个好办法。于是按照年轻人说的去做，多数人找到了自己喜欢的岗位。然后，老板再针对每个不同的岗位，有重点地进行培训。而对于少数无法确定自己岗位的人，便安排他们干些杂活，很快酒店便顺利开业了。

这时，酒店老板才想起那个年轻人来。他问："年轻人，你叫什么名字，又是干什么工作的？"年轻人回答："老板，我叫布里奇，以前跟那些人一样，也是从各地招来的应届毕业生，不过现在我的身份变了，我已经是您的人事主管了！"酒店老板听了哈哈大笑说："是的，你确实是我的人事主管，在我还没有任命你的时候，你就已经开始为我工作了，好样的！"

这家酒店的老板叫希尔顿，酒店的名字叫希尔顿大酒店。从 1919 年在美国创立至今，已从一家酒店扩展到了一百多家，遍布世界五大洲的各大城市，成为全球最大规模的饭店之一。

而在此后的每一家新开张的酒店，希尔顿都是以这种方式来进行人事安排的。希尔顿大酒店的理念是：只有自己最了解自己，也只有能够充分地了解自己的人，才能干好本职工作！而一个连自己都懒得去了解的人，是永远也干不好工作的！希尔顿每年都要将这个建议贴出来，并告诉那些需要找工作的年轻人：要想找到一份理想的工作，首先得干好了解自己的这份工作！

人生妙谛 Ren sheng miao di

“现在成功”，它不能代表过去和将来，人只有不断地努力向前，为下一刻的成功做准备，才能不被生活所抛弃，才能永远处于“现在成功”的状态。

现在成功

刘墉

今天下午，我请你的母亲到后园小坐，难得出去晒一下太阳的她，居然指着零落将残的四季豆，问我是什么植物。我大吃一惊地说，那是她已经享用了一整个夏天的四季豆，并且责怪她居然五谷不辨。

你知道她怎么回答吗？

她说：“我不管！只因为我看不到结着豆子，所以不认得它。”

这两句话使我大为惊悸，因为它代表了世上大多数人的价值观，也显示了现实的冷酷无情。

是的！没有豆子，就不认它！不管它过去有多大的贡献，只因为没有亲眼见到，或现在看不出，所以无法认同。对人来说，不论你过去多么成功，如果此时没有表现，那么往往也会被否定。

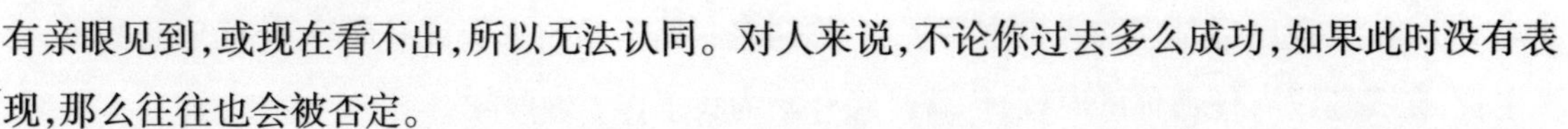

洛克菲勒每天晚上都要对自己说同样几句话：“你虽然有了一点成就，但如果不继续努力、虚心学习，就会被人击倒……”

西方有句谚语：“没有失败的成功者，只有成功的失败者；没有失败，只有失败者。”还说：“没有成功的叛国者！”因为叛国者若成功了，便是革命家。这不正是中国的“成则为王，败则为寇”的道理吗？

所以，不要以为自己成功一次就可以了，也不要认为过去的光荣可以被永久地肯定。在这个世上，“现在的成功”是重要的，而现在马上便成为过去，下一刻又得有下一刻的成功。

记住！没有豆子在上面，就不认它是豆子，这是你母亲说的，也是大多数人都会说的一句话。

解决问题的关键是如何看待它。很多人就是因为不善于总结失败的教训,汲取失败的经验,而把失败归咎于客观因素,所以总是与成功擦肩而过。

人生妙谛
Ren sheng miao di

把失败变成财富

●曾有情

有一家中外合资的公司招聘一个部门经理,应聘的人经过多次较量,层层淘汰,只剩下A、B、C三位进行最后的角逐,由总经理亲自考查。

A君首先被叫进老总办公室。老总问了几个问题之后,又问:“在商场中你有过失败的经历吗?”A君心想,把自己走麦城的事兜出来不是给自己找死吗?便坚决地说:“没有。”并讲自己在甲公司、乙企业、丙工厂都干得不错,为他们创下了不小的业绩。老总问:“那你为什么要跳槽呢?”A君的回答不是因为甲公司的报酬低,就是在乙企业不能更好地施展自己的才华,所以现在很想到贵公司高就。老总听他说完,礼貌地说:“你先回去等候通知。”其实老总心里已经明白,且不说他从未失败过是否属实,就算他真是商战中的常胜将军,但胜败乃兵家常事,今后万一他失败了,就有可能被打倒,甚至怨天尤人、一蹶不振,给公司带来一败再败的损失。

B君进了老总办公室。老总问了同样的问题。B君心想,说没失败过恐怕难以让人信服,便小心地说:“失败过。”老总听了失败的经过之后,又问:“那么,你认为失败的原因是什么呢?”B君说,主要是受市场大气候影响造成的,再就是我的上司犹豫不决动摇了我的决心。老总同样礼貌地请他回去等候消息。他清楚B君也与这个职位无缘了。有了错首先找客观原因,再把账记在上司头上,自己的责任却推得干干净净,这种人难有大的作为。

轮到C君回答这个问题了。C君直言不讳地说自己失败过多次,综合自己几次失败的经历,其原因主要有三:一是自己对市场把握不够准,有一定的侥幸心理;二是决策缺乏魄力,该断不断,导致贻误商机;三是没能全力说服上司采取补救措施,致使丧失了最后的机遇,是当部下的失职。老总越听越高兴:这才是成熟人才的素质和品性。最后老总赞许地点了点头,站起身握着C君的手说:“恭喜你,你已被本公司录用了!”

失败是成功之母,失败并不可怕,可怕的是不知为何而败,或者强调客观,把错误强加给他人。自己摔了跟头,一味埋怨路不平,那他肯定还要跌跤。什么事情如果先从自己身上找原因,查不足,堵漏洞,就能吃一堑长一智,就能在哪里倒下去,再从哪里站起来。善于总结失败的教训,剖析失败的原因,获取难得的经验,失败才能变成比金钱还珍贵的财富,才是新的起点,才是成功的驿站。

人生妙谛 Ren sheng miao di

目标如同一座灯塔，指引着人前进的方向，即使前方暗礁密布，人心中的希望也不会消失。人生首先要树立一个长远的目标，然后主动出击，把握机遇，这样才能胜利到达幸福的终点。

“头羊”的启示

●唐锰

茫茫的大草原，遇上了一场严重的干旱。为了使羊群生存下去，牧羊人驱赶羊群向有水草的地方迁移。这是一个艰苦漫长的过程，聪明的牧羊人通过仔细观察，选出一只身强力壮的公羊为头羊，让它走在最前面，带领羊群走出绝境。这种由头羊带领的行进方式很管用。只是，当羊群到达目的地时，头羊长得又高又大，可后面的羊却在长途的迁移中变得又瘦又小。

为什么经过同样的历程，会出现不同的结果？

原来，长途迁移中，头羊深知责任，始终保持着热情，在牧羊人的指点下走在前面开辟道路。于是，漫漫长路，头羊始终能最先吃带露水的青草，喝甘甜的泉水，慢慢地，它变得又大又肥。而跟在后面的大多数羊因贪恋路边的风景，停停走走，吃吃看看，被动地跟着，吃剩下的草根，喝搅浑的水，不专心赶路还经常会遭到鞭子抽打，结果变得又瘦又小，甚至有的在半路上就掉队死去。即便是到达了终点，跟在后面的羊也是因被动中的强迫使然，旅途中的收获当然远逊于头羊。

由此看来，主动与被动之间有着很大的差别。其实，生活中类似羊群迁移的现象时有发生。有的人在平时的工作和生活中一直处于主动地位，因而能在不断学习中丰富自己，从而登上人生和事业的顶峰，变成人群中的“头羊”；而有的人则由于种种原因，或金钱或美色或人情导致精力分散，最终一无所获，最多也就是在成功的半山腰上独自感伤。

从中，我们不难悟出这样一个道理：无论做什么事，主动地、专心致志地向着既定目标奋勇前进才能获得成功。所以，人不论干什么，都需要以主动的姿态去争取，任何被动的想法和懈怠的情绪都会给我们的事业和成长带来不利影响。虽然这种影响在短期内不容易觉察，但长此以往就会有天壤之别。现实生活中许多人的成功与失败都可以用此来解释。说到专心致志，不由得想起一位哲人说过的话：不要因为一朵小花而放弃整个春天。要知道，任何三心二意、左右徘徊的行为都会让人丧失成功的机会。

厄运把绝望的阴影笼罩在你的身上，妄图摧毁你的意志，让你屈服于它的脚下。但希望之光却能为你在黑暗中带来光明，赋予你厄运打不垮的信念与坚强，引领你走出困境，走向成功。

人生妙谛 Ren sheng miao di

厄运打不垮的信念

●蒋光宇

明朝末年，史学家谈迁经过二十多年呕心沥血的写作，终于完成明朝编年史——《国榷》。

面对这部可以流传千古的巨著，谈迁心中的喜悦可想而知。然而，他没有高兴多久，就发生了一件意想不到的事情。

一天夜里，小偷进他家偷东西，见到家徒四壁，无物可偷，以为锁在竹箱里的《国榷》原稿是值钱的财物，就把整个竹箱偷走了。从此，这些珍贵的稿子就下落不明。

二十多年的心血转眼之间化为乌有，这样的事情对任何人来说，都是致命的打击。对年过六旬、两鬓已开始花白的谈迁来说，更是一个无情的重创。可是谈迁很快从痛苦中崛起，下定决心再次从头撰写这部史书。

谈迁又继续奋斗，10年后，又一部《国榷》重新诞生了。新写的《国榷》共104卷500万字，内容比原先的那部更翔实精彩。谈迁也因此留名青史、永垂不朽。

英国史学家卡莱尔也遭遇了类似谈迁的厄运。

卡莱尔经过多年的艰辛耕耘，终于完成了《法国大革命史》的全部文稿。他将这本巨著的底稿全部托付给自己最信赖的朋友米尔，请米尔提出宝贵的意见，以求文稿的进一步完善。

隔了几天，米尔脸色苍白、上气不接下气地跑来，万般无奈

地向卡莱尔说出一个悲惨的消息:《法国大革命史》的底稿除了少数几张散页外,已经全被他家里的女佣当做废纸,丢进火炉里烧为灰烬了。

卡莱尔在这突如其来的打击面前异常沮丧。当初他每写完一章,随手把原来的笔记、草稿撕得粉碎。他呕心沥血撰写的这部《法国大革命史》,竟没有留下任何的记录。

但是,卡莱尔还是重新振作起来。他平静地说:“这一切就像我把笔记本拿给小学老师批改时,老师对我说:‘不行！孩子,你一定要写得更好些！’”

他又买了一大沓纸,从头开始了又一次呕心沥血的写作。我们现在读到的《法国大革命史》便是卡莱尔第二次写作的成果。

不错,当无事时,应像有事时那样谨慎;当有事时,应像无事时那样镇静。因为在漫长的旅途中,实在是难以完全避免崎岖和坎坷。

只要出现了一个结局,不管这结局是胜还是败,是幸运还是厄运,客观上都是一个崭新的开始。只要厄运打不垮信念,希望之光就会驱散绝望之云。

教练颇具慧心的指点，成就了孙雯在足球场上的叱咤人生。丘吉尔说：“我没有路，但我知道前进的方向。”人生就像海浪，有波峰也有波谷，在跌入波谷时，应积蓄力量和勇气，于无路中走出一条路来，走过坎坷、走向坦途。

人生妙谛 Ren sheng miao di

下一次就是你

●占砚文

阳光的温暖不会放弃任何一个微弱的生命！

有一个女孩对足球十分痴迷，一个偶然机会，她被父母送到了体校学踢足球。

在体校，女孩并不是一个很出色的球员，因为此前她并没有受过规范的训练，踢球的动作和感觉都比不上先入校的队友。女孩上场训练踢球时常常受到队友们的奚落，说她是“野路子”球员，女孩为此情绪一度很低落。每个队员踢足球的目标都是进职业队打上主力。这时，职业队也经常去体校挑选后备力量，每次选人，女孩都卖力地踢球，然而终场哨响，女孩总是没有被选中，而她的队友已经有不少陆续进了职业队，没选中的也有人悄悄离队。于是，平时训练最刻苦认真的女孩便去找一直对她赞赏有加的教练，教练总是很委婉地说：“名额不够，下一次就是你。”天真的女孩似乎看到了希望，树立了信心，又努力地接着练了下去。

一年之后，女孩仍没有被选上，她实在没有信心再练下去，她认为自己虽然场上意识不错，但个头太矮，又是半路出家，再加上每次选人时，她都迫切希望被选上，因此上场后就显得紧张，导致平时训练水平发挥不出来。她为自己在足球道路上黯淡的前程感到迷茫，就有了离开体校的打算。

这天，她没有参加训练，而是告诉教练说：“看来我不适合踢足球了，我想读书，想考大学。”教练见女孩去意已决，默默地看着她，什么也没说。然而，第二天女孩却收到了职业队的录取通知书。她激动不已地立刻前去报了到。其实，她骨子里还是喜欢着足球。女孩这次很高兴地跑去找教练了，她发现教练的眼中同她一样闪烁着喜悦的光芒。教练这次开口说话了：“孩子，以前我总说下一次就是你，其实那句话不是真的，我是不想打击你才说你的球艺还不精，我是希望你一直努力下去啊！”女孩一下子什么都明白了。

在职业队受到良好系统实战训练后，女孩充满信心，她很快便脱颖而出。她就是获得20世纪世界最佳女子足球运动员称号的我国球星孙雯。

后来，孙雯讲述这段往事时，感慨地说：“一个人在人生低谷中徘徊，感觉自己支持不下去的时候，其实就是黎明的前夜，只要你坚持一下，再坚持一下，前面肯定是一道亮丽的彩虹。”

“下一次就是你”，不仅给了我们希望，还说明了我们在某些方面还有缺陷，仍需努力付出。常言说“磨刀不误砍柴工”，只要不断充实、完善自己，时刻准备着，在逆境中绝不放弃，再坚持一下，那么，下一次见到彩虹的可能就是你。

熊旁和达盖尔歪打正着的科学发现真令人羡慕不已，但如果没有他们平时的努力，也不会有如此的“偶然”。成功并不是遥不可及的，只要我们锲而不舍，全力以赴朝着成功的方向努力，就可以不断地接近成功。

人生妙谛 Ren sheng miao di

成功可以预料

●李雪峰

熊旁是瑞士的化学家，他经常孜孜不倦地沉醉在实验里，就是回到家里，他也要在茶余饭后做上一些微小的实验。

1896年的一天下午，熊旁趁妻子午休的时间，自己躲在家里的那间小实验间里做试验，一不小心，他把桌上那瓶盛满硝酸和硫酸混合液的瓶子碰倒了，溶液流在桌子上。熊旁马上去找抹布，抹布没有立即找到，眼看那些溶液就要从桌子上漫流到地板上，慌乱之中，熊旁就顺手拿起了放在旁边的一条妻子的棉布围裙擦掉那些溶液。围裙浸了溶液，湿淋淋的，熊旁担心妻子见后责怪，就悄悄把围裙带到厨房，准备烘干，没料到刚靠近火炉，就听“轰”的一声，围裙在瞬间被烧得干干净净，没有一点儿烟，也没有一丝灰烬。熊旁惊得目瞪口呆，但随后便欣喜万分，因为他意识到了自己于不经意间已经合成了可以用来做炸药的新的化合物，一个发明在不经意间突然出人意料地成功了。

1838年，法国著名物理学家达盖尔正在费尽心机地苦苦研究影像保留在胶片上的方法，但研究进行半年多了，达盖尔几乎尝试过了各种材料和方法，但研究仍然是一片空白，毫无进展。

就在达盖尔要对此项研究绝望时，有一天，他意外地发现了一种影像居然留在了胶片上。达盖尔大喜过望，立刻小心翼翼地整理实验桌上的所有化学物品，想弄明白到底是什么东西使自己这项原本已山穷水尽的研究又突然变得柳暗花明？结果，他惊讶地发现，原来是一支温度计破碎后留下的水银。

在不经意之间，熊旁发明了世界上第一种无烟炸药，而达盖尔则研发了摄影洗印技术。其实在科学研究过程中，像熊旁和达盖尔这两个歪打正着的成功真是屡见不鲜，但没有他们的不懈努力，没有他们的锲而不舍，成功的果实能被他们如此偶然地摘到吗？

在这个世界上，幸运总是偏爱那些坚忍不拔的人，只要你的脚步不停歇，意想不到的风景总会闪过你的眼帘。

只要你努力，成功虽然不能预期，但却不会远离你的预料。

成功的公式 <<

每个人都不能指望别人会为自己的人生“埋单”。要想获得成功，你就得自己努力，根本不能指望别人，这就叫自强。自尊加自立加自信加自强就等于成功，这就是成功的公式。

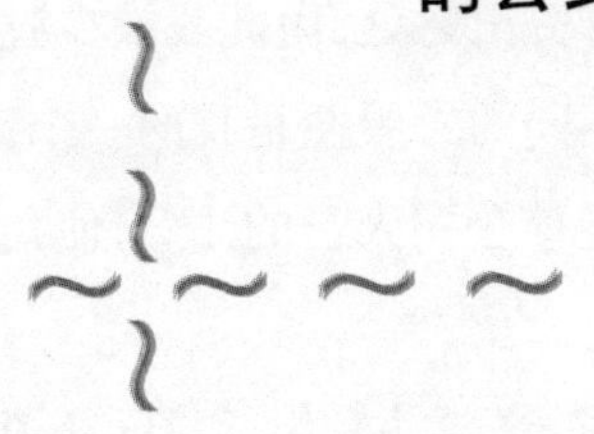

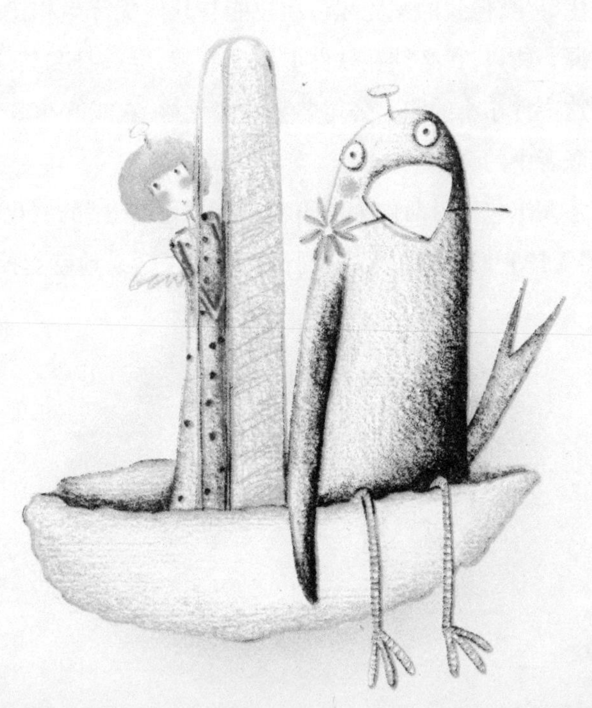

人生妙谛 Ren sheng miao di

懂得从生活中寻找出不同,懂得创新的人才是真正的人才,而这寻找的过程恰恰是进取过程中的一个点,没有这许许多多的点,就不会连成前进的线,就不可能更快地取得成功。

一件文化衫

●蔡成

得知一周后的人才招聘会上将有众多知名公司招聘,陈才忙碌开了。他先是四处搜集消息,看有哪些公司将出现在现场招聘会上,他们会聘些什么人,接着去了一家招牌制作店,花高价印了三件自己设计的长袖文化衫。招聘会那天,各大高校的学生将会场塞得满满的。陈才跟其他同学一样,西装革履,头发梳得一丝不乱,背着一个包,包里放着自己的个人简历和各类证书的复印件。陈才一到会场就直奔LG公司的招聘台,那是他的首要目标。等陈才终于排到LG公司的招聘台前的队伍里时,他已脱下身上的西装,套上文化衫。文化衫上正印着LG的变形字母,既醒目又美观。学生们逐一向招聘人员递交简历。等陈才走到招聘人员面前时,他们忽然一怔,疲惫的脸上很快露出了微笑。招聘负责人站起来握住陈才的手,亲自接过他递上的资料,当场翻阅,并与他进行了详细的交谈。最后,招聘负责人拿出合同:"公司允许我每天有一个名额可以当场拍板聘用。今天,你最幸运,签合同吧。"

回到学校后,好多同学都跑来向他取经,陈才淡淡一笑:"没什么绝招,我只是有自知之明。我虽是优等生,但我的文凭和各项技能与其他优等生相比,并没有突出之处,由此我缺少脱颖而出的把握。所以,我必须在软件上别出心裁,穿一身和其他同学不同的衣服便是我的一个计谋。别小看这一件小小的印上公司名字的文化衫,它能够100%地引起该公司人员的注意,使我成为众多求职者中的亮点……"

陈才掏出包里另两件分别印着"联想"和"TCL"的文化衫。他想,这两件文化衫我已经用不着了,我得卖掉它们。第二天,这两件文化衫很轻易地就卖掉了,其价格是原来的3倍……

自尊+自立+自信+自强=成功。总之一句话:人应该作为一个独立的个体存在,坚持自我,相信自我!

人生妙谛
Ren sheng miao di

成功的公式

●杨威

直到16岁,他仍是懵懵懂懂地在学校混日子,打架斗殴抽烟逃学,是个十足的坏学生,连老师都有些怕他,他从没觉得这有什么不好。16岁,正是情窦初开的年龄,那年他喜欢上了班上的一个女同学,他给她写了一封情书,她鄙视地看了他一眼,竟然把他的情书贴到了学校的宣传栏里。虽然他的检讨书在宣传栏贴过不下20次,但这一次,不知为什么他感到一种刺痛。第二年他就转学了,在后来的那几年里,他像变了个人似的,拼命地学习,竟然考上了湖南大学。

22岁时,他大学毕业,顺顺利利地进了政府机关。每天一杯茶一张报地在机关混日子,他觉得这日子过得也不错。有一回,他到乡下去探亲,亲戚竟然把一头狼像狗一样地养在家里看家护院,他惊问其故,亲戚告之,这狼自幼就与狗一同驯养,久而久之,这狼连长相都有些像狗,更别提狼性了。他当时看着那狼,想想自己,顿时有些心惊。没多久,他就在别人的惋惜声中辞职,去了深圳。

他专找那些有名的外资公司去求职,而且他总是想方设法直接地向外方经理面送自荐信。搞得那些外方经理一个个莫名其妙:"我们现在没有招聘需要啊!"他微笑着告诉对方:"总有一天你们需要招聘人的。"

后来,他真的被其中一家公司录用了。那一年,他24岁。27岁时,他因为成绩突出,被调到公司设在丹佛的美国总部。上班的第一天,他按国人的习惯请美国的新同事共进午餐,然而,就在他准备埋单的时候,同事们却一个个不合情理地坚持自己付自己的钱。他当时觉得很是尴尬,但同时也明白了些什么,于是更加努力地工作。

这是一个人的真实经历,他叫王其善,现在是坐落于美国丹佛市的全球第四大电脑公司的技术总监。

他告诉我们:16岁时的经历让我明白,一个人要想被他人接受,并且被他人尊重,首先得自己尊重自己;22岁我开始明白,狼之所以失去狼性,是因为它没有学会自立;24岁我知道,要想求职成功,首先自己要自信;而27岁在美国上班的第一天,我知道了美国人为什么要实行AA制:因为每个人都不能指望别人会为自己的人生"埋单"。要想获得成功,你就得自己努力,根本就不能指望别人,这就叫自强。自尊加自立加自信加自强就等于成功,这是成功的公式!

人生妙谛 Ren sheng miao di

“其实地上本没有路，走的人多了，也便成了路。”先铺好的路虽然规则，整齐，却很容易束缚人们的思想，固定人们的行走路线，而自然形成的痕迹才是最真实的路，这正如人生之路，走别人铺好的路和走出一条自己的路所看到的风景会大不相同。

在空地上种上草

●胡光

一位著名的建筑师为某单位设计建造了一组现代化的办公大楼。这是三幢建设在一大片空地上遥遥相望的漂亮的大楼，建筑师超人的艺术素养得到了淋漓尽致的体现。大楼轮廓初具的时候，看到的人都已经赞不绝口了。

工程快竣工时，工人们问他：“三幢大楼之间的人行道如何铺设？”

“在大楼之间的空地上全种上草。”建筑师回答。

大楼主人和工人们都感到纳闷，但这是著名的建筑师的话，他们不好反对，就在这空地上全种上了草。

一个夏天过后，在三幢大楼之间，和三幢大楼通往外面的草地上，已经被来来往往的行人踩出了若干条小路。这些小路有些因为走的人多，就宽些，有些因为走的人少，就窄些，但它们蜿蜒伸展，错落有致，就像是几条树林间的小道。到了秋天，建筑师又带着工人们来了，他让工人沿着人们踩出的路痕铺就了大楼之间和通向外面的人行道。然后在道路两旁种上了树木和花草。每一个走在这些道路上的人都说：这几条路，是比大楼更伟大的杰作。

命运仿佛是挣不断的锁链，在你茫然未决之际决定你的人生。如果人盲目地顺从，就会陷入苦痛和伤悲，因此我们要学会选择，战胜命运、战胜自我，做自己的主人，开创美好的未来。

人生妙谛
Ren sheng miao di

伯恩斯坦的痛苦

●任海杰

我不知道，这样的镜头是如何拍摄到的：一代指挥大师伯恩斯坦痛苦地趴在工作台上，头发凌乱。他的右手无力地向前伸着，手中的笔似乎刚从他指间脱出。笔尖的墨汁滴在尚未写完的、已经涂画过的乐谱上……如果不作解释，谁会相信这就是我们所熟悉的伯恩斯坦？

长久以来，英姿勃发、潇洒倜傥的伯恩斯坦是带着指挥家的盛名和荣耀出现在我们面前的，他那极富个性的指挥风格和风度，倾倒了无数的乐迷。然而，追溯伯恩斯坦的成长经历，他最早的抱负其实是当一位作曲家。1918 年，伯恩斯坦出生在美国马萨诸塞州的劳伦斯，早年曾求学于哈佛大学，因为酷爱音乐，后转入美国著名的寇蒂斯音乐学院，师从美国当时非常有名的作曲家和音乐理论家辟斯顿学习作曲。在此期间，性格活跃的伯恩斯坦还随著名指挥大师赖纳学习指挥，不过，他当时的主要意向还是作曲，创作的热情非常高涨，写了一系列出手不凡的作品。一时间，伯恩斯坦的作品犹如一阵清新之风吹拂了美洲大陆，人们发现一位新的作曲大师已崭露头角。

就在伯恩斯坦写出一部部新作品的同时，具备多方面音乐才华的他（伯恩斯坦的钢琴弹得很好）又涉足指挥领域。他先是到波士顿坦格伍德的音乐培训中心学校学习，成为著名指挥大师库谢维茨基的学生，深得库氏的赏识，两年后成为其助手。后来，他又因一个偶然的机会被当时担任纽约爱乐乐团常任指挥的罗津斯基发现，推荐他担任这个著名乐团的助理指挥。在 1943 年的一场重要的音乐会上，年仅 25 岁的伯恩斯坦代替因病不能上场的瓦尔特出场指挥，获得极大成功，由此一举成名。

伯恩斯坦由此成为乐坛上的两栖明星。而到了 1958 年，决定伯恩斯坦成为一流指挥家的时刻终于到来，因为就是在这一年，伯恩斯坦接过了米罗普洛斯的指挥棒，成为纽约爱乐乐团常任指挥。在世界乐坛的指挥领域，这是个让人羡慕的位置，在以后的数年中，伯恩斯坦几乎成了纽约爱乐乐团的名片。

伯恩斯坦在指挥上成名的速度和亮度更甚于他在作曲上的成就，但在内心深处，他还是以作曲为己任的。就在他在指挥之路上一路顺风的时候，他已经意识到这会影响到自己的创作，但指挥家的光环、社会名流的待遇、剧场内如潮的掌声和喝彩，让生性外向的伯恩斯坦放不下手中的指挥棒。如果我们作一下统计，就会发现，奠定伯恩斯坦作为一个作曲家基础和声望的几乎都是他在1958年前创作的作品，如：《第一（耶利米）交响曲》《第二（焦虑的年代）交响曲》《小夜曲》《西区故事》等。尽管在以后的几十年中，伯恩斯坦仍断断续续写过些作品，但其创作的速度、力度及数量，已远不能与1958年前相比。1958年成了伯恩斯坦事业的分水岭：他迎来了指挥的高峰，却预示着创作上的衰退。

在执棒纽约爱乐乐团的岁月里，创作的欲望无时不在撞击和折磨着伯恩斯坦。因此每逢休假，伯恩斯坦总要找一段时间把自己关在屋内进行作曲，他竭力想找回以前的活力和灵感，他要激活和实现年轻时的梦想与抱负，然而除了偶尔闪过的灵光外，面对案前正在谱写的音符，他更多面临的却是深深的失望与苦恼，乐思的枯竭像幽灵一样驱之不散，于是本文开头的一幕就时时出现了……

是创作还是指挥？这个矛盾和冲突几乎贯穿了伯恩斯坦的一生，当他在舞台上无数次接受掌声和鲜花时，有谁能明白他背后的隐痛和遗憾？作为一个指挥家，他已获得了巨大的成功，但创作的神奇和永恒时时召唤着他，使他内心始终得不到真正的安宁。一直到了晚年，伯恩斯坦终于下定决心：辞去纽约爱乐乐团的指挥，回家专心创作。

在人生的旅途业已步入黄昏时，仍有激情和意志去实现自己念念不忘的夙愿，这是多么难能可贵。但是，为时已晚了，疾病已开始向伯恩斯坦袭来，而更让伯恩斯坦感到痛苦的是，有人认为他创作的音乐只停留在《西区故事》这样的音乐剧的层面上，不可能再有所超越了。这对伯恩斯坦来说，无疑是更致命的一击。在他晚年的时候，每念及此，他都耿耿于怀。伯恩斯坦一定是带着深深的遗憾告别人世的。然而，当我们回视20世纪的世界乐坛，便会感叹，那时正是因为有了伯恩斯坦，美洲才真正有资格与由卡拉扬统帅的欧洲大陆指挥相抗衡。从这一点上来说，一生叹息的伯恩斯坦也许会感到一丝欣慰。

积土成山，积水成渊，没有点滴的积累就无法创造奇迹。正是因为积累才凝聚了力量，才让人有了前进的动力和奋发的精神，从而为成功积淀，创造奇迹。

人生妙谛
Ren sheng miao di

爱因斯坦：1905 年的奇迹

柳 燧

1905 年，爱因斯坦在科学史上创造了一个史无前例的奇迹。这一年他写了 6 篇论文，在 3 月到 9 月这半年中，利用在专利局每天 8 小时工作以外的业余时间，在三个领域作出了四个有划时代意义的贡献，他发表了关于光量子说、分子大小测定法、布朗运动理论和狭义相对论这四篇重要论文。

1905 年 3 月，爱因斯坦将自己认为正确无误的论文送给了德国《物理年报》编辑部。他腼腆地对编辑说："如果您能在你们的年报中找到篇幅为我刊出这篇论文，我将感到很愉快。"这篇"被不好意思"送出的论文名叫《关于光的产生和转化的一个推测性观点》。

这篇论文把普朗克 1900 年提出的量子概念推广到光在空间中的传播情况，提出光量子假说。认为：对于时间平均值，光表现为波动；而对于瞬时值，光则表现为粒子性。这是历史上第一次揭示了微观客体的波动性和粒子性的统一，即波粒二象性。

在这文章的结尾，他用光量子概念轻而易举地解释了经典物理学无法解释的光电效应，推导出光电子的最大能量同入射光的频率之间的关系。这一关系10年后才由密立根给予实验证实。1921年，爱因斯坦因为"光电效应定律的发现"这一成就而获得了诺贝尔物理学奖。

这才仅仅是开始，阿尔伯特·爱因斯坦在光、热、电物理学的三个领域中齐头并进，一发不可收拾。1905年4月，爱因斯坦完成了《分子大小的新测定法》，5月完成了《热的分子运动论所要求的静液体中悬浮粒子的运动》。这是两篇关于布朗运动研究的论文。爱因斯坦当时的目的是要通过观测由分子运动的涨落现象所产生的悬浮粒子的无规则运动，来测定分子的实际大小，以解决半个多世纪来科学界和哲学界争论不休的原子是否存在的问题。

三年后，法国物理学家佩兰以精密的实验证实了爱因斯坦的理论预测，从而无可非议地证明了原子和分子的客观存在，这使坚决反对原子论的德国化学家、唯能论的创始人奥斯特瓦尔德于1908年主动宣布："原子假说已经成为一种基础巩固的科学理论。"

1905年6月，爱因斯坦完成了开创物理学新纪元的长论文《论动体的电动力学》，完整地提出了狭义相对论。这是爱因斯坦10年酝酿和探索的结果，它在很大程度上解决了19世纪末出现的古典物理学的危机，改变了牛顿力学的时空观念，揭露了物质和能量的相当性，创立了一个全新的物理学世界，是近代物理学领域最伟大的革命。

狭义相对论不但可以解释经典物理学所能解释的全部现象，还可以解释一些经典物理学所不能解释的物理现象，并且预言了不少新的效应。狭义相对论最重要的结论是质量守恒原理失去了独立性，他和能量守恒定律融合在一起，质量和能量是可以相互转化的。其他还有比较常讲到的钟慢尺缩、光速不变、光子的静止质量是零等等。而古典力学就成为相对论力学在低速运动时的一种极限情况。这样，力学和电磁学也就在运动学的基础上统一起来。

1905年9月，爱因斯坦写了一篇短文《物体的惯性同它所含的能量有关吗？》作为相对论的一个推论。质能相当性是原子核物理学和粒子物理学的理论基础，也为20世纪40年代实现的核能的释放和利用开辟了道路。

在这短短的半年时间，爱因斯坦在科学上的突破性成就，可以说是"石破天惊，前无古人"。即使他就此放弃物理学研究，即使他只完成了上述三方面成就的任何一方面，爱因斯坦都会在物理学发展史上留下极其重要的一笔。爱因斯坦拨散了笼罩在"物理学晴空上的乌云"，迎来了物理学更加光辉灿烂的新纪元。

人生仿佛旅者在漫长的路上前行，时刻面临着选择方向的难题。如果一味地茫然彷徨，就会陷入迷途，从而不能到达梦想的国度。所以，我们应该坚信光明，学习选择正确的道路，并以此为信念而奋斗。

人生妙谛 Ren sheng miao di

调皮大王的IT枭雄之路

●王磊

他读了三所著名大学，但没得到一个学位文凭；他的成绩十分不理想，但对电脑十分精通；他总是特立独行，甚至有点儿孤僻；他酷爱冒险，甚至置生命安全于不顾(上大学踢球时弄断过鼻梁骨，在夏威夷冲浪时扭伤过颈骨，还有一次因骑车摔断过肘骨，还开过一架意大利产战斗机在太平洋上空和别人进行模拟空战)。但他对决定做的事会义无反顾、一心一意，直到目标完成为止。他的人生目标是击败微软帝国。他相信：“罗马帝国都会垮，凭什么微软不会？”他常引用成吉思汗的名言：“只有其他人都失败，才是真正的成功。”

这就是甲骨文公司的创始人拉里·埃里森的风格：盛气凌人且富攻击性。虽然直到32岁，埃里森仍然一事无成，但后来却凭借1 200美元的起家费创造出“甲骨文奇迹”。

1977年，当他说打算建造第一个商业关系数据库时，人们都说他头脑发热；1995年，当人们都认为PC需要变得更容易使用和价格更便宜时，他说PC在这一点上是一种荒谬的工具，其实它需要不断增加复杂性，建一种完全整合的应用软件系统。

在他的带领下，甲骨文公司从1986年公开上市以来，年收入已经从两千多万美元遽升到2001年的110亿美元，每年的营业毛利至少增长35%。

这些优秀的业绩与他不愿附和别人的性格不无关系，埃里森经营哲学的核心是，你如果做一件与别人相同的事情，就不可能致富。当人们说他头脑发热的时候，埃里森就会反击说：“别人说我头脑发热，但我总是感觉良好，因为这表明自己正在试图做一些创新的事情，并且与众不同。”甲骨文公司的前销售副总裁曾表示：“为埃里森工作就像骑着老虎，不管路程如何危险艰难，你必须紧贴老虎背，如果你掉下来，老虎会把你吃掉。其他人对他而言，只有两种人：朋友和敌人。”

埃里森一旦自己确定了正确方向，他就会选择战斗。如今，甲骨文公司在他的带领下依然在为具有颠覆性的研究战斗着，创造着一个又一个“甲骨文奇迹”。

人生妙谛 Ren sheng miao di

困难只会玩弄弱者,却会使强者获得搏击命运的力量。生命中的困难在所难免,如同风雨阵阵袭来,但只要我们充满恒心与毅力,面对困难永不止步,知难而上,勇敢前行,一定会走向成功。

把挫折踩在脚下

●沈欣

在1864年9月3日这天,寂静的斯德哥尔摩市郊,突然爆发出一声震耳欲聋的巨响,滚滚的浓烟霎时冲上天空,一股股火焰直往上蹿。仅仅几分钟时间,一场惨祸发生了。当惊恐的人们赶到现场时,只见原来屹立在这里的一座工厂只剩下残垣断壁,火场旁边,站着一位三十多岁的年轻人,突如其来的惨祸和过分的刺激,已使他面无人色,浑身不住地颤抖着——这个大难不死的青年,就是后来闻名于世的弗莱德·诺贝尔。

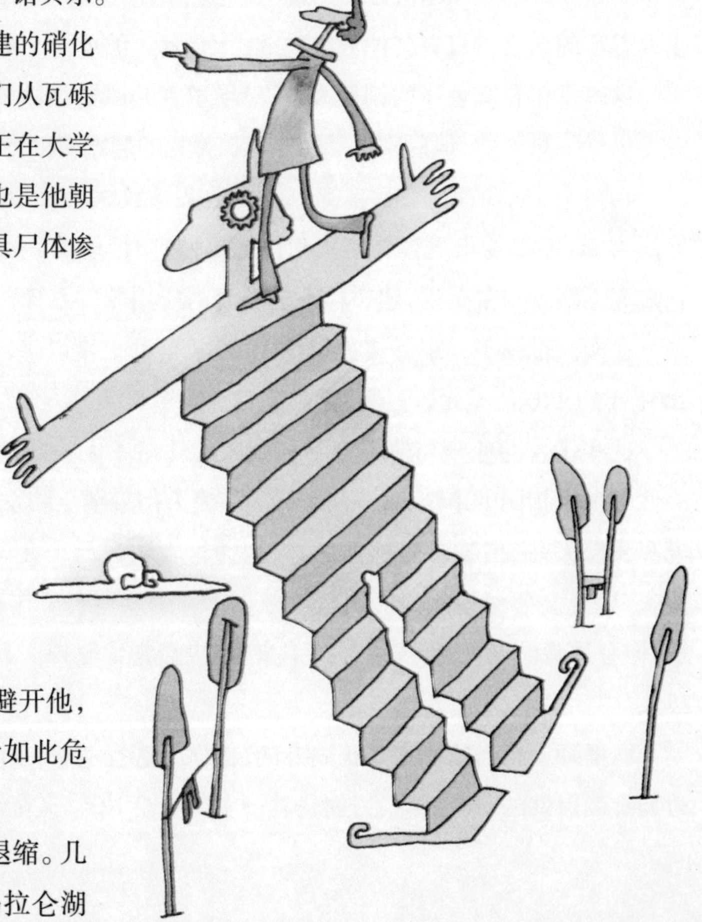

诺贝尔眼睁睁地看着自己所创建的硝化甘油炸药的实验工厂化为灰烬。人们从瓦砾中找出了5具尸体,其中一个是他正在大学读书的、活泼可爱的弟弟,另外四人也是他朝夕相处的亲密助手。烧得焦烂的5具尸体惨不忍睹。

诺贝尔的母亲得知小儿子惨死的噩耗后,悲痛欲绝。年老的父亲因太受刺激引发脑溢血,从此半身瘫痪。然而,诺贝尔在失败和巨大的痛苦面前却没有动摇。

惨案发生后,警察当局立即封锁了出事现场,并严禁诺贝尔恢复自己的工厂。人们像躲避瘟神一样避开他,再也没有人愿意出租土地让他进行如此危险的实验。

这一连串挫折并没有使诺贝尔退缩。几天以后,人们发现,在远离市区的马拉仑湖上，出现了一只巨大的平底驳船，驳船上并没有什么货物，而是摆满了各种设备，一个青年人正全神贯注地进行一项神秘的试验。他就是在大爆炸后被当地居民赶走的诺贝尔！

大无畏的勇气往往会令死神望而却步。在令人心惊胆颤的实验中，诺贝尔没有连同他的驳船一起葬身鱼腹，经过多次试验，他发明了雷管，雷管的发明是爆炸学上的一项重大突破。接着，他又在德国的汉堡等地建立了炸药公司。

一时间，诺贝尔生产的炸药成了抢手货，源源不断的订货单从世界各地纷至沓来，诺贝尔的财富与日俱增。

然而，获得成功的诺贝尔并没有摆脱挫折。不幸的消息接连不断地传来：在旧金山，运载炸药的火车因震荡发生爆炸，火车被炸得七零八落；德国一家著名工厂因工人搬运硝化甘油时发生碰撞而爆炸，整个工厂和附近的民房变成了一片废墟；在巴拿马，一艘满载着硝化甘油的轮船，在大西洋的航行中，因颠簸引起爆炸，整个轮船人员全部葬身大海……

面对接踵而至的灾难和困境，诺贝尔没有被吓倒，没有被压垮，也没有一蹶不振，他所具有的毅力和恒心使他对已选定的目标义无反顾，坚韧不拔。在奋斗的路上，他已习惯了与死神朝夕相伴。

诺贝尔把挫折踩在了脚下，赢得了巨大的成功。他一生共获专利发明权355项。他用自己的巨额财富创立的诺贝尔科学奖被国际科学界视为一种至高无上的荣誉。

人生妙谛 Ren sheng miao di

在监狱中遭遇了27年的非人待遇，遭遇了那样的痛苦和屈辱，选择宽容已经不易，选择以德报怨更是难上加难，但是曼德拉向世人展示了他博大的胸怀。“若不能把悲痛与怨恨留在身后，那么我其实仍在狱中。”这句话，值得很多人深思。

曼德拉的顿悟

●鲁先圣

南非的民族斗士曼德拉，因为领导反对白人种族隔离政策而入狱，白人统治者把他关在荒凉的大西洋小岛罗本岛上27年。当时尽管曼德拉年事已高，但是白人统治者依然像对待年轻犯人一样对他进行残酷地虐待。曼德拉被关在总集中营的一个“锌皮房”里，白天他要将采石场采的大石块碎成石料，有时要从冰冷的海水里捞取海带，还做采石灰的工作。因为曼德拉是要犯，专门看守他的看守就有三人。他们对他并不友好，总是寻找各种理由虐待他。

但是，当1991年曼德拉出狱当选总统时，曼德拉在总统就职典礼上的一个举动震惊了整个世界。总统就职仪式开始了，曼德拉起身向欢迎他的来宾致辞。他先介绍了来自世界各国的政要，然后他说，虽然他对于能接待这么多尊贵的客人深感荣幸，但他最高兴的是当初他被关在罗本岛监狱时看守他的三名狱方人员也能到场。他邀请他们站起身，以便他能把他们介绍给大家。

曼德拉博大的胸襟和宽容的精神，让南非那些残酷虐待了他27年的白人汗颜得无地自容，也让所有到场的人肃然起敬。看着年迈的曼德拉缓缓站起身来，恭敬地向三个曾关押他的看守致敬，在场的所有来宾以至整个世界，都静下来了。

后来，曼德拉向朋友们解释说，自己年轻时性子很急，脾气暴躁，正是在狱中学会了控制情绪才活了下来。他的牢狱岁月给他时间与激励，使他学会了如何面对自己遭遇苦难时的痛苦。他说，感恩与宽容经常是源自痛苦与磨难的，必须以极大的毅力来训练。

他说起获释出狱当天的心情：“当我走出囚室，迈过通往自由的监狱大门时，我已经清楚，自己若不能把悲痛与怨恨留在身后，那么我其实仍在狱中。”

我们之所以总是烦恼缠身，总是充满痛苦，总是怨天尤人，总是有那么多的不满和不如意，多半是因为我们缺少曼德拉那样的宽容和感恩吧？

人是自由的精灵，命运能摧残人的身体，却不能摧残人的心志。在无数次的抗争中寻找突破，在无数次的努力中证明自我，这才是人之为人必须学会的坚强。

跃上玫瑰色的骏马

●[俄罗斯]安德列·克鲁申斯基 志默 译

在中国旅行时，我发现，几乎每一个中国的城市居民都会唱《莫斯科郊外的晚上》《卡秋莎》《山楂树》。中国出版的卡拉OK盒带，几乎每一盒除中国歌曲之外，都收有俄罗斯歌曲。这些盒带中经常出现一个名字——薛范，一位歌曲译配者。

在和薛范相识之前，我已经看到过不少有关他的文章，也听说过许多有关他的事，因此见面时，他给我的第一个印象是，无论目光、举止和思维方式，他都没有通常从被困在轮椅上的人们身上可见到的那种羸弱的神情。在他身上，我感受到一种很有意思的、敏锐的、不拘一格的思维方式，他是一位十分亲切随和但同时又具有极强自尊心的人。

是命运的捉弄，他早年因患小儿麻痹症导致双腿终身瘫痪，但同时也显露出早慧的迹象：5岁学弹钢琴，在画家父亲的指导下学习绘画的基本技法，6岁上学，成绩优秀。而他最主要的禀赋则是他不同一般的意志。凭着这种意志，他在生活道路上比他8个健全的兄弟姐妹取得的成就更多。薛范从少年时代接触俄罗斯文化，至今生活在由它激发的高尚美好的情感世界以及动人心魄的音乐和语言的和谐天地里。随着我们进一步的交流，我眼前仿佛浮现出叶赛宁笔下"春日嘹亮的清晨""跃上玫瑰色的骏马驰骋"的奇妙形象。薛范已经60开外，但他的生活轨迹始终如一，仿佛一生是一跃而成，尽管这一跃曾遭受命运无数次毁灭性的打击。

1952年，薛范中学毕业，考取了当时的上海俄语专科学校。当他去报到时却因残疾而被拒绝。他没有消沉，继续按着自己规定的日程表生活：每天早上起床，打开唱机，用最大的音量放送柴科夫斯基的第一钢琴协奏曲，然后工作。他自学俄语，自学大学课程，经常泡图书馆。激励着他的一件事是和奥斯特洛夫斯基遗孀拉伊莎的见面。那年，拉伊莎来到上海，会见了一些重残青年。苏联歌曲、书刊、电影仿佛给他的"玫瑰色的骏马"插上了翅膀。他译配的歌曲一首接一首，出版了第一本歌曲集。1966年爆发的"文化大革命"又是命运对他一次新的打击：他的家里没有了钢琴，失去了书刊、歌谱、乐谱（不少乐谱有作者的题签）、唱片。然而经过半死不活的10年之后，薛范重又跨上了"玫瑰色的骏马"。

北京之行对于一个残疾人来说，是个不简单的考验，但又是值得的：一本系统、完整地介绍苏联歌曲的集子问世，伴随而来的是音乐会和一束束鲜花。出版社专为那场音乐会赶印出来的1 000册书当场销售一空。

对他性格的形成影响最大的是中国作家鲁迅、古代英雄岳飞和英国作家伏尼契笔下的“牛虻”。谈到俄罗斯古典音乐作品，他赞赏柴科夫斯基的第一钢琴协奏曲和第六交响曲、格林卡的歌剧《伊万·苏萨宁》；俄罗斯作家中，他更为推崇莱蒙托夫、普希金、巴乌斯托夫斯基和叶赛宁（早在1958年薛范就翻译过他的几首短诗）；画家里，他看重列宾。他喜爱的苏联作曲家是杜纳耶夫斯基、索洛维约夫·谢多伊和巴赫慕托娃。作为一位专业翻译家，他已经出版了30种歌曲集，其中半数是俄罗斯和苏联歌曲集。“当代其他国家的歌曲通常翻来覆去就是‘爱我’‘吻我’这类词语，而苏联歌曲有极为深刻的内涵，译配较难，但也更有意义。”临别时，薛范说：“我对苏联解体深以为憾，您说，它还有希望重生吗？”

我无法回答薛范“是”或“否”，只是握着他的手以感激他提的这个问题。在结束本文时，我想对中国的俄学家们引用一下屠格涅夫的一句话：“……要没有你们的话，看到家里所发生的一切，怎不令人灰心丧气呢？”

奇迹不是灵光的闪现，不是天降的恩赐，而是努力结出的硕果、希望绽放的花朵。因此，我们应相信奇迹，并用自己不懈的努力去印证奇迹的存在，这样才能在平凡中铸就伟大，从而创造属于自己的奇迹。

人生妙谛
Ren sheng miao di

创造奇迹的桥梁专家

●刘志伟

他决意要建造一座横跨曼哈顿和布鲁克林的大桥。然而桥梁专家们经过分析，一致认为这是不可能的，于是大家都劝他放弃这个如天方夜谭般的计划。他一如既往，克服了重重困难，构思建桥方案的同时，也说服了银行家们在该项目上投资。

可是大桥开工还没多久，他的大脑就在一场灾难性的事故中受到严重损伤。很多人都以为大桥的建造计划因此而宣告结束，因为只有他才知道如何把大桥建成。

尽管他丧失了活动和说话的能力，但他还有和往常一样的敏锐思维和一根唯一能动的手指。他利用这根手指敲击他妻子的手臂，通过这种特殊的交流方式，他把建桥方案转达给他的妻子，进而由他的妻子把建桥方案转达给正在施工的桥梁专家和工程师们。历经整整 13 年，他就用这根手指指挥着工程，直到雄伟的布鲁克林大桥建成。

他就是美国著名的工程师华盛顿·罗布林。

这个世界上看来很多不可能发生的事都是极有可能发生的，不相信奇迹的人永远创造不了奇迹。要相信奇迹，同时也要付出努力，因为努力能创造奇迹。

人生妙谛 Ren sheng miao di

保卫家园是一场战争，重建家园是一场更重要的战役。一个伟大的人不仅能带领人们出生入死，为保家卫国而战，还能帮助人们走出阴影、重拾信心，为实现人生价值而战。

将军投降以后

●费斯

美国南北战争期间，南联邦军事天才罗伯特·爱德华·李将军英勇善战屡建奇功，是南方人的得力干将。无情的战争最后以南方失败而告终，然而投降后的李将军却赢得了更多美国人的爱戴。

战争结束后，在阿波马格斯，李将军代表南联邦签字投降。仪式完毕，将军心如心如刀绞，无言地离开了。战火蹂躏后的南方，满目疮痍；残疾的妻子和两个女儿等着将军去供养；身为一个杰出的军事天才，南方却再无部队可以指挥。许多骄傲的南方人不甘受此耻辱，举家迁往埃及、墨西哥、南非，他们不愿意，更不忍心让儿女们看到自己破碎的家乡。沮丧与绝望包围了南联邦。

将军回到了家，他穿着战场上磨破了的战靴，人和战马泥迹斑斑。他避开公共场合成千上万爱戴他的人们，默默接受了华盛顿学院院长的职务。当时该学院鲜为人知，除了2 000元联邦废币外，只有146名学生每人70元的学费可指望。处在绝境中的学院因李将军的到来复活了，对它一无所知的富翁们慷慨赞助，两年后学生增加了1倍；而月薪125美元的将军在他的破房子里酝酿着新的战略，他突破传统呆板的教学方式，增加化学、物理等自然科学课程，甚至还设了新闻课，这在当时是个创举，比后来教育家们的新闻课提前了40年。

李依然还是位“将军”，胸怀天下的他没把一分钟、一分力用于沮丧，却把南方人从羞辱中拉了出来，又投入了复兴家园的战役。许多不服气的南方兵要进山打游击继续和北方人作对，向将军讨教计策。李将军说：“回家去，小子们，把毁灭的家园建起来。”他曾告诉惊奇不解的人们：“将军的使命不单在于把年轻人送上战场，更重要的是去教会他们如何实现人生的价值。”

成功没有一定之规，坚持向上是一种可贵的精神，勇于向下从基础开始更是一种境界。降低是为了升得更高，走得更远。切实的努力就会获得回报。

人生妙谛
Ren sheng miao di

向下走的境界

●刘克升

经过十几年的打拼，他终于拥有了自己的“航空母舰”：一个管辖十几家子公司的大型集团公司。为了进一步把事业做大、做强，公司又招聘了一批新员工，并打算把他们全部充实到各个子公司去。

消息传来，新员工们很不满意。他们都是本科及本科以上的学历，不理解公司为什么把自己安排到那些子公司去。

信息反馈到他那里，他思索了一下，把新员工召集到了一起，问道：“我记得你们当中有一位是专修园林专业的，能不能出来回答我一个问题？”我就是那个学过园林专业的新员工，等我站起来后，他微笑着说：“请您给大家介绍一下，天牛幼虫在树木里取食时，它的行走方向有什么特征？”

这个自然难不倒我，我不假思索地说：“按照天牛幼虫行走的规律，它应当是自上而下在树木的身体里穿行的。也就是说，如果一根树枝上有好几个虫眼，我们完全可以断定，这个天牛幼虫一定隐藏在最下方的一个虫眼里。”

当我介绍到这里，他立即接过话茬儿：“说得非常好！大家想一想，天牛幼虫为什么要自上而下地行走？因为它要永远取食最新鲜的木质，这样羽化出来的天牛成虫，才是最棒的、最有活力的。从这个意义上来讲，越是高层的地方就越容易破坏掉你们的创造力，而基层可以使你们不断地保持活力。所以，我希望你们能够像天牛幼虫一样，要学会尝试着向下走，并且坚持不断地深入下去……”

时间一年年地过去了，如今，我们那一批新员工，逐渐像从天牛幼虫转化为一个个展翅飞翔的成虫，担当了公司绝大部分的高层职位。我也靠自己的努力，成为了一名高级文秘。

回想这个过程，我感触颇深：在众人一开始就把目光瞄向最高层、高不成低不就的时候，我们不妨先耐住寂寞，向下走一走。这一走，说不定还会越走越开阔，最终走出一番新天地。

人生妙谛
Ren sheng miao di

聪明的人善于利用机会，而有智慧的人善于创造机会。黄娅先抓住大选商机，后接受克里阵营委托，迫使布什阵营不得不买断产品专利。既利用机会，又创造机会，堪称教科书般的市场运作，给我们上了一堂生动的市场营销课。

命运在你手中

●崔鹤同

她是一位传奇人物。

1963年出生的艾莉森·拉佩尔患有名为“海豹肢症”，先天残疾，没有双手、膝盖，脚和上身由大腿骨连接，双腿特别短小。出生后几周内就被母亲送到“残疾之家”，度过了无助而孤寂的童年。3岁时，她就开始学会用脚摆弄画笔；16岁时用脚创作的绘画作品已在当地绘画竞赛中获奖。残疾人画家协会得知后特意派人拜访，她被吸收为协会的学生会员，每个月可获一小笔收入，用来购买绘画工具。后来，她进入萨顿学院成人班艺术专业。1984年，19岁的拉佩尔来到伦敦走上了独立生活的道路。她被申请获准到布赖顿大学艺术学院学习人体素描。刚开始，她的作品基本上都是健全人体的素描。直到第二学期，辅导老师对她说：“你的画中全部是美丽完整的人，这也许是你不想面对真正的自己。”

拉佩尔震惊了。老师的话让她意识到生命中还有更为重要的东西。

对此，她想起了断臂的维纳斯。她虽无双臂，却让古往今来多少人为之倾心。唯一不同的是，自己的残疾比维纳斯更加严重，但这一点并不能成为美丽的障碍。

此后，拉佩尔开始了新的奋斗与追求，以自己的身体为原型进行艺术创作。通过摄影和用嘴含笔绘画，用不同的方式展现自己并不完整的身体，得到了世人的认可，成为著名的画家和摄影家。1995年，英国艺术家奎因以她为模特儿创作了大理石雕像《怀孕的拉佩尔》，高3.55米、重12吨的裸体雕塑出现在伦敦著名的特拉法尔加广场，使她成为家喻户晓的女英雄。

是的，美丽并不仅仅存在于正常、完美的事物之中；残缺因拼搏和打磨都会放射出更加夺目的光彩。

坚强不屈的拉佩尔，用她奇丽的一生向我们昭示：命运在你手中，努力就会成功。

成功并不会随便向某个人挥手示意。为着心中的一个梦想，不断向前，将生命融入梦想，让渺小的你去演绎梦想中的角色，总有一天“假装”的成功会变为现实。

人生妙谛
Ren sheng miao di

假装成功

●吴光平

许多年前，一个小姑娘应聘到位于美国纽约市第五大街的一家裁缝店当打杂女工。小姑娘出身贫寒，家住在纽约的一处廉价出租房里。当她走进那家金碧辉煌的裁缝店时，仿佛置身于一个令人炫目的新世界。正式上班以后，她经常看到女士们乘着豪华轿车来到店里，在店里镶着金边的大试衣镜前试穿她们的漂亮衣服。她们都和裁缝店里的女老板一样，穿着讲究，举止得体，端庄大方，高贵典雅。小姑娘想：这才是女人们应该过的生活。一股强烈的欲望在她的心中燃烧：我也要当老板，成为她们中的一员。于是，小姑娘开始玩起了一个令人兴奋的游戏。她每天开始工作之前，都要对着那面试衣镜，很开心、很温柔、很自信地微笑。她虽然经济拮据，只能穿粗布衣服，但她假装自己已经是身穿漂亮衣服的夫人，待人接物落落大方，彬彬有礼，深受那些女士们的喜爱。她虽然地位卑微，只是一名打杂女工，但她假装自己已经是老板，工作积极投入，尽心尽责，仿佛那裁缝店就是她自己的，因此深受老板信赖。

不久，有许多客户开始在女老板面前说：“这位小姑娘是你店中最有头脑、最有气质的女孩子。”女老板也说：“她确实很出色。”又过不久，女老板就把裁缝店交给小姑娘管理了。日月如梭，光阴荏苒，这个小姑娘渐渐有了一个响亮的名字——“安妮特”，继而成为了一名服装设计师，最后成了“著名设计师安妮特夫人”。

人生妙谛
Ren sheng miao di

苦心人，天不负。米奇尔始终持有不灭的希望之光和信念之火，最终不仅战胜了对手，也战胜了自己。曾经洒下多少汗水，现在就有多少荣耀。坚定信念，你也会超越自我。

我做到了

●戴维·奈斯特

每个脚印都是自己走出来的。

他的掌心在出汗，横竿定在5.18米，比他个人最好成绩高0.07米。米奇尔·斯通面临着他撑竿跳高生涯中最富挑战性的时刻。

米奇尔一直就梦想着飞翔。从14岁起，他就开始为之努力了。他的教练即父亲为他细心制订了一项周密详细的训练计划。米奇尔的执著、决心和对待训练严谨的态度都是父亲一手调教出来的。

母亲则希望儿子的训练能轻松一些，想让儿子仍是那个充满自由自在梦想的小孩子。她曾试着同米奇尔和丈夫谈论此事，但丈夫马上打断了她，说："想要得到，就必须努力。"

米奇尔为完美而奋力拼搏，除了他的信念，还有激情。时至今日，米奇尔撑竿跳所取得的全部成绩似乎都是对他努力训练的回报。

米奇尔又在为他喜欢的试跳做准备了。他似乎忘记了他刚刚以0.3米的优势越过他个人的最好成绩，忘记了在这场撑竿跳比赛中，他是最后的两名竞争选手之一。

当越过5.23米、5.28米的高度时，他竟出奇地理智。躺在垫子上，他听到人群的惋惜声，知道另一名选手的最后一跳已经失败。他知道最后的时刻来临了。只要跨过这个高度就可以稳获冠军，而小小的失误又会使他屈居亚军。这并没有什么可羞耻的，然而米奇尔不允许自己失败。

他在草地上翻滚了一下，指尖上举，祈祷了三次。他拿起撑竿，稳稳站定，踏上到目前为止他的运动生涯中最具挑战性的跑道。

然而这次他感到跑道和以前不同，他感到片刻慌张。横竿被定在比他个人最好成绩高0.45米的位置上，距全国纪录仅0.02米。他这么想着，感到剧烈的紧张和不安。他想放松下来，但无济于事，反倒使他更紧张。他从未经历过这种体验。他内心深处无时不在想着母亲。现在怎么了？母亲会怎么做呢？很简单，母亲常告诉他这样的时候做一下深呼吸。

他照这样做了，紧张从腿上消失。他把撑竿轻轻地置于脚下，伸开胳膊，抬起身体。一道冷汗沿着脊背流了下来。他小心地拿起撑竿，心脏怦怦在跳。四周静寂，他想观众一定也是屏住呼吸。忽然他听到远处几只飞翔的知更鸟的歌声，他飞行的时刻到来了。

他开始全速助跑，跑道与往日不同又很熟悉。地面就像他常梦到的乡间小路，岩石、土块、金色麦田纷纷涌入脑海。他做了一下深呼吸，一切顺理成章，他飞了起来。米奇尔以鹰的姿态在翱翔。

不知是看台上人们的欢呼声，还是落地时的重击声，使米奇尔重新清醒。鲜亮的暖洋洋的阳光照在脸上。他知道他只能想象母亲脸上的微笑。父亲也可能在笑，甚至在开怀大笑。米奇尔不知道父亲正在搂着妻子大哭呢。是的，坚信"想得到什么，就必须努力去做"的父亲像孩子似的在妻子怀中抽噎呢，母亲从未见过丈夫哭得如此厉害。她知道那是自豪的泪水。米奇尔马上被人群包围，人们祝贺他生命中辉煌的成就。他跳越了5.34米的高度：一项全国乃至世界的青年锦标赛纪录。

鲜花、奖金和传媒的关注将改变米奇尔日后的生活。这一切不仅是因为他赢得全国青年赛的冠军并打破一项新的世界纪录，也不仅是因为他把自己的个人最好成绩提高了0.24米，还因为米奇尔·斯通是个盲人。

人生妙谛
Ren sheng miao di

很多人常常抱怨生活的不公平，把失败归因于命运。其实，之所以成功的人愈加成功，失败的人总是失败，原因就是成功的人看问题更加全面，而失败者却意识不到这一点。

成功的公分母

●杨景

阿尔伯特·格里是一名成功的保险推销商。他和我们一样，多年来一直以为要想获得成功一定要有高深的学问，但通过长期的观察，他发现很多有高学历或埋头苦干的人并没有获得成功，他开始觉得学问与努力并不能保证一定会成功，也不是成功的必备条件。

有一次他向一位中年妇女推销保险，还没来得及开口，她就"嘭"的一声关上门，把他拒之门外了。格里没有就此放弃，虽然他已经听说这位太太脾气暴躁，为人刁钻，是个令许多推销员头疼的人物，但格里还是尽可能地向人打听有关她的事情，希望能从中找到突破口。

一天，天下着大雨，格里又驱车拐到了那个妇女住的那条街上，远远地，他看到她冒雨往家赶，手里还拎着许多东西。格里就主动招呼她上车，把她送回家中，但这次他没说任何与保险有关的事。过了几天，他又去看望那位太太，并给她的小女孩带去了糖果，他还是没有提关于保险的事。一个月过去了，一天当他又去拜访那位太太时，她对他说："先生，您是个好人，我想我应该相信您，其实我也考虑过关于买保险的事儿……"

成功与失败的差别往往就只有一步之遥，有人常常抱怨我们生活的世界真是太不公平了，成功的人愈加成功，而失败的人永无出头之日。其实，格里后来自己也说，他并没有想到一定会推销出去这份保险，但他希望他的每一位潜在客户都能与人和平相处、与人为善。他正是抱着这种沟通和了解的态度去做了别人不愿做或认为毫无希望的事。成功的人常常尊重别人，包括尊重自己不喜欢的人、不投缘的人、观念见解迥异的人，可失败者往往只尊重某一部分人。成功的人常怀感恩之心，常会真诚地赞美别人、感谢别人，而失败者很少这样做。我们每天只是匆匆地埋头做事，偶尔是不是也该想想"成功的公分母"呢？

当我们不了解面对的困难时，往往有信心将它克服，但随着认识的深入，信心就可能减退或发生动摇。如果我们心里产生了恐惧，又怎么有勇气战胜困难呢？所以良好的心态永远是最重要的。

人生妙谛 Ren sheng miao di

一夜解开千年难题

●江玲

在1796年的一天，德国哥廷根大学，一个19岁的青年吃完晚饭，开始做导师单独布置给他的每天例行的三道数学题。

青年很有数学天赋，因此，导师对他寄予厚望，每天给他布置较难的数学题作为训练。正常情况下，青年总是在两个小时内完成这项特殊作业。

像往常一样，前两道题目顺利地完成了。第三道题写在一张小纸条上，是要求只用圆规和一把没有刻度的直尺做出正十七边形。青年没有在意，像做前两道题一样开始做起来。然而，做着做着，青年感到越来越吃力。开始，他还想，也许导师见我每天的题目都做得很顺利，这次特意给我增加难度吧。但是，随着时间一分一秒地过去，第三道题竟毫无进展。青年绞尽脑汁，还是想不出现有的数学知识对解开这道题有什么帮助。

困难激起了青年的斗志：我一定要把它做出来！他拿起圆规和直尺，在纸上画着，尝试着用一些超常规的思路去解这道题。

当窗口露出一丝曙光时，青年长舒了一口气，他终于做出了这道难题！见到导师时，青年感到有些内疚和自责。他对导师说："您给我布置的第三道题我做了整整一个通宵，我辜负了您对我的栽培……"

导师接过青年的作业一看，当即惊呆了。他用颤抖的声音对青年说："这真是你自己做出来的？"青年有些疑惑地看着激动不已的导师，回答道："当然。但是，我很笨，竟然花了整整一个通宵才做出来。"导师请青年坐下，取出圆规和直尺，在书桌上铺开纸，叫青年当着他的面做一个正十七边形。

青年很快做出了一个正十七边形。导师激动地对青年说："你知道不知道，你解开了一道有两千多年历史的数学悬案？阿基米德没有解出来，牛顿也没有解出来，你竟然一个晚上就解出来了！你真是天才！我最近正在研究这道难题，昨天给你布置题目时，不小心把写有这个题目的小纸条夹在了给你的题目里。"这个青年就是数学王子高斯。有些事情，在不清楚它到底有多难时，我们往往能够做得更好，这就是人们常说的无知者无畏。

人生妙谛 Ren sheng miao di

要成为一个高尚的人还是一个卑贱的人，歌德作出了正确的选择，而使他作出这种选择的是他强烈的自尊心。自尊心可以给我们动力和勇气，从而成就我们的事业。

不要成为卑贱的人

●孙权

歌德小时候一直不爱学习。他的父亲想尽了一切办法也不能让他归于正道。无论采用何种方式，小歌德仍然成天无所事事。为此，小歌德不知遭到了多少次的责骂，挨了多少打。

一次偶然的机会，歌德的父亲见到了著名的人类学家福斯贝特·库勒。由于库勒博士非常热衷于教育，便对歌德父亲讲述了许多名人的教育情况。

库勒博士讲述的事情使歌德父亲深受启发，回家后便改变了对待儿子的态度，并采用了全新的教育方法。

他不再要求小歌德完全服从他的意愿，而是常常向他讲述历史上那些伟人的事迹，并告诉他伟人们在小时候都是热爱学习的孩子。就这样，小歌德对学习有了新的认识，在他的心目中形成了热爱学习与崇高、伟大相关联的概念。

有一天，歌德的父亲正在与友人谈论他们不久之前遇到过的一个流浪汉。当他发现小歌德就在不远处玩耍时，便故意提高了说话的声音。

他大声说道："听说那个流浪汉从小就不爱学习，整天游手好闲，他以为不学知识照样能生活得很好。没想到，当他长大后想为自己找个出路时，可已经太晚了。因为他什么都不懂，什么都不会，只能成为一个靠乞讨生活的卑贱的人。"

小歌德听到了父亲的话，突然感到了一种从未有过的震撼。他想："我应该做高尚的人还是卑贱的人呢？"

显然，小歌德愿意做一个高尚的人。因为第二天，小歌德表现出了以往从未有过的举动。他主动要求父亲教他学习知识，并不顾一切地拼命学习起来。

从那以后，刻苦的学习始终伴随着歌德的一生。

最终，他达成了自己的愿望，成了一个令人尊敬的高尚的人。

生命绝非一帆风顺的旅途，每一次不幸的遭遇都是一次生命的洗礼，要么，在痛苦中一蹶不振，放弃希望；要么，把痛苦踩在脚下活出崭新的自己。比如霍金、张海迪、海伦、史铁生……

在生命的痛苦中寻找精神的轻松

●李强

史铁生，1951 年生于北京，18 岁时到陕西延川县关庄公社关家庄大队插队。

他在那里主要是干比较重的农活。三个月后，因为腰腿疼痛，队里就安排他去干喂牛的轻活儿。经常处于饥饿状态的他，为了能吃饱肚子常帮人家漆画箱，从而混个肚圆。

到了 1971 年 10 月，史铁生又因腰腿疼痛，告别了知青伙伴和村民，回到北京并住进了友谊医院，直到 1973 年 6 月他才出院。在一年半的住院期间，花去了他借来的 3 000 元不说，下肢还彻底瘫痪并坐上了轮椅。他的母亲为他心疼得终于熬不住了，匆匆离开他时只有 49 岁。

随后，他办了病退手续，为了生计，在北新桥街道工厂找到了一份临时工。

在这里上班既没公费医疗，也没有任何劳保，所干的活儿是在仿古家具上画山水和花鸟，有时还画彩蛋，如出满勤，每月 30 元工钱，但为了看书和尝试写作，他每天只上半天班，1 个月下来只能领到 15 元，这活儿他一干就是 7 个年头。

1980 年落实病残知青的优待政策，他每月能得到民政部门的 60 元生活费。可是他的境况刚有所好转，灾难又再次降临，1981 年史铁生又患了严重的肾病，手术后，只给他留下了一个受损的左肾。

由于身体的原因，他辞去了街道工厂的临时工作，开始待在家中一门心思地写作，很快他创作的小说、散文陆续在全国各地的报刊上发表。

小说《我们的角落》还被田壮壮改编成了电视剧搬上屏幕，在当时的影视圈引起了不小的轰动。

1983 年，他创作的小说《我的遥远的清平湾》获该年度“青年文学奖”和“全国优秀短篇小说奖”。1984 年，他的作品《奶奶的星星》又获该年度“作家文学奖”和“全国优秀短篇小说奖”。1986 年史铁生被北京市作家协会聘为合同制作家，每月发给他 100 多元。到目前为止，史铁生已发表了 150 万字的小说、散文和剧本，他的不少作品还被翻译成日、英、法等国语言在海外出版发行。

人生妙谛
Ren sheng miao di

他的一生是一个斗士的一生，他战胜无数困难，从无数失败中跌倒又爬起，他的发明改变了世界，他却对荣誉和金钱毫不在意，这样一个人，除了伟大，没有别的词语可以形容。他所做的一切，历史永不会遗忘。

父亲爱迪生

●［美］查理斯·爱迪生

在美国新泽西州曼罗园的实验室里，我的父亲爱迪生踱来踱去，一缕乱发覆盖着前额，皱了的衣服尽是污痕和被化学品烧破的洞，完全不像一位改革家，他也不充什么派头。有一次一位要人来访，问他是否曾获得许多奖章奖状，他答："唔，有的，家里有两瓶酒，是妈妈奖赏的。""妈妈"是指他的太太，我的母亲。

父亲是个工作狂，他通常每天工作 18 个小时以上。他认为："睡眠有如药物，一次服用太多，头脑就不清醒。你会浪费时间，活力减少，错过机会。"

有些人问："他从来没有失败过吗？"当然失败过。他时常碰到失败。他的第一件专利品是电动投票记录器，用以对低级铁矿做磁性的分离。但是后来因为开发了蕴藏量丰富的高级铁矿，这项设计便完全白费了。

但他从不会因恐惧失败而趑趄不前。在从事一系列艰苦的实验期间，他告诉一位气馁的同事说："我们并未失败。我们现在已晓得有 1 000 种方法是行不通的，有了这些经验，便容易找到行得通的方法。"

他对于金钱得失的态度也是如此。他认为金钱是一种原料，跟金属一样，我们应该加以运用，而不要积聚。

有一天，父亲在观察一部矿石压碎机的效能。他对那部机器的运转情形很不满意，吩咐操作工人说："把速度提高。""我不敢。"那工人回答，"再提高速度，机器会坏的。"

父亲转过头去问工头："艾德，这部机器要多少钱？""2.5 万。""我们银行存款有这么多吧？把速度再加快一级。"

操作工人把动力加大，然后再度警告说："机器响声很大，如果爆炸，我们都会没命的！"

"那没关系，"父亲大声喊道，"尽量开动！"

响声越来越大，大家开始往后退避。突然轰隆一声，碎片四射。矿石压碎机垮了。

"怎么样，"工头问父亲，"从这项实验又学到什么？"

父亲微笑着说："学到我们可以把制造者所定的动力极限提高 40%——只要不超过最大极

限就行。现在我可以再造一部机器,增加产量。”

我的父亲从小就几乎是个聋子,他只能听到最大的响声和喊声,但是他对这个缺陷并不在意。他说:“从 12 岁起,我就没听见过鸟叫。但是耳聋对我不但不是障碍,也许反而有益。”他认为耳聋使他提早读书,还能够专心,不必和人闲聊,省下许多时间。

有人问父亲,为什么他不为自己发明助听器,他总是回答说:“你在过去 24 小时听到的声音,有多少是非听不可的?”然后他又补充说:“一个人如果必须大声喊叫,绝对不会说谎。”

父亲从没退休,也不怕老。在 80 岁高龄,他开始研究一门以前未曾研究过的学科——植物学,想在当地植物中找出橡胶来源。他和助手们把 17 000 种植物加以试验和分类之后,终于研究出从紫菀科植物中抽取大量胶汁的方法。

到了 84 岁,父亲因患尿毒症危在旦夕。数 10 位新闻记者前来探访他的病情,整日守候。医生每小时向他们宣布一次消息:“灯火仍然在照耀着。”到了 1931 年 10 月 18 日凌晨 3 点 24 分,噩耗终于传来:“灯灭了。”

举行葬礼之日,美国政府为了向他表示哀悼和敬意,本来预备把全国的电切断一分钟,但是考虑到那样做所付代价太大,而且可能产生危险的后果,所以最后只把一部分灯光熄掉片刻。

进步之轮是片刻不停的。父亲要是泉下有知,一定也同意这样做。

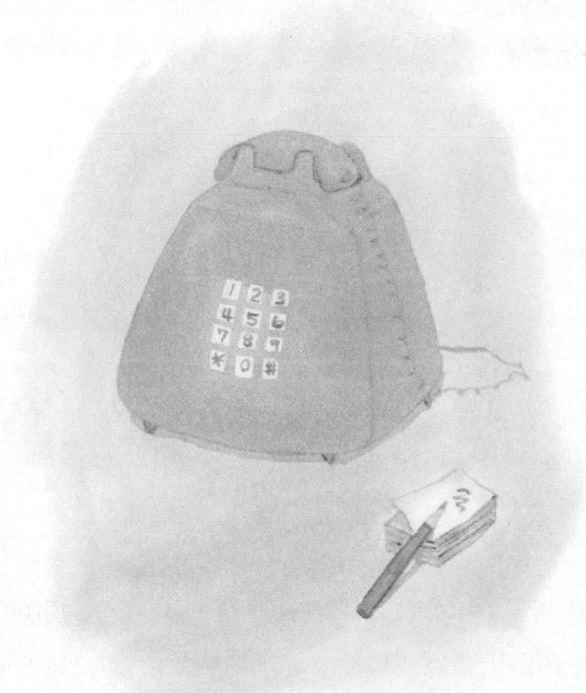

人生妙谛 Ren sheng miao di

矢志不渝的奋斗，让那个想当总统的男孩一步步走上了国王的宝座。握在手里的松籽在安逸中渐渐退去，而在泥土中奋斗的种子却长成了参天大树。托莱多的成功告诉我们，只有辛勤耕耘才能收获梦想。

播下那粒叫“总统”的种子

●感动

秘鲁安卡什省的一个小山村里，有一群男孩，由于贫穷，他们从三四岁起就帮着父亲养家糊口，替人放羊。稍大一点，孩子们开始到大街上卖口香糖、卖彩票、卖报纸、替路人擦皮鞋。尽管干着这些最低贱的活儿，但天真的孩子们都有很大的志向，每当有人问他们长大想做什么时，孩子们总喜欢这样回答：“长大了要当总统！”

有一个男孩的家里很拮据，但他还是恳求父亲让他去上学，因为他听说当总统的人都是读过书的。在当时，穷孩子很少有上学的，面对父亲的反对，男孩承诺说：“我不会因为上学而浪费做工的时间，我会利用早晚赚回与从前一样多的钱。”这样，父亲才勉强同意了。

从此，男孩白天上学，早晚仍去做从前的杂活。为了那个总统梦，孩子一直努力让自己的成绩成为所有孩子中最好的。

从小学到中学的十多年时间里，男孩不但要像同伴一样做工赚钱，还要努力学习文化知识，在人生的跑道上，同伴们离他越来越远了。

1964年，18岁的男孩获得了美国旧金山大学的奖学金。这样，他不用花父亲的钱就可以在美国攻读学士学位，他还利用学习余暇打工，寄钱给家里，以遵守自己当年向父亲许下的诺言。后来，男孩又在斯坦福大学获得了经济学硕士学位和教育学博士学位。这时的他，已成为全球各大商业公司争抢的高级人才。但是，为了梦想，他拒绝了这些诱惑，而是先后到联合国纽约总部、世界银行、美洲发展银行和国际劳工组织日内瓦总部担任经济学顾问，这为他从政积累了大量的宝贵经验。

矢志不渝的奋斗，让他距离梦想越来越近，50年后，他终于实现了这个梦想——在秘鲁2001年大选中，他击败了所有对手，当选新一届秘鲁总统——他就是现任秘鲁总统托莱多。

长大想当总统的孩子很多，最终成为总统的只有那么几个人，如果年幼的托莱多与其他同伴一样只有梦想却不为之辛勤播种耕耘，那他可能永远只是一个平庸的穷孩子。

哲人说，握在手里的松籽，它永远只是一粒松籽。只有播撒在泥土里的，才可能长出参天大树。

一段惊心动魄的研究经历，一曲用生命谱写的英雄赞歌。在生命的弥留时刻，老人心中想着的是为科学留下珍贵的研究资料，为被蛇咬伤的患者带来生的希望。老人与世长辞，但他的研究记录却拯救了无数人的生命。

坚持到生命的最后时刻

●王伟

一个白发苍苍的老人在实验室里仔细地观察锁在笼子里的南美洲毒蛇。当他抓住蛇头把它拿出来，准备抽血化验时，突然毒蛇咬伤了他，殷红的鲜血从伤口流了出来。他抓起身旁的电话机，却打不通，身边又没有别人。这时他的头脑十分清醒，觉得他应该做些什么。

于是，他找到一些绷带，把伤口包好，拿出实验记录本，把体温表夹在腋下，看着手表，记录下每一阶段的感觉。“体温很快升到了39.5摄氏度……胃剧痛……”汗水，在他那布满皱纹的脸上淌着，脸上的肌肉不断地抽动。他感觉到从来没有过的燥热，想喝水……突然，他什么也听不见了，耳朵里像有什么东西在发出噪音，但他还是顽强地记录着：“睁开眼时，眼皮疼……快四个小时了……”老人的伤口、鼻和嘴开始淌出血来。“我已经看不见体温表了，情况十分严重……血从鼻子和嘴里淌出来，疼痛消失了，软弱无力，我想脑开始充血了……”

在被蛇咬伤5个小时以后，这位老人完成了自己悲壮的人生。这篇用生命写成的日记，为后人鉴别诊断蛇毒提供了极为珍贵的第一手资料，它是一曲为科学而献身的壮丽史诗。

这位可敬的老人就是美国芝加哥自然历史博物馆研究员、著名的动物学家卡尔·施密特博士。

人生妙谛 Ren sheng miao di

梦想有多高，我们就能飞多高。尽管你心中的高度遥不可及，尽管你自认为根本不具备到达它的条件，只要心中有梦并为之努力奋斗，总有一天会收获成功的喜悦。

梦想的高度

●[美]丹尼斯·怀特雷

他从小被一所大学里的一对教授夫妇收养。2岁的时候，他突然奇怪地停止长高了，而且他的健康状况也越来越差。经过专家会诊，他患的是一种罕见的阻碍消化和吸收食物营养的疾病，医生们认为他只能再活6个月了。还好，经过静脉注射营养液，他勉强恢复了体力，但是他的生长发育受到了抑制。

他在医院里住了很长一段时间，一直到9岁。他只能在心里计划着去答复那些嘲笑他、管他叫“花生豆”的孩子们。

多年以后，他回忆道，在他的潜意识里面，“那一切的经历让我梦想在体育上能取得一些成功”。有时，他的姐姐苏珊会去滑冰场滑冰，他总是跟着一起去。他站在场外，那么虚弱瘦小、发育不良，鼻子里还插了一根直到胃里的鼻饲管，平时那根管子的另一头就用胶带贴在他的耳朵后面。

一天，他看着他的姐姐在冰面上飞驰，突然转身对父母说：“听我说，我想试试滑冰。”两个正在谈话的大人吓了一跳，难以置信地看着病弱的孩子。

最终他尝试了，并喜欢上了滑冰，开始狂热地练习。在滑冰之中他找到了乐趣，他可以胜过别人，而且身高和体重在滑冰场上并不重要。

在第二年的健康检查中，医生吃惊地发现，他竟然又开始长个儿了。虽然对他来说，达到正常的身高已经不可能，但是他和他的家人都不在乎了。重要的是，他正在恢复健康，正在获得成功，正在实现自己的梦想。

后来，没有哪个孩子会再嘲笑、戏弄他了。正好相反，他们全都欢呼着冲上前去请他签名。他参加了一次又一次的世界级滑冰比赛，一系列高难度的冰上动作让观众如痴如狂。

目前他已经退役，不再当职业滑冰选手了，但是他仍旧是冬季运动中受人尊敬的教练、顾问和评论员。

虽然他身高只有1.59米，体重才52公斤，但是他肌肉健美，精力充沛。他就是前奥运滑冰冠军——斯科特·汉弥尔顿，他自信而坚强，身高无法限制他的信念和力量。

人应该对自己负责，因为只有自己才明白自己真实的梦想。而这种梦想绝非空穴来风，需要我们用奋斗去充实它、实现它，这样才能使梦想得以实现，才能让人生更加充实和精彩。

人生妙谛 Ren sheng miao di

生命的过程是实现自我的不懈努力

李俊杰

丁磊从小就喜欢无线电，很大程度上，他是受了父亲的影响，他认为自己将来最骄傲的职业，就是成为一名电子或者电气工程师。高考时，他填报了成都电子科技大学。

毕业后，丁磊回到家乡，在宁波市电信局工作。电信局旱涝保收，待遇很不错，但丁磊觉得那两年工作非常辛苦，同时也感到一种难尽其才的苦恼。1995年，他从电信局辞职，遭到了家人的强烈反对，但他去意已定，一心想出去闯一闯。

他在Sebyse广州分公司找了一份工作。但一年后，丁磊就又想离去，萌发了离开那里和别人一起创立一家与Internet相关的公司的念头。在当时他已经可以熟练地使用Internet，而且成为国内最早的一批上网用户。

离开Sebyse也是丁磊的一个重要选择，因为当时他要去的是一家小得可怜的公司。但他当时非常有信心，相信它将来对国内的Internet会产生影响，他满怀着热情。当时，除了投资方外，公司的技术都是他在做。他后来发现这家公司与他当初的许多想法发生了背离，他只能再次选择离开。

1997年5月，丁磊决定创办网易公司。

每天工作16个小时以上，其中有10个小时是在网上，他的邮箱有数十个，每天都要收到上百封电子邮件。

2001年9月4日，这是丁磊人生当中最痛苦的一天。网易因误报2000年收入，违反美国证券法而涉嫌财务欺诈，被纳斯达克股市宣布暂停交易。随后又出现人事震荡。丁磊经历了无数个不眠之夜，但苦难并没有把他压倒。

接下来，丁磊很快调整自己，通过他的努力，使网易从垃圾股到今日的中国概念“明星”。在2004年福布斯中国财富排行榜中，丁磊以中国首富身份荣登榜首。

人生妙谛
Ren sheng miao di

信念是一个人能否坚持并取得成功的关键。信念好比一颗明珠，在心灵的某个地方闪闪发光，带给人前进的动力和希望的光芒。拥有一个坚定不移的信念，实现理想就变得容易许多。

心灵先到达那个地方

●崔修建

美国西部的一个乡村，有一位清贫的农家少年，每当有了闲暇时间，他总要拿出祖父在他8岁那年送给他的生日礼物——那幅已被摩挲得卷边的世界地图。他年轻的目光一遍遍地漫过那上面标注的一个个文明的城市，一处处美丽的山水风景，飘逸的思绪亦随之纵横驰骋，渴望抵达的翅膀，在那上面一次次自由地翱翔……

15岁那年，这位少年写下了他气势不凡的“一生的志愿”：“要到尼罗河、亚马孙河和刚果河探险；要登上珠穆朗玛峰、乞力马扎罗山和麦金利峰；驾驭大象、骆驼、鸵鸟和野马；探访马可·波罗和亚历山大一世走过的道路；主演一部《人猿泰山》那样的电影；驾驶飞行器起飞降落；读完莎士比亚、柏拉图和亚里士多德的著作；谱一部乐曲；写一本书；拥有一项发明专利；给非洲的孩子筹集100万美元捐款……”

他洋洋洒洒地一口气列举了127项人生的宏伟志愿。不要说实现它们，就是看一看，就足够让人望而生畏了。难怪许多人看过他自己设定的这些远大目标后，都一笑了之，所有人都认为那不过是一个孩子天真的梦想而已，随着时光的流逝，很快就会烟消云散的。

然而，少年的心却被他那庞大的“一生的志愿”鼓荡得风帆劲起，他的脑海里一次次地浮现出自己畅快地漂流在尼罗河上的情景，梦中一次次闪现出他登上乞力马扎罗山顶峰的豪迈，甚至在放牧归来的路上，他也会一次次沉浸在与那些著名人物交流的遐想之中……没错，他的全部心思都已被那“一生的志愿”紧紧地牵引着，并让他从此开始了将梦想转为现实的漫漫征程……

毫无疑问，那是一场壮丽的人生跋涉，也是一场异常艰难、简直无法想象的生命之旅。他一路豪情壮志，一路风霜雪雨，硬是把一个个近乎空想的夙愿，变成了一个个活生生的现实，他也因此一次次地品味到了搏击与成功的喜悦。44年后，他终于实现了“一生的志愿”中的106个愿望……

他就是20世纪著名的探险家约翰·戈达德。

当有人惊讶地追问他是凭借着怎样的力量，让他把那许多注定的“不可能”都踩在了脚下，他微笑着如此回答：“很简单，我只是让心灵先到达那个地方，随后，周身就有了一股神奇的力量，接下来，就只需沿着心灵的召唤前进好了。”

“卓越的一生，光辉的历程。”李四光用毕生的贡献诠释了这句话，他把一生的智慧无私地献给了祖国母亲，他把一生的汗水无怨地洒在了中国的土地上，他那鞠躬尽瘁、死而后已的精神将永远在中国的科学史上闪烁着耀眼的光芒。

人生妙谛
Ren sheng miao di

李四光的故事

●许珍珍

李四光，我国杰出的地质学家，地质力学的创立者，新中国地质事业的开拓者与奠基人。他让我国甩掉了“贫油”的帽子，对我国矿产资源的开发有重大的贡献。

在学校，李四光学习刻苦，生活清贫。每月收到的官费用于必需的开支后，已所剩无几。为了省钱，他常常把生米放进暖水瓶中，加上开水，浸泡一夜，第二天，就着咸菜一起吃下。李四光的确是一位不知疲倦的学生，即使休息时间，也不放松学习。偶尔在假日走进公园，看看名胜古迹，身边也总是少不了一叠报纸杂志，或是一卷厚厚的书籍。在林荫下，在流水旁，他一坐下来就抄抄写写，或是思考一连串的问题。

新中国成立后，李四光几经波折，终于回到了祖国的怀抱里。20世纪50年代初，李四光承担的另一重大任务就是，把全国的地质工作者组织起来，为新中国的社会主义建设服务。

李四光毕生投身于科学事业。他勤奋好学，博览群书，学识渊博，注重实践，悉心钻研，勇于创新，共发表论文七十余篇(部)，为发展地球科学和服务于国民经济建设、环境治理等方面，做了许多创造性的工作，并在多方面作出了巨大贡献：他创建的地质力学，提出构造体系新概念，为研究地壳构造和地壳运动、地质工作开辟了新途径；他关于古生物蜓科化石的鉴定方法与分类标准，一直沿用至今，为微体古生物研究开拓了新道路；他建立的中国第四纪冰川学，为第四纪地质研究，特别是地层划分、气候演变、环境治理和资源勘查等科研工作开拓了新思路；他始终不渝地将自己的聪明才智献给祖国和人民，为了解决建设中急需的能源问题，他运用自己创建的地质力学理论和方法，组织和指导石油地质勘探工作，在分析中国地质构造特点的基础上，指出新华夏构造体系三个沉降带具有广阔的找油远景，50年代初就提出华北平原和松辽平原的“摸底”工作值得进行，为大庆、胜利、大港等我国东部一系列大油田的勘探与发现，为摘掉我国“贫油”的帽子和石油工业的发展作出了重大贡献；他指导铀等放射性矿产勘查取得突破性进展，为发展我国核工业和“两弹一星”的发射作出了重要贡献，他还有力地推进了我国地热资源的开发利用；邢台发生地震后，在人民的生命财产受到极大威胁的关键时刻，他提出进行地应力测量和现今构造应力场分析，研究地震发生、发展的规律，为预测和预报地震指明了方向；他还把这些理论和方法应用于区域地壳稳定性研究，在地壳活动带中寻找建设“安全岛”，以及应用于各种灾害的预测与防治等。直到他临终，他还念念不忘人民的安危和发展地质科学及国家建设。

1971年4月29日上午8时30分，李四光这位历经风雨、鞠躬尽瘁、为祖国为人民奉献了一生的伟大科学家永远地离开了我们。

自信是对自己能力的肯定，是对他人才华的认可，艾森豪威尔的自信正基于此。他独具慧眼，充分认识到人的精力有限，不能事事亲历亲为，因此他如伯乐相马，充分了解了身边人才的特点，合理调配，从而取得了光耀千秋的成就。

有一种自信叫信任别人

●游宇明

美国永久五星上将、第三十四届总统德怀特·戴维·艾森豪威尔是美国20世纪赫赫有名的人物，他治军有方，治国有略，一生成就不可谓不突出，然而，研究他的成功之路，我们可以得出一个结论：这个人在成就事业时特别另类。

艾森豪威尔"二战"时曾担任过欧洲盟军远征军最高统帅，他战功卓著，领导的重大战役几乎战无不胜、攻无不克，他也因此深受美国总参谋长马歇尔的赏识。1942年2月，他还是一个普通的少将，到第二年却是五星上将了。五星上将是美国最高军衔，当时获得这个军衔的只有马歇尔和他，艾森豪威尔晋升速度之快可以进入《世界吉尼斯纪录》。然而，出人意料的是，艾森豪威尔军事才华惊人，经常做的工作却只是指挥三位直接受他领导的将领，对他们的手下从不过问，更不接见。两年之后，艾森豪威尔退役并出任哥伦比亚大学校长，副校长安排他听有关部门的报告。听了十几位先生的报告后，艾森豪威尔感到非常烦躁，他把副校长召来，问自己到底要听多少人的汇报，副校长回答说至少63位。艾森豪威尔大发雷霆，认为这样做太浪费时间，他特地提到自己当年做同盟军统帅时如何信任直接下属这件事。1953年，艾森豪威尔当选为美国第三十四任总统后，一次正在打高尔夫球，白宫送来急件要他批示，总统助理事先写好了"赞成"和"否定"两种批示，只需他挑一个签名即可。艾森豪威尔一时不能决定，便在两种批示上都签了名，然后对工作人员说："请狄克（即副总统尼克松）替我挑一个吧。"仍然打他的高尔夫去了。

我们可以指责艾森豪威尔的“懒惰”，中国的文化是提倡领导者事必躬亲、以身作则的；我们也可以赞扬艾森豪威尔对他人的充分相信，指挥上百万的军队，自己却只亲自指挥三个将领；自己做总统，如何批示急件却要副总统做主……然而，我觉得最值得我们深思的是艾森豪威尔那种建立在信任他人基础之上的自信，正是这种自信铸就了他人生的辉煌。

艾森豪威尔特殊的自信主要表现在两个方面。第一，他“放心”自己的眼力。一般的名人行事都如履薄冰，生怕一着棋不慎，毁了一世英名。艾森豪威尔不是这样，无论是对军队还是对国家，他实施的都是“无为而治”，这种“无为”不是真正的“无为”，而是充分相信选中的人可以代替自己干好必须干好的事。第二，他相信自己有领导别人、唤醒别人能量的本事。根据现代管理理念，一个管理者是不是优秀，主要不是看他个人做了多少事，而要看他率领的团队有多大的爆发力。从战场上摸爬出来的艾森豪威尔深知，一个人的力量是极其有限的，我们要有所作为，就必须发挥每一个与此相关的人的积极性，把他们的能耐集中到一起，这种驭众人才华为我所用的能力，其实是一个人最大的本事。

人的梦想能走多远，我们的腿才能走多远，在行走的过程中，没有自信是不可想象的。然而，自信有很多种，有单枪匹马的自信，有艾森豪威尔式的相信直接下属可以干成所有事的自信。如果我们把单枪匹马式的自信称为小自信的话，艾森豪威尔式的自信就是大自信。与小自信相比，大自信境界更宏大，力量更雄厚，也更能取得彪炳史册的成就。

商场瞬息万变，战机稍纵即逝，只有放开包袱放手一搏才能有机会取得胜利。所以说，比尔·盖茨的成功不是偶然，能够适时抓住机遇、深入探索、勇于挑战是他留给我们的启示。

人生妙谛 Ren sheng miao di

启 示

●刘燕敏

在1973年，英国利物浦市一个叫科莱特的青年考入了美国哈佛大学，常和他坐在一起听课的是一位18岁的美国小伙子。大学二年级那年，这位小伙子和科莱特商议，一起退学，去开发32Bit财务软件，因为新编教科书中，已解决了进位制路径转换问题。

当时，科莱特感觉到非常惊诧，因为他来这儿是求学的，不是来闹着玩的。再说对Bit系统，墨尔斯博士才教了点皮毛，要开发Bit财务软件，不学完大学的全部课程是不可能的。他委婉地拒绝了那位小伙子的邀请。

10年后，科莱特成为哈佛大学计算机系Bit方面的博士研究生，那位退学的小伙子也在这一年，进入美国《福布斯》杂志亿万富豪排行榜。1992年，科莱特继续攻读，拿到博士后学位；那位美国小伙子的个人资产，在这一年则仅次于华尔街大亨巴菲特，达到65亿美元，成为美国第二富豪。1995年科莱特认为自己已具备了足够的学识，可以研究和开发32 Bit财务软件了，而那位小伙子则已绕过Bit系统，开发出Eip财务软件，它比Bit快1 500倍，并且在两周内占领了全球市场，这一年他成了世界首富。一个代表着成功和财富的名字——比尔·盖茨也随之传遍全球的每一个角落。

在这个世界上，有许多人认为，只有具备了精深的专业知识才能去创业。然而，世界创新史表明：先有精深的专业知识才从事发明创造的人并不多，不少成就一番事业的人，都是在知识不多时，就直接对准了目标，然后在创造过程中，根据需要补充知识。比尔·盖茨哈佛没毕业就去创业了，假如等到他学完所有知识再去办微软，他还会成为世界首富吗？

在这个世界上，似乎存在着这么一个真理：对一件事，如果等所有的条件都成熟才去行动，那么他也许得永远等下去。

人生妙谛 Ren sheng miao di

赠人以鱼，不如教人捕鱼的方法。因为鱼只能解决一时之困，学会捕鱼则是安身立命的技艺。同样的道理，对贫困人群的经常性物质帮助如同杯水车薪，很难改变他们贫穷的现状，不如在提供帮助的同时，给他们指出脱离贫困的道路，这才是长久之计。

觉醒的慈悲心

●刘敏

布迪兹是西班牙的一位富翁，1986年被摩洛哥王室授予“哈桑国王勋章”，因为他曾连续10年捐款给他的故乡居民——摩洛哥北部的索里曼人，以解决他们的生计问题。

对这样一项来自家乡的至高无上的荣誉，据说布迪兹没有接受，其原因一直众说纷纭。有的说，他对王室不满；有的说，他认为自己不配接受那枚勋章。直到前不久，摩洛哥《先知报》的一位记者去采访布迪兹，人们才从布迪兹口中得知真正的原因。他是这么说的：

“有一次，我回索里曼，住在地中海金兰湾的一栋别墅里。晚上，我到海滨散步，一不小心踏进了沙滩上的水洼里。伴随着溅起的水花，一群小海蟹纷纷窜动起来。它们或爬入石缝中，或钻进沙子里。我随手抓了一只。回到住地，当地人告诉我，这种蟹叫寄居蟹，大多生活在岸边的浅水里，但是，如果它们能爬进大海，也会长得如盘子那么大。”我非常不解，问：“它们为什么不爬进大海里？”当地人摇了摇头。

后来我才知道，这种蟹有一种安贫乐道的习性，它们之所以寄居在远离大海的浅水洼里，是因为每次涨潮都能给它们带来点儿可怜的食物。只要有定期的潮水，它们都会赖着不返回大海。由于浅水洼的食物时断时续，它们的生活总是处于饥一顿饱一顿的状态，因此这种蟹很难长大。但是一遇到枯水期或一连几个星期潮水涨不到它们寄居的水洼，它们也会不辞辛苦地爬向大海，最终长成一只盘子大小的螃蟹。

这种蟹对我触动很大，于是我决定不再去救济我故乡的索里曼人。就在我作出决定的时候，恰好接到要授予我勋章的王室来函。大家都知道，最后我没有接受。

1997年10月17日，是国际消除贫困日，摩洛哥《先知报》全文刊登了对布迪兹的采访。一场误会消除了，但一个引人思索的话题却产生了——救济是不是真的能帮助穷人？最后的结论是：对穷人施以经常性的物质救济，只能使他们陷入永久的贫穷。

这里有欢乐<<

在开心的那一刻里，人的内心会产生多么重要的转变。这是一种情感的逻辑：快乐的心情带来快乐的感觉，快乐的感觉带来快乐的决定，快乐的决定带来快乐的人生！

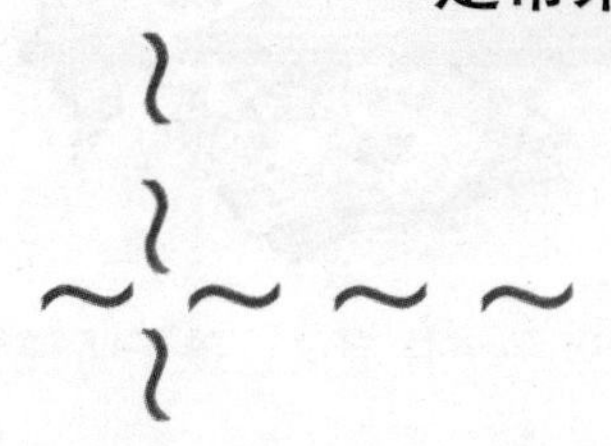

人生妙谛 Ren sheng miao di

成功者的智慧与才华如同阳光一样不会被任何东西所掩盖，即便是有乌云浮过，它也会不经意间穿透云层，直射大地。可见，盖茨的成功并非偶然，那是智慧与毅力并存、天才与勤奋相加所产生的结果。

大器之材

●卡菲瑞

那是1965年，我在西雅图景岭学校图书馆担任管理员。一天，有同事推荐一个四年级学生来图书馆帮忙，并说这个孩子聪颖好学。

不久，一个瘦小的男孩来了，我先给他讲了图书分类法，然后让他把已归还图书馆却放错了位置的图书放回原处。

小男孩问：“像是当侦探吗？”我回答：“那当然。”接着，男孩不遗余力地在书架的迷宫中穿来插去，小休时，他已找出了三本放错地方的图书。

第二天他来得更早，而且更加不遗余力。干完一天的活后，他正式请求我让他担任图书管理员。又过两个星期，他突然邀请我上他家做客。吃晚餐时，孩子母亲告诉我他们要搬家了，搬到附近一个住宅区。孩子听说转校却担心：“我走了谁来整理那些站错队的书呢？”

我一直记挂着他。但没过多久，他又在我的图书馆门口出现了，并欣喜地告诉我，那边的图书馆不让学生干，妈妈把他转回我们这边来上学，由他爸爸用车接送。“如果爸爸不带我，我就走路来。”

其实，我当时心里便应该有数，这小家伙决心如此坚定，则天下无不可为之事。不过我可没想到他会成为信息时代的天才、微软电脑公司总裁、美国首富——比尔·盖茨。

真正的成功是太阳，自己发热发光，释放能量，而不是像月亮那样借助别人的力量散发光芒。

人生的高度

●李雪峰

一天，大仲马得知他的儿子小仲马寄出的稿子总是碰壁，便对小仲马说："如果你能在寄稿时，随稿给编辑先生们附上一封短信，或者只是一句话，说'我是大仲马的儿子'，或许情况就会好多了。"小仲马固执地说："不，我不想坐在你的肩上摘苹果，那样摘来的苹果没味道。"

面对那一张张冷酷而无情的退稿笺，小仲马没有沮丧，仍在不露声色地坚持创作自己的作品。他的长篇小说《茶花女》寄出后，终于以其绝妙的构思和精彩的文笔震撼了一位资深编辑。这位知名编辑曾和大仲马有着多年的书信来往。他看到寄稿人的地址同大作家大仲马的丝毫不差，怀疑是大仲马另取的笔名，但作品的风格却和大仲马的迥然不同。带着这种兴奋和疑问，他迫不及待地乘车造访了大仲马的家。

令他大吃一惊的是，《茶花女》这部伟大作品的作者，竟是大仲马名不见经传的年轻儿子小仲马。"您为何不在稿子上署上您的真实姓名呢？"老编辑疑惑地问小仲马。小仲马说："我只想拥有真实的高度。"

《茶花女》出版后，法国文坛书评家一致认为这部作品的价值大大超越了大仲马的代表作《基度山恩仇记》。

真正的伟人是不需要给自己找垫脚砖的，一个坐在别人肩膀上的人，再高也没有他自己站着的高度高。

人生妙谛 Ren sheng miao di

梦想在勤奋进取的土壤中成长，最终结出硕果。永不放弃希望、不断拼搏，终有一天梦想会变成现实。

梦想是机遇的引擎

●李丹崖

爱德华·包克还在少年的时候，就在自己的心灵深处埋下了一颗梦想的种子，那就是：有朝一日，他一定要通过努力创办一本属于自己的杂志。虽然每当他把这个梦想说给别人听时，大家总认为他是痴人说梦、年少轻狂，但是，包克却从不这么认为。因为他坚信，一个心怀梦想的人，只要佐以适当的机遇，赢得成功是迟早的事情。

有一天，正在大街上散步的包克遇见了一位抽烟者，只见那人打开烟盒，从中抽出了一张纸片，随即就把它扔在了地上。包克走过去，把那张纸片拾起来一看，原来上面印着一个著名演员的照片，照片的下面还写着这样一句话："这只是一套照片中的一张，凡集齐四张者，皆可领取精美卷烟一盒。"原来这是烟草公司所进行的一项促销宣传活动。包克把那张纸片翻过来，发现纸片的背面是空白的。

旋即，包克眼前一亮，他立刻感觉到机遇来了！他想，若是能把这种附装在烟盒里的明星照纸片充分利用起来，并在它的背面空白处印上与照片人物一致的"小传"，那么，这种照片的价值岂不是可以得到大大提高？

说做就做，包克很快找到了负责印刷这种纸烟附件的平板画公司，并向公司的经理说明了自己的创意。这位经理听后兴奋地说："如果你能给我写100位名人的小传，每篇仅需100字，我将会每篇付给你100美元。"

包克从经理的赞许中看到了希望，于是他很快就与这家公司签了合同，迅速开始了自己的工作。他先把这些小传分门别类，分为：演员、作家、总统、将军……就这样，埋藏在包克心中的那颗种子逐渐生了根并发了芽。

果然，烟草公司使用了包克所设计的这种纸烟附件后，销售量得到了很大提高。继而，"小传"的需求量也在不断增加，于是，包克不得不请人前来帮忙，他先后以5美元和10美元不等的价格雇用了自己的堂弟和5名报社编辑，以满足平板画公司的需求。

就这样，包克成立了自己的工作室，他自己做了"总编"。随着生意的日益红火，工作室的规模也在不断扩大，他就收购了那家平板画印刷公司，条件成熟后，他果真如愿以偿地创办了自己的刊物——《妇女家庭》。

包克终于成功了！

人生犹如行路，同众人一起走宽敞的阳关大道，固然可以安逸地走完一生，但是最后难免也要“泯然众人矣”。自己另辟蹊径，选择孤单上路，固然有风险，但是也有发现绝世美景的机会，获得与众不同的成功的可能。

人生妙谛 Ren sheng miao di

适合自己的鞋

●崔鹤同

一个男孩子出生在布拉格一个贫穷的犹太人家里。他的性格十分内向、懦弱，没有一点男子的气概，非常敏感多愁，老是觉得周围的环境都在对他产生压迫和威胁。防范和躲灾的想法在他心中可谓根深蒂固，不可救药。

男孩的父亲竭力想把他培养成一个标准的男子汉，希望他具有风风火火、宁折不屈、刚毅勇敢的特征。

在父亲那粗暴、严厉且又很自负的斯巴达克似的培养下，他的性格不但没有变得刚烈勇敢，反而更加懦弱自卑；甚至从根本上丧失了自信心，以至于生活中每一个细节、每一件小事，对他来说都是一个不大不小的灾难。他在困惑痛苦中长大，他整天都在察言观色，常常独自躲在角落处悄悄咀嚼受到伤害的痛苦，小心翼翼地猜度着又会有什么样的伤害落到自己的身上。看他的那个样子，简直就没出息到了极点。

看来，懦弱、内向的他，确实是一场人生的悲剧，即使想要改变也改变不了。因为他的父亲做过努力，已毫无希望。

然而，令人们始料未及的是，这个男孩后来成了20世纪上半叶世界上最伟大的文学家之一，他就是奥地利的卡夫卡。

卡夫卡为什么会成功呢？因为他找到了适合自己穿的鞋。他内向、懦弱、多愁善感的性格，正好适宜从事文学创作。他在这个为自己营造的艺术王国中，在这个精神家园里，他的懦弱、悲观、消极等弱点，反倒使他对世界、生活、人生、命运有了更尖锐、敏感、深刻的认识。他以自己在生活中受到的压抑、苦闷为题材，开创了一个文学史上全新的艺术流派——意识流。他在作品中，把荒诞的世界、扭曲的观念、变形的人格，解剖得更加淋漓尽致，从而给世界留下了《变形记》《城堡》《审判》等许多不朽的巨著。

是的，人的性格是与生俱来不可随意硬性逆转的。就像我们的双脚。脚的大小无法选择。

别再抱怨你的双脚，还是去选一双适合自己的鞋吧！

人生妙谛
Ren sheng miao di

不经历风雨，彩虹不会自己挂在天空；不经过一番艰苦卓绝的磨炼，金牌不会自己走到你面前。正因为杨扬流下的汗水足以浇注一片冰场，所以她才会站在领奖台上的最高点。天道酬勤，每个人都一样。

改写历史的人

——记短道速滑女将杨扬

●张里权

在2002年2月16日美国当地时间20点50分，她像风一样冲过终点，夺得冬奥会女子500米速滑的金牌。她，让中国体育代表团摆脱过去六届的阴影，实现了冬奥会金牌“零”的突破，结束了长达22年的漫长等待。她，就是年轻的短道速滑名将杨扬！

每个人都会为自己选择一种生活，杨扬为自己选择的生活就是短道速滑。

从9岁开始，杨扬就把自己的大部分时间用在训练上，训练已经成为她生活中很大一部分了。在冰场上，她表达着自己对生活的热情和执著，力求把每一个动作做到尽善尽美。她享有的不仅是在冰上自由自在的感觉，还有不断经历着的挫折和失败。

冠军总是饱受磨难的，在通往冠军的道路上，没有坦途。

1988年，13岁的杨扬进入了省体校。在全班的10名运动员中，杨扬的基础是最差的。教练让她先做一年的自费生，费用自给。这件事让小小的杨扬感到极大的耻辱，自尊心极强的她憋着一口气，“说什么也不能让别人给退回去”。在随后的训练中，杨扬在每一堂课里都非常地认真，努力做好每一个动作，尽量达到教练的要求。通过一年的努力，杨扬的成绩已经是名列前茅了。

在18岁的时候，杨扬遭受到人生的一个重大的打击。年仅44岁的父亲在车祸中身亡。那是杨扬人生中最为黑暗的日子。但她知道她自己将负起整个家庭的重任。生活将她的性格磨炼得异常坚强，在以后的训练和生活中，她表现出了同龄人少有的成熟以及坚毅。

英雄之路是曲折而漫长的。命运常常会和你

开玩笑,能直面困难,才能最终成为英雄。

1999年,杨扬入选了国家短道速滑队,代表中国参加长野冬奥会。当杨扬满怀信心向冠军发起冲击时,裁判们却以“横切犯规”让她与冠军失之交臂。杨扬仿佛一下子从天堂跌到了地狱,而她只能和她的好朋友陈露抱头痛哭。

然而,冠军是击不倒的。你可以在赛场上打败她,但你永远无法击倒她。

凭借着对冠军的渴望,杨扬更加刻苦训练。在四年间,她相继参加了亚洲冬运会、世界锦标赛等一系列重大的国际大赛,共获得五十多枚金牌,为其将来在奥运会夺金增强了信心。

经过了常人不可想象的挫折,天资并不出众的她,凭借着对滑冰的执著和自信,在几年之后的2002年,终于站在了奥运会的最高领奖台上。

人生妙谛
Ren sheng miao di

上帝赋予每个人一双独特的翅膀，只不过我们往往并不自知。自己来重用自己，给自己一个飞向天空的梦想，努力与拼搏的翅膀一定会带你在天空翱翔。

自己重用自己

●蒋光宇

林克莱特，1879年生于瑞士，年纪轻轻就显露头角，成为苏黎世联邦工业大学的优秀学员。25岁时他移居美国，凭借聪明才智很快受到重用。

1927年，48岁的林克莱特担任了纽约港务局的总工程师，一干就是12年。在这个岗位上，他取得了非凡的成绩，得到了从上到下的一致认可与好评。

其实，林克莱特还有不少潜力。他精于工程设计，经常有一些大胆和新奇的构想。但老板是个极其慎重的人，总觉得他的想法太大胆也太冒险了，所以他的特长并没有得到充分的发挥。

在不知不觉中，林克莱特到了60周岁，并接到了退休的通知。起初他恋恋不舍，不想离开纽约港务局，觉得总工程师这个职位来之不易，另外还有不少业务计划等着他去大显身手。但局长遗憾地告诉他："这是规定，我也爱莫能助，无能为力。"

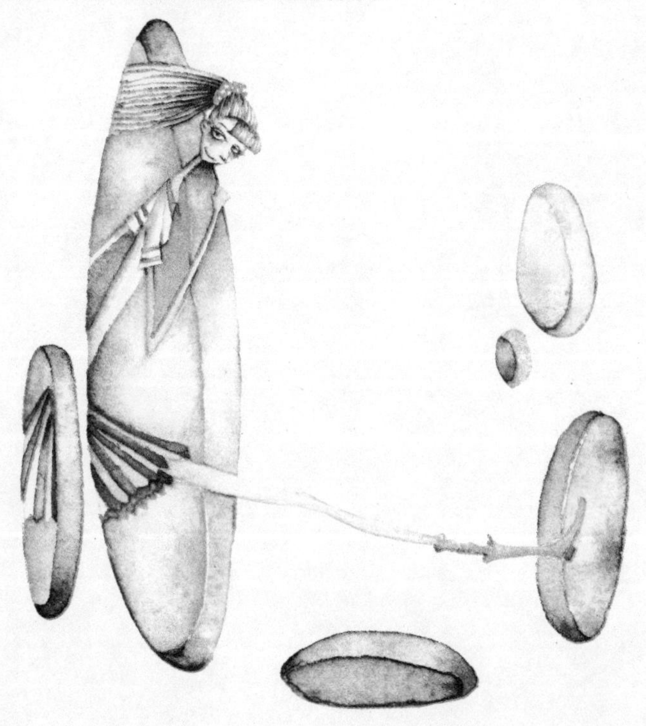

林克莱特的妻子看到沮丧的丈夫,微笑着说:“退休了,你应该高兴才对。虽然我们改变不了客观,但是却可以改变自己。你有才华,又有自由的空间,完全可以自己重用自己,去实现做一名伟大工程师的梦想。”

有时候,一句话就可以改变一个人。“自己重用自己”,这话点醒了林克莱特。他很快走出了失落感的误区,朝气蓬勃地开始实施自己重用自己的计划,决心创造出一个又一个建筑史上的奇迹。

从1939年退休到1965年去世,林克莱特在世界各地创造出一个又一个令世人瞩目的建筑经典:壮观的埃塞俄比亚首都亚的斯亚贝巴机场;雄伟的华盛顿杜勒斯机场;畅通的伊朗高速公路系统;美丽的宾夕法尼亚州匹兹堡市中心建筑群;世界上最长的悬体公路桥——纽约韦拉扎诺海峡桥……

“自己重用自己”,竟然使林克莱特做出了连自己都意想不到的贡献,使林克莱特成了一位当之无愧的建筑大师。直到今天,他的建筑经典仍然是许多大学建筑系和工程系教科书上常用的范例。

林克莱特被许多大学聘为博士生导师,也经常给同学们讲课或作报告。在每次讲课或作报告之后,总有些人请他题词留念。他写的最多的两句话就是:

“埋怨别人,天昏地暗;改变自己,风和日丽。”

“自己重用自己。”

人生妙谛 Ren sheng miao di

当形式大于内容时，两者变得都不重要；当内容重于形式时，两者相得益彰。请大家用心去充实内容吧！

握手

●吴所谓

玛丽·凯化妆品公司的徽标上两个字母P和L的含义，是盈与亏(profit and loss)，两者就像昼与夜一样主宰着这个世界。弄不好，就会与L(亏)握手；把握得当，就会与P(盈)拥抱。玛丽·凯对这两个字母做出了另一番解释：它们也意味着人与爱(People and 1ove)，若以这种方式与人打交道，自然会受到盈利的青睐。

爱是一个很宽泛的词，并不好把握。玛丽是从金律(你们愿意别人怎样对待你，你们也应该那样去对待别人)入手的。这其实就把握住了爱的本质，爱说到底是一种体验。你只有体验过爱，才知道什么是爱。当然，你体验过不爱，也能知道什么是爱。

玛丽发达之前，是一名推销员。有一次，销售经理召集他们开会，经理在会上发表了非常鼓舞人心的话。会议结束时，大家都希望同经理握握手。玛丽排队等了3个小时，终于轮到她与经理见面。经理在同她握手时，甚至连瞧都不瞧她一眼。经理用眼去瞅她身后的队伍还有多长。经理甚至没意识到他是在与谁握手。善良的玛丽理解他一定很累。可是，自己也等了3个小时，同样很累呀！自尊心受到了伤害的玛丽暗下决心：如果有那么一天，有人排队等着同自己握手，自己将把注意力全都集中在站在面前同自己握手的人士身上——不管自己多累！

正是凭着这样的决心，玛丽虽是化妆品行业的门外汉，但她不断去握化妆品专家的手，去握广大美容顾问的手，终于创建了玛丽·凯化妆品公司，在世界上声誉鹊起。玛丽也就赢得了她心中那种握手的机会。

她多次站在队伍的尽头同数百人握手，常常持续好几个小时。无论多累，她总是牢记当年自己排那么长的队等候同那位销售经理握手时所受到的冷遇，总是公正地对待每一个人。如有可能，总是设法同对方说点亲热话。也许只同对方说一句话，如“我喜欢你的发型”，或“你穿的衣服多好看哪”，等等。她在同每一个人握手时，总是全神贯注，不允许任何事情分散了自己的注意力。

这样的握手，会使数百人都觉得自己是世界上最重要的人。根据金律，数百个重要的东西也会反馈给玛丽，她的公司就这样成为了全世界重要的公司之一。

拥有智慧让你与众不同，给智慧加些真诚可以让你收获成功。因为无论是做生意还是交朋友，人们都愿意与真诚而不只是聪明的人交往。

人生妙谛 Ren sheng miao di

给智慧掺些真诚

●雨雪

多年前，在美国纽约州的一座村庄，一个木匠来到一个铁铺，对铁匠说：“请给我做一柄最好的锤子，做出你能做得最好的那种。”

“我做的每一柄锤子都是最好的，我保证。”铁匠戴维·梅尔多非常自信地说，“但你会出那么高的价钱吗？”

“会的。”木匠说，“我需要一柄好锤子。”

最后，铁匠梅尔多交给那位木匠的的确是一柄很好的锤子。对于这位木匠来说，他做木工十多年，用过不少锤子。可是，他还从来没有见过哪柄锤子比这个更好。尤其值得称道的是，锤子的柄孔比一般的要深，柄可以深深地楔入孔中。这样，在使用时锤头就不会轻易脱柄。

木匠对这个锤子非常满意。回到工地后，他不住地向同伴炫耀他的新工具。第二天，和他一起做工的木匠都跑到铁铺，每个人都要求订制一把一模一样的锤子。这些锤子很快被工头看见了，于是，工头也来给自己订了两把，而且要求比前面订制的都好。

“这我可做不到。”梅尔多说，“我打制每个锤子的时候，都是尽可能把它做得最好，我不会在意谁是主顾。”

后来，一个五金店的老板听说了此事，一次在梅尔多这里订了两打锤子。不久，纽约城里的一个商人经过这座村庄，偶然看见了梅尔多为五金店老板打制的锤子，强行把它们全部买走了，还另外留下了一个长期订单。

在漫长的工作过程中，梅尔多总是在想办法改进铁锤的每一个细节，并不因为手里握着的只是一柄铁锤而疏忽大意。尽管这些锤子在交货时并没有什么合格或优质等标签，但人们只要在锤子上见到梅尔多几个字，就会毫不犹豫地买下它。就这样，在这个不起眼的乡村小镇诞生的小铁锤，慢慢地成了美国乃至全世界的名牌产品，而梅尔多本人也凭着这些铁锤成为富翁。

梅尔多铁锤之所以畅销，是因为每一把梅尔多铁锤都是最好的。梅尔多之所以成功，是因为他总是用真诚把每一柄铁锤做得最好。

在这个世界上，只有真诚地付出，别人才会回报给我们以尊敬和支持。给智慧掺些真诚，成功之门才会向我们敞开。

人生妙谛
Ren sheng miao di

一颗单纯而真诚的心,不会因处心积虑而浪费精力,更容易接近所设定的目标,也更容易获得别人的信赖与帮助。

傻福

●易江南

一家电视台精心策划了一期娱乐节目,节目规则如下:电视台将挑选10名参赛者,把他们放到无人涉足的荒岛上去,谁能坚持到最后的规定时间,谁就是胜利者,胜利者将获得一笔巨额奖金。

很快,节目开始运作了。在10名参赛者当中,有9名身强体壮头脑灵活的人,他们都是冲着那笔诱人的奖金而来。只有一名参赛者,是经电视台考核,智商只有正常人30%的智障人士。日常生活中,这名智障人士拥有一份简单的工作,除了基本的生活自理能力和懂得与身边几个亲友交往外,他几乎再不会做别的事情。为了增加整个节目的娱乐性,电视台经过慎重考虑,决定让这名智障人士入围。

一个月后,节目规定的时间到了。让人意想不到的结果是,10名参赛者中,只有这名智障参赛者坚持到最后。其他9名参赛者,有的处心积虑想让别的参赛者出局,最终却违反规则惨遭淘汰;有的因为要防止大家的处心积虑,又要处心积虑跟大家过不去,浪费了太多的体力和精力,最终无法坚持下去,只得自行要求退出节目。只有这名智障参赛者,在整个节目录制过程中,都表现得像在平常生活中一样,肚子饿了,就到附近的果树上采集果子充饥,该睡觉的时候睡觉,该起来的时候起来。跟大家在一起相处,对待每一位参赛者,他都像对待自己的亲友一样。虽然看起来这名参赛者总是不善言辞,甚至行动迟缓,可他脸上朴实憨厚的笑容打动了每一名参赛者,人家都把他当成朋友看待,没有人想过要和他过不去。

颁奖时,大家惊讶地发现,他根本没有能力数清楚这笔奖金。在随行记者一再追问下,他告诉记者,自己完全不知道奖金的事,为了锻炼他的生活自理能力,父母替他报名参加了这个节目,临行前父母鼓励他,就算不能坚持到最后,只要他参加了这个节目,就是一个了不起的进步。

真诚交往的至高境界就是施予者与受施者的心灵契合，不随便地施舍与感恩的回报同样都是真诚的表现，我们也应该学会这种真诚的沟通。

人生妙谛
Ren sheng miao di

高贵与施与

●张丽钧

汽车大王福特不是一个吝啬的人，但他却很少捐款。他顽固地认为，金钱的价值并不在于多寡，而在于使用方法。他最担心的就是捐款经常会落在不善于运用它们的人的手里。有一次，佐治亚州的马沙·贝蒂校长为了扩建学校来请求福特捐款，福特拒绝了她。她就说：“那么就请捐给我一袋花生种子吧。于是福特买了一袋花生种子送给了她。福特后来就忘了这件事情。没想到一年以后，贝蒂女士又上门了，交给他600美元，原来学生们播种了当初的那一袋花生种子，这就是一年的收获。福特什么都没说，立即拿出600万美元交给了贝蒂。

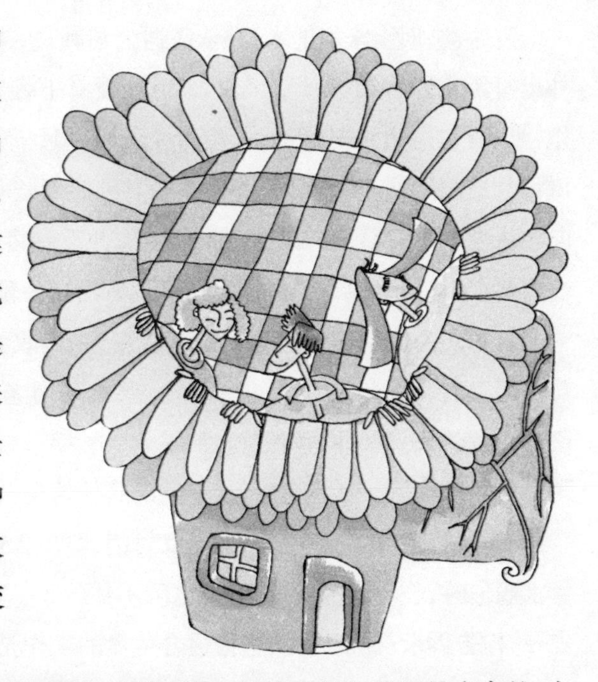

我赞赏福特的顽固，他的顽固中有一种对受施者的老辣调教。福特的担心绝不是多余的，太轻易得来的金钱往往是很难让受施者感受到金钱后面潜隐着的苦与智；我更赞赏贝蒂对点滴施与的至高的尊重，她带领孩子们撒播下的其实是足以证明他们有能力领受他人恩惠的资格。彼此的信任，为“慷慨”培植了一个堪慰心情的伟大理由。我们时常赞美慷慨无私的捐助，尤其在意捐助数额的大小，以为一个数目所昭示的正是与这个数目等值等量的一颗爱心。我们很少见到捐助者与受助者相得益彰的完美辉映，更何谈双方心灵的深切契合。其实，善意是不能标价的，恩惠也不必承载过多的酬酢。

人生妙谛
Ren sheng miao di

真诚的2 500个“请”为乔依赢得了一份他梦寐以求的工作。你用一百分的真诚，努力地与成功作交换，没有不成交的。

2500个“请”

●袁文良

三年前，四十来岁的米·乔依遭遇公司裁员，失去了工作，从此，一家六口的生活全靠他一人外出打零工挣钱维持，经常是吃了上顿没有下顿，有时一天连一顿饱饭也吃不上。为了找到工作，米·乔依一边外出打工，一边到处求职，但是所到之处都以其年龄大或者单位没有空缺为借口将其拒之门外。然而，米·乔依并没有因此而灰心，他看中了离家不远的一家建筑公司，于是便向公司老板寄去第一封求职信。信中他并没有将自己吹嘘得如何能干如何有才，也没有提出自己的要求，只简单地写了这样一句话：“请给我一份工作。”

这家名为底特律建筑公司的老板麦·约翰收到这封求职信后，让手下回信告诉米·乔依“公司没有空缺”。但是米·乔依仍不死心，又给公司老板写了第二封求职信。这次他还是没有吹嘘自己，只是在第一封信的基础上多加了个“请”字：“请，请给我一份工作。”此后，米·乔依一天给公司写两封求职信，每封信都不谈自己的具体情况，只是在信的开头比前一封信多加一个“请”字。

三年间，米·乔依一直写了2 500封信，即在2 500个“请”字后是：“给我一份工作”。见到2 500封求职信时，公司老板麦·约翰再也沉不住气了，亲笔给他回信：“请立即来公司面试。”面试时，麦·约翰告诉米·乔依，公司里最适合他做的工作是处理邮件，因为他“最有写信的耐心”。

当地电视台的一位记者获知此事后，专程登门对米·乔依进行访问，问他为什么每封信都只比上一封信多增加一个“请”字，米·乔依平静地回答：“这很正常，因为我没有打字机，只能手写，而每次多加一个字，是让他们知道这些信没有一封是复制的。”

当这位记者问老板为什么录用米·乔依时，老板麦·约翰不无幽默地说：“当你看到一封信上有2 500个‘请’字时，你能不受感动吗？”

生活中总会遭遇挫折，面对失败，不要灰心，更不要绝望，换一个角度看，那不过是人生又一个起点，又一段征程。在不远的前方，依然有欢乐存在。

人生妙谛
Ren sheng miao di

这里有欢乐

●齐伊宁

一位少妇在投河自尽后被一位老渔翁救起。老渔翁问她为何自寻短见？少妇便哭诉了她的不幸：一心相夫教子做个贤妻良母，却被另有新欢的丈夫抛弃，如今孑然一身，无依无靠，世界对她已再无欢乐可言。老渔翁问她，出嫁前生活如何？少妇眼前一亮，答道："那时我独身，无牵无挂，日子过得快乐极了。"

老渔翁笑了，捋着胡须说："现在你还不是和从前一样无牵无挂吗！怎么说这个世界上没有欢乐呢？"少妇恍然大悟，原来自己只不过又回到了生活的起点。欢乐仍然存在，自己怎么和自己开了这么大一个玩笑啊！

我是带着灰暗萧瑟的心情来到这所学校的。入学考试，我的成绩很差很差，甚至不如一个我一向认为普通的学生；班干部竞选，我一票未得。自尊和骄傲像秋风中最后的几片残叶一样被无情地卷走。第一次期中考试，我向班级的佼佼者发出挑战，却再一次失败了。我那时的心情简直糟透了，没有什么能够让我感到欢乐还在我身边。我认为，幸福之神早已抛弃了我。

看着电视剧大团圆的结局，我哭了，不是哭他们，而是在哭自己。就这样在悲伤的泪水中虚度了许多本应美好的时光。幸运的是，有一天我终于遇到了指点我人生航向的老渔翁。

就是开头的故事。

仔细想想，其实，我从小学时的优秀变成进入初中后的平庸，确实是挫折，然而也是幸福。命运把我送到了一个新的起点，我必须重新努力奋斗，寻找自己欢乐的坐标。我应当庆幸自己来到了一个高手如林的环境，与优秀的同学一起学习难道不是一种欢乐吗？原来欢乐始终不曾背弃我，而我却愚蠢地赶走了它。

你的身边永远有欢乐，只要你打开门让它进来。

人生妙谛 Ren sheng miao di

穿过久远的时间，经过世事的磨砺，我们是否还能保持一颗真诚的平常心，这是人生重要的真谛。

精彩30秒

●流沙

同学会，在杭州一家饭店举行，二十多个人围成一圈，十多年的时间把每位同学的社会地位拉开长长的距离。

同学中，有在杭州政府部门任高职的，有办公司的，有靠炒卖房地产暴发的，也有至今拿着工薪过着平淡日子的。

主持人说："现在，每人先介绍一下自己这十多年的经历，但我强调一点，因为时间关系，每人时间只有30秒。"

第一位是炒卖房地产的同学，他说："大学毕业后，我先分到食品公司，然后又跳槽到房产公司，我倒卖了一间房，赚了一万多块钱，我觉得干这行不错，于是借钱买进第二套房，转手，一下子赚了……"

"停，时间到。"主持人笑着打断。

轮到第二位发言时，他言简意赅，几句话就清清楚楚把自己的经历交代了。余下的同学，也是如此。

几乎所有的同学会，都会开成自我标榜会，说自己赚了多少钱，现在在社会上如何如何有关系，结果，成功者沾沾自喜，而一些仍然拿工薪的同学黯然神伤。

可是现在，每人限定30秒，每个人都不可能太多地标榜自己，只能挑最重要的来说，你成功也罢，失败也罢，都只有30秒的表达时间。我喜欢这样的限时发言，它尽可能滤去了许多酒色财气，剩下的只有同学之谊，人生百般况味。

在介绍当中，最令人感动的就是几位至今没有稳定职业、收入微薄，但仍然骑着自行车从城东赶到城西的同学。

其中一位说："昨天夜班，今天早晨睡过了头，怕迟到了，骑了车一路赶来，在路上连闯了两个红灯，还好，未被交警看到……"话到这里，时间用完，他的经历还没介绍。主持人允许他延时，他摆摆手，笑着说："按规矩办。"

其实，他说的那段话已经足够了。他现在什么也没有，骑自行车赶了那么多路，就是想来看看大家，这样纯洁的目的，在这个浮躁的社会里，还能有几人。

真的，他的话说罢，大家都鼓起了掌。

只要心中有了对亲人的爱,对美好生活的坚定信念,一切困难我们都可以勇敢地面对,这是人类最伟大的地方,它像一团火,温暖着每个寒冷的冬天和每一颗有爱的心。

人生妙谛 Ren sheng miao di

心里暖,天就不冷

●黄守东

我不畏惧疼痛,可我畏惧寒冷的冬天。尽管冬天可以堆雪人、滑雪车、扣麻雀,可冬天实在太冷太冷。那时我们的房子很破很破,而北风像无数根锋利的钢针,从窗缝墙洞里射进来,躲也躲不过!白天坐在炕上也会冻脚,夜里缩成一团裹在被子里还打冷战……

要是有个小火炉,整天暖烘烘的,进到家就懒得出来,该多好啊!我问妈妈,什么时候咱们也能买一个火炉呢?妈妈说,等明年吧。明年宽裕了,一定买只小火炉!

于是我盼着这个冬天快快过去,期盼着下个冬天那个温暖的火炉。可是第二年冬天仍是个失望的冬天。于是我就在呼啸的北风中期待下一个冬季……终于,在我10岁那年冬天,妈妈买回了一个小火炉!

啊,我终于拥有了一个小火炉!那一天我兴奋得像过年。我不再怕天冷了。白天,望着火炉,我身上就会有一种暖洋洋的感觉,夜里我常梦见红红的亲切的火苗在火炉里欢舞,热得我直蹬被子。

"生起火炉吧!"我老是忍不住对妈妈说。妈妈说:"再等等吧,火炉生早了,冷天会不禁冻,也就觉不出暖和了。"我就等着。往年的冬天提心吊胆害怕明天,因为明天可能比今天更冷,更难熬。可是这个冬天我却不再害怕,甚至还暗暗生出一丝希冀,希冀一个最寒冷的明天,我好生起我的小火炉。

但是那个最寒冷的日子迟迟不到。"今年的冬天比每年暖是吗?"我问妈妈。"不,一样的!"妈妈微笑着望着我。

妈妈开始为燃起火炉做准备,她天天早晨到大路去扫拉煤车漏在路边的煤,又到野外挖黄土来和煤,10岁的我以为自己能帮妈妈了,可那黄土冻得很硬。妈妈的手都被冻得裂开了口,也不让我帮她,我不禁分外珍惜起这火炉来。

"把小火炉生起来吧,天好像冷了!"又过一段时间妈妈说。"不,"我说,"再等等,等到最冷的那一天,好吗妈妈?"妈妈望着我,郑重地点点头。

我等待着,盼望着,用无畏和欢悦的心情迎候着那寒冷的日子。

冬天一天天冷起来了，冬天一天天地走过去。

但最冷的那天好像知道我已有了一个专门对付它的小火炉，躲藏得踪影不见。

“来，孩子，帮我把小火炉搬出去！”那天妈妈喊我。

“什么，搬出去，为什么？”我疑惑不解。

妈妈说：“冬天已经过去，春天又要回来了！”

“什么，冬天已经过去了，可最冷的日子还没有到来呀？”头一回我不相信妈妈的话。我感觉刚刚走过去的这个冬天一点儿也不冷。

妈妈欣慰地笑着说：“孩子，不是冬天不冷，是因为你心里已先有了一炉火！”

“心里先有一炉火？”我重复着妈妈的话，似懂非懂。

因为有了一个小火炉，那个寒冷的冬天我就没有感觉到寒冷，并且有勇气快乐地迎候每一个寒冷的明天，尽管那个小火炉一次也没生起火。

从那时起我不再畏惧冬天。因为我心中有了信念，有了爱，有了他们，比冬天更可怕的事情我也不再畏惧。

文中的一瓶啤酒已经超越了本身的物质价值，承载了众人对老专家真心的尊重与理解，正是这种真诚深深地感动了老专家，在他心里这比多少金钱都可贵。

人生妙谛 Ren sheng miao di

一瓶啤酒的内涵

●冀卫军

公司成立之初，一位退休的老专家加入了公司的创业行列。正是因为他一手撑起了公司技术开发的蓝天，公司的产品才得以在激烈的市场竞争中分得一杯羹，公司利润也得到了稳步提高。

于是，如何表达对这位专家的尊重和爱戴，竟成了公司首届董事会的一个难题。大家畅所欲言，献计献策，但提出的意见和建议稍经推敲都毫无例外地被否定。最后，才有人提出这样的一个思路，从老专家的为人处世来看，他并不是那种贪图名利和享受的人，他需要的是一份理解和真诚，因此，只要能表达大家对他的诚意就行。

大家议来议去，才想起老专家有喝酒的嗜好，于是会上决定每天午餐给老专家准备一瓶啤酒，并把这作为公司的制度坚持了下来。

5 年过去了，这个规矩从没有被打破，相反，因为一瓶啤酒，还引发了一些故事。

一个南方大老板慕名来到公司找这位老专家，开出年薪 30 万的条件请他加盟，结果被老专家婉拒了。问其原因，老专家坦言道：就为了一瓶啤酒！

那位老板听说了一瓶啤酒的来历后，不屑一顾地说：我可以给你 10 瓶、100 瓶啤酒啊！老专家严肃地说：你连一瓶啤酒的内涵都不懂，我就更不能接受你的聘请了。最后，那位老板带着无奈和困惑悻悻离开了。

此后几年，又发生了几件类似的事情，却都因一瓶啤酒的缘故，老专家从未动摇过立足本公司的信心和决心。

其实，很多时候，我们之所以心甘情愿并能够千方百计地想尽一切办法，克服重重困难和挫折去做好一件事，往往都不是奔着名利和享受的诱惑，而是出自于一种个人爱好、追求，出自于工作中彼此之间的一份理解、信任、尊重和真诚。

人生妙谛 Ren sheng miao di

一朵云为了沙丘能看到美好的事物而牺牲了自己，化为雨滴，滋润了沙丘。原本她有着与沙丘相似的命运，飘忽不定，不知何时生命便不复存在，但现在她的生命因奉献而有了价值。那些美丽的景色何尝不是云朵所向往的呢？生命有了意义，就会有价值。

一朵云

●[法]让·于博雷

人们都知道一朵云的生命是多么短暂，云朵自己也很清楚这一点。

有一天，一朵非常年轻的云第一次和同伴们列队从天空中飘过，整个队伍非常壮观。

当他们飞过撒哈拉沙漠上空的时候，另外那些更有经验的云朵就开始给她鼓劲儿：“快点儿，快点儿，否则你就落下了。”

然而，就像所有的年轻人一样，这朵云非常贪玩，于是她就落在了整个队伍的后面。从后面看，云彩的队伍就像是一群奔跑的野牛，很快就消失了。

“你干什么呢？还不赶紧追上去？”风冲她大声叫着。

然而，这朵云已经看到了底下由金色的沙堆积而成的座座沙丘，这种景色太让她着迷了。她飘得越来越轻盈，还悄悄地靠近了地面。这些沙丘就像是金色的云朵，被风轻轻抚摸着。其中的一个沙丘对着云朵笑了。

“你好，我叫阿若。”云朵说。

“你好，我叫于讷。”沙丘回答道。

“你在下面是怎么生活的呀？过得好吗？”

“哦，还不错，有风、有太阳。虽然有点热，但是我们已经习惯了。你呢，你在上面生活得好吗？”

“还好，有太阳，也有风，还可以和大堆的云朵一起奔跑。”

“我的生命其实非常短暂，什么时候来一阵风，我也许就不存在了。”

“这让你很难过吗？”云朵问道。

“有一点儿，我觉得自己没有任何用处。”

“其实我也一样，在天空中飘来飘去，最后变成雨掉到地上，这就是我的命运。”

沙丘犹豫了一会儿，对云说：“你知道吗？雨，对我们而言意味着幸福。”

“不，我从不知道自己会有那么重要！”云朵非常吃惊，也终于露出了笑容。

“我曾经听几个年纪非常大的沙丘告诉过我，雨是多么美丽。有了雨，我们就能在那些美好事物的点缀下生活。对了，好像有人把它们叫做草或者花。”

“对，没错。我已经看到过它们了，确实非常漂亮。”云朵笑着点了点头。

“毫无疑问，我永远都没法看到了。”沙丘悲伤地说。

云朵考虑了一会儿，对沙丘说：“或许我可以为你下雨……”

“可那样你会死啊。”

“没错，但也许那样，你就能看到花或是草了。”

云朵任由自己向地面掉下去，转眼间就成了雨滴，带着彩虹的颜色。第二天，这个沙丘终于见到了梦中的景色。

人生妙谛
Ren sheng miao di

爱心并不只是一个空洞的词语，它可以创造出人们难以预见的奇迹。

奇迹

●雪兰

朱莉亚望着襁褓中的弟弟迈克，他躺在婴儿床里不住地哭，屋子里弥漫着一股药味。爸爸妈妈告诉朱莉亚，迈克病得很重。她并不清楚迈克到底得的是什么病，只知道弟弟不太高兴。他老是哭，现在也是。朱莉亚轻轻地抚摩着弟弟的小脸，细声细语地说："迈克，别哭了。"迈克果然不哭了，盯着姐姐看，眼里闪着泪花。她牵起他的小手，他满是汗水的手指求救般地抓住了她的一根指头，朱莉亚安慰地紧握了一下。这时，她听到父母在隔壁房里说话。朱莉亚虽然只有6岁，但她知道，当大人压低声音说话时，就是在讨论重大的事情。朱莉亚很好奇，她亲了亲弟弟，踮起脚尖走到门边去。

"开刀太贵了，我们付不起。我最近连账单都付不起。"这是父亲的声音。母亲回答："老天保佑，现在只能靠奇迹来救迈克了。"

朱莉亚感到疑惑："奇迹是什么？他们为什么不去弄一个来？"她走进房间，从存钱罐里倒出了唯一的一块钱硬币，她要去买个奇迹给弟弟。朱莉亚跑进街对面的超市，收银台前人们在排队付账。好不容易轮到她了，朱莉亚把那枚攥得热乎乎的硬币递过去。收银员看见是个脸色红扑扑的小女孩，便弯下腰微笑着问道；"小妹妹，你要买什么？"

"谢谢，我要买个奇迹。"

"什么？对不起，你要买什么？"

"嗯，我弟弟迈克病得很重，我……我要买个奇迹。"

收银员一头雾水。于是对周围的人说："谁能帮助这个小孩？我们没卖过什么奇迹啊！"

一个穿着体面的先生问：

"你弟弟需要什么样的奇迹？"

"我不知道，爸爸妈妈说迈克病得很重，他需要动手术。"

穿着体面的先生弯下身，拉着朱莉亚的小手："你有多少钱？"

朱莉亚说："一块钱。"

他拿起一块钱："嗯，我想，现在一个奇迹大约就是这个价钱。我们去看看你弟弟，也许我有你需要的那个奇迹。”

几个月后，朱莉亚看着站在婴儿床上的弟弟在高兴地玩耍。她的父母正和那位穿着体面的先生交谈，原来他是一位知名的神经外科医生。朱莉亚的妈妈说：“大夫，我们还是不知道手术费是谁付的，您说是位不愿意透露姓名的善心人士，他一定花了不少的钱。”朱莉亚的妈妈一再要求大夫把医疗费用的账单拿给她看，好设法筹措支付这笔费用。大夫答应很快会把账单寄来。

几天后，朱莉亚一家终于收到了大夫寄来的信，打开一看是一张收费凭证单，上面写全部医疗费用我已经收下：一块钱和一个小女孩的一颗爱心。

人生妙谛
Ren sheng miao di

再美的花，没有人投以欣赏的目光，它也仅是一株普通的植物。善于在生活中发现美并真诚地欣赏，会使你的生活更加缤纷多彩。

花开的理由

●泉涌

太太带女儿到海盗船上玩了，我抽空在樱花树下的长条椅上小憩。旁边坐着的一位老人问我："去过桂花园了吗？"我说："还没有。"老人说："该去的，很漂亮。"我说："很快就该带孩子回家了，没时间。"老人失望地喔了一声，说："那太可惜了，既然来公园玩一次，你真该去看看，别留遗憾。"

老人的话引起了我的兴趣，我问他为什么，老人笑眯眯地回答我说："桂花开了。"我很惊奇，问："不是8月桂花开吗？这已经快10月了。"老人神秘地微笑："所以说你该去看一次嘛。"临走时还特意告诉我："不另收费的。"

太太带孩子玩回来，我特意带她们去了桂花园。果然有两棵桂花树还散发着醉人的馨香，黄色的小花如颗颗小星星点缀在绿叶间。女儿凑上去深深地嗅了嗅，异常欣喜地喊道："哎呀，真香啊！"我也做了个深呼吸，沁人心脾。

临走时又碰上了那位老人，我走上前去说谢谢他告诉我这么一个好去处。老人颇有绅士风度地点头致意，"也谢谢你们。"我忍不住笑出来，"谢我们干什么啊？是您给我们指点迷津，我们又没帮您什么。"老人说："这里的桂花都是我培养的，谢谢你们能来赏光。"

从老人笑成核桃皮的脸上，刹那间我读出了花开的理由。

太多时候，我们都忘却了“爱自己”，那就让我们从现在开始，找回自我，关爱自我，从而更好地发展自己。因为只有懂得爱自己，才会更好地爱别人。

爱自己

●流沙

外籍教师凯丽来自加拿大，上个月刚到学校担任英语教师。有一天，凯丽给孩子们布置了一道英语作文，题目是:《你爱谁？》

孩子们的答案几乎全部一样：我爱爸爸妈妈，我爱祖国。凯丽觉得不可思议。凯丽在课堂上对孩子们说:“难道你们只爱爸爸妈妈和祖国吗？”孩子们说:“还有老师，还有学校，还有爷爷奶奶……”

凯丽问:“孩子们，再想想，还有什么才是你需要爱的？”孩子们想不出来。

凯丽说:“孩子们，你们要爱的不止这些，你们首先要爱的是你们自己，唯有爱自己，才能爱父母，爱祖国，爱这个世界上的一切。

“你们才是自己最重要的，而不是其他，你们必须要有这样的意识。”凯丽说。

凯丽的言论在学校里引起轩然大波。校长找到凯丽，希望她不要强迫孩子们接受她的观点。凯丽扑闪着大眼睛，觉得不可思议。

不久，凯丽提出了辞呈，学校极力挽留，但凯丽去意已决。校长问她:“你当初到中国来，说你热爱这个国度，怎么说走就走呢？”

凯丽说:“校长先生，是的，我热爱这里的一切。但是，我不能勉强自己，我首先得爱自己，我觉得自己的教育理念在这里无法施行，我不可能委屈自己去浪费自己的时间。”凯丽走了，她是作为一个另类老师的形象走的。

凯丽的离去，给人留下了一个无人涉及的问题:在中国的教育中，为什么会缺少自我教育？

凯丽无法懂得，我们也无法参破。

人生妙谛 Ren sheng miao di

一瞬间的快乐可以赶走很久的抑郁，当发生令人伤心的事情时，开心一笑，眉头舒展开来，你会发现，生活依然美好。

开心一笑

●星竹

26年前，他只身一人来到加拿大。本来说好接他并帮他打造前程的朋友，却没到机场来接他。他被困在了机场。接着，他又被当地政府视为身份不明的怀疑对象，被警察扣了起来。一时间他焦虑万分，本来是满怀希望、雄心赤胆的他，竟在骤然间陷入了无力自拔的人生泥沼。

后来他才知道，他的那位加拿大朋友，在他到达加拿大的前5天，因为在工作中化学反应中毒，已经住进了医院，至今昏迷不醒。他像一只断了线的风筝，从当地警局出来后，便漫无目的地在街头飘荡。

又几天过去，身上带的钱也几乎花光了，他仍无一点儿着落。心中的苦闷使他走进一家餐馆，他准备吃完了这最后一顿早餐，就飞回中国去。那一刻，他的情绪低落到了极点。人生无味，自杀的念头都萌生了出来。

他一个人呆呆地坐在餐馆的桌前，望着窗外美丽的城市，内心的感觉告诉他，他是一个最滑稽的失败者。

这时一个打扮成小丑模样的人出现在他的眼前，用一块手帕和一只空杯子，春风满面地给他表演起了魔术：一只鸡蛋出现在了杯子里，接着变得无影无踪。之后是一只鸽子从手帕中飞出，赢得餐馆里一片掌声。他看得入神，竟也笑了起来。那一刻，他真的笑了。那一刻，他心里再没有烦恼，一个小小的魔术，竟终结了他的满腹愁思。虽然短暂，但确实给他换了另一种情绪：像是挣扎在死亡中的人，终于赢得了一口喘息。他不再那样痛苦了，至少是缓解了一下。

他震惊在自己的这种情绪变化里，原来他还是笑得出来的。笑的时候，心里的苦闷荡然无存。这是真的，是发自内心、出自自然的开怀一笑。

正是这刹那间的好情绪，让他纠正了自己的悲观。他想：难道真的就这样回去吗？他的理想，他的抱负，他的雄心呢？

一个小小的开心，一个瞬间的快乐，竟使他有了如此的内心转变，他竟顺着这快乐的方向去重新思考他的处境。走出餐馆的时候，他确实是在想另一个问题了，是与走进餐馆时截然相反的问题：他能不能在这片陌生的土地上扎根？还没有完全消失的那丁点儿乐观的情绪支撑着他，虽然微弱,但依然是一种急需的供给。

26年后,他在加拿大开创了自己的事业,成为了华人鞋业公司的董事长。他就是大名鼎鼎、曾被媒体反复报道过的福建人韩志伟先生。他还在加拿大开设了三家中国餐馆。每个餐馆里都有小丑,免费为前来就餐的人表演魔术——提供开心一笑!

因为他知道,在那开心的一刻里,人的内心会产生多么重要的转变。这是一种情感的逻辑:快乐的心情带来快乐的感觉,快乐的感觉带来快乐的决定,快乐的决定带来快乐的人生!

生活的温暖与美好,因为一个小小的开心而被升华完善,而已经枯竭了的向往在那一瞬间被重新滋润。

难道人生不是这样吗?

人生妙谛 Ren sheng miao di

幸运会敲谁的门？肯定不会是懒汉的门，他会垂青永不放弃付出艰苦努力的"勤快人"，努力拼搏吧！幸运也会敲你的门！

幸运会敲谁的门

●阿朱

1878年6月6日，一个名叫威廉·江恩的男孩子出生在美国得克萨斯州路芙根市的一个爱尔兰家庭。由于江恩的父母是爱尔兰籍移民，家里没有一丝的积蓄，加之当时美国经济不景气，江恩的母亲常常为一日三餐发愁。

少年时代的江恩只读了几年书便早早辍学了，他不得不像大人一样，为了生计奔波，江恩在火车上卖报纸、送电报，贩卖明信片、食品、小饰物等东西，赚取微薄的收入，以贴补家用。与所有报童们不同的是，江恩放报纸的大背包里时刻都装着书，空闲的时候，当别的报童们纷纷去听火车上卖唱的歌手们唱歌或跑到街上玩耍时，江恩便悄悄地躲到车站的角落里读书。

在读书的过程中，江恩意识到，自然法则是驱动这个世界的动力。

江恩的家乡盛产棉花，在对棉花过去十几年的价格波动作了分析总结后，1902年，24岁的江恩第一次入市买卖棉花期货，便小赚了一笔，之后他只做了几笔交易，几乎笔笔都赚。

棉花期货上的成功坚定了江恩投资资本市场的信心。不久，江恩到俄克拉荷马去当经纪人。当别的经纪人都将主要精力放在寻找客户以提高自己的佣金收入时，江恩却把美国证券市场有史以来的记录收集起来，一头扎进了数字堆里，在那些杂乱无章的数据中寻找着规律性的东西。

当时做经纪人的收入是很可观的，每

到夜晚，江恩的许多同事便出入高级酒店、呼男唤女，而由于没有客户得不到佣金，江恩只能穿着寒酸的衣服躲在狭小的地下室里独自工作着。同事们笑他迂腐，笑他找不到客户，还暗地里给他起了个外号叫“路芙根的大笨蛋”。

江恩并不理会这些，依然我行我素。他用几年的时间去学习自然法则和金融市场的关系，不分日夜地在大英图书馆研究金融市场过往 100 年里的历史。

1908 年，江恩 30 岁，移居纽约，成立了自己的经纪业务。同年 8 月 8 日，江恩发展了他最重要的市场趋势预测法：“控制时间因素”。

经过多次准确预测后，江恩声名大噪。

许多人对江恩一次次对证券市场的准确定位颇为不解，更有一些人坚持认为这个年轻人根本没有那么大的本事，他的成功只不过是传媒在事实的基础上大肆渲染的结果。

为证明自己报道的真实性，1909 年 10 月，记者对江恩进行了一次实地访问。在杂志社人员和几位公证人员的监督下，江恩在 10 月份的 25 个市场交易日中共进行 286 次买卖，结果，264 次获利，22 次损失，获利率竟高达 92.3%。这一结果一见诸报端，立即在美国金融界引起轩然大波，人们惊呼，这个年轻人简直太幸运了！

以后的几年里，江恩在华尔街共赚取了五千多万美元的利润，创造了美国金融市场白手起家的神话。不仅如此，他潜心研究得出的“波浪理论”还被译成十几种文字，作为世界金融领域从业人员必备的专业知识而被广为传播。

许多时候，人们总会用“幸运”来形容一个企业家或是某个人的崛起与成功，还有一些人会经常抱怨自己时运不济，对生活和事业中的“不公平”产生困惑与不满。事实上，幸运的得来靠的是一个人艰苦卓绝的努力与永不放弃的执著。

幸运不会去敲一个懒汉的门，这是一条毋庸置疑的真理。

人生妙谛
Ren sheng miao di

在前进的路上，只有把困难当成享受，才能抛开杂念，攀至顶峰。如果把困难记在心中，畏首畏尾，永远也不会成为最大的赢家。

F1 赛车手

●荣素礼

引力是赛车手最大的挑战，前进的时候，他们受到的引力是常人的三四倍。在不到5秒钟的时间里，一辆方程式赛车的速度，可以从零飙升到每小时100英里。在这第一秒里，车手的头被引力剧烈地向后挤压，整张脸都压扁了，看上去像是在奸笑，这就是赛车界常说的“鬼笑”。

在第二秒里，他应该已经换过两次挡了，每次换挡，他都会被狠狠地甩到驾驶座的靠背上。第三秒后，车速开始从每小时100英里向200英里进发，这其间车手只能看到正前方30度左右的范围，除此之外是一片混沌。

两个小时的赛程中，车手的心跳将一直保持在每分钟170次左右。供血不足，导致缺氧，人就不由自主地加快呼吸，整个身体进入紧急状态——嘴变干、瞳孔扩张、手脚发抖。而车手要忍受整整两个小时的紧急状态。同时，车手大脑处理信息的速度必须比平时快几十倍。心跳一下的时间里，赛车已经开过了整个橄榄球场的长度，速度越快，作出反应的时间就越短。输还是赢，甚至是生与死的区别，往往就只有0.05秒。

因此我一直认为方程式赛车手是超人，他们的耐力和反应速度简直无法用生理学知识解释。1965年，当苏格兰车手吉姆·克拉克第二次获得F1世界冠军时，我问他：“你是怎么克服这些困难的呢？从生理和物理的角度似乎都讲不通啊！”

“困难？如果你把这些当成困难自然讲不通。”克拉克回答道，“我把赛车当成享受，就像小孩子喜欢乘过山车一样。实话实说，如果我踩油门儿的时候，满脑子都是克服这个，征服那个，我最多就只能当个二流车手。”

在人的一生中,会有很多目标和偶像值得我们去模仿。但在模仿他们的同时,千万不要忘记每个人都有自己的特点,无论怎么模仿都是在学习,而最终还是要做你自己。

哦,原来你不是卓别林

●艾桦

13岁那年,他在学校主办的一场叫做"卓别林模仿大赛"的模仿秀上获得了一等奖,回家后他立即兴致勃勃地把这个好消息告诉了母亲。兴奋之余,他忍不住还贴起了表演时的那撇小胡子,拿起雨伞,学着卓别林的模样在母亲跟前走起了八字步。末了他还得意扬扬地对母亲说:"评委们都说我的模仿惟妙惟肖,简直就是卓别林重生呢!"

他等待着母亲的夸奖,母亲却反而问了他一个莫名其妙的问题:"你是谁?"他一下子愣在那儿,"我是你儿子呀,妈!"接着他便听见母亲冷冷地说了声:"哦,原来你不是卓别林啊!"

母亲的神情与语气无疑给他泼了一盆冷水,让他一瞬间从扬扬自得里清醒过来。"哦,原来你不是卓别林啊!"他细细揣摩着这句话,知道母亲话里有话。

几年之后,美国好莱坞冉冉升起了一颗新星,他因独特的表演风格在演艺界崭露头角并逐渐走向成熟。2006年3月5日,他因在《卡波特》里成功地扮演了作家杜鲁门·卡波特一角而问鼎第七十八届奥斯卡金像奖最佳男主角。在他获奖后的私人日记里,他还这样写道:"我要感谢我的母亲,是她,在我13岁那年改变了我,要不然,恐怕直到今天我还将踌躇在对前人的模仿里。她的话让我明白,我不应该去做世界上的第二个卓别林,而应该去做世界上的第一个菲利普。"

他,就是第七十八届奥斯卡金像奖最佳男主角获得者:菲利普·西摩尔·霍夫曼。

人生妙谛 Ren sheng miao di

企鹅于绝境之中寻找生的希望，这是何等高贵的品质啊！企鹅的这种精神，让多少消沉厌世、苟且偷生的人汗颜！扼住命运的喉咙，相信你可以做到！

上帝为什么与企鹅过不去

●赵健雄

每年一次，成群结队的企鹅从大陆北边迁徙到寒冷的南部，然后交配，生育。在长达几个月时间里，企鹅父母不吃不喝，簇拥在一起用彼此的体温抵挡严寒，只有一个目的，那就是孵化后代：企鹅把蛋放在自己的脚掌上，然后用羽毛盖住，等待儿女破壳而出。

企鹅遵循着大自然的铁律，不规避，也不抱怨。它们步履蹒跚地移动步子，走不动了，就趴下来滑行，即使这样，也一定要到那个叫“奥亚摩克”的地方去。这是传统，也是作为企鹅的命运。

当母企鹅再也撑不下去、蹒跚地到海边补充食物时，公企鹅仍饿着肚子坚持。小企鹅出壳之际往往看不到妈妈，也有的没等妈妈回来就饿死了。

有食物的地方不宜养育后代，只有到什么吃的东西也没有的地方才能完成这个任务——这是个多么荒唐的预设。企鹅没有因此责怪上帝，即使坚持不住而终止了自己的生命。到了明年，活下来的企鹅依然勇往直前。

法国导演雅克·贝汉拍过《迁徙的鸟》和《微观世界》，都是我非常喜欢的影片，我认为它们胜过所有人演的故事。为了拍这部新片，他与他的团队在南极这块根本不适合人类居住的大陆上工作了一年多，在零下40摄氏度到零下10摄氏度的气温下，拍摄了120小时的素材，然后剪出这部片子。

雅克像企鹅一样，他分娩自己的精神产品不计功效，而且和企鹅一样，厮守在“奥亚摩克”高地。

我和许许多多像我一样的人，都需要这么一种企鹅精神：在命运面前永不退缩，以安然淡定的心，完成自己应尽的职责。

有时,最简单的动作往往有着无法估量的作用,就像故事中这个小女孩的微笑。多年的心结该是多么复杂沉重啊,但就是一个微笑,它就轻而易举地解开了。我们感叹这个微笑的价值时,是否也应该试着多向周围的人笑一下呢?

人生妙谛 Ren sheng miao di

天价微笑

●吴 静

在20年前的美国,曾经发生过一个真实的故事。

美国加州有一个6岁的小女孩,在一次偶然的机会中,遇到一个陌生的路人,陌生人一下子给了她4万美元的现款。

一个小女孩突然会得到这么大金额的馈赠,消息一传出去,整个加州都为之疯狂骚动起来。

记者纷纷找上门来,访问这个小女孩:"小妹妹,你在路上遇到的那位陌生人,你认识他吗?他是你的一位远房亲戚吗?他为什么会给你那么多的钱?4万美元,那是一笔很大的数目啊!那位给你钱的先生,他是不是脑子有问题……"

小女孩露出甜美的微笑回答:"不,我不认识他,他也不是我的什么远房亲戚,我想……他脑子应该也没有问题!为什么给我这么多钱,我也不知道啊……"尽管记者用尽一切方法追问,仍然无法一探究竟。

最后,小女孩的邻居和家人试着用小女孩熟知的方法来引导她,要她回想一下,为何那个路人会给她这么多钱。

这位小女孩努力地想了又想,约莫过了10分钟,她若有所悟地告诉父亲:"就在那一天,我刚好在外面玩,在路上碰到那个人,当时我对他笑了笑,就只是这样呀!"

父亲接着问道:"那么,对方有没有说什么话呢?"

小女孩想了想,答道:"他好像说了句'你天使般的微笑,化解了我多年的苦闷!'爸爸,什么是苦闷啊?"

原来那个路人是一个富豪,一个不是很快乐的有钱人。他脸上的表情一直是非常冷酷而严肃的,整个小镇根本没有人敢对着他笑。他偶然遇到这个小女孩对着他露出真诚的微笑,使他心中不自觉地温暖了起来,让他将尘封了不知多少年的心扉打开了。

于是,富豪决定给予小女孩4万美元,这是他对那时候他所拥有的那种感觉定出的价格。

如果一个天使般的微笑,足以打开心中纠缠多年的死结,这样的笑容应该是无价的。同时,它也是化解苦闷最有效的绝招之一。

人生妙谛
Ren sheng miao di

人最大的敌人就是自己，而自身的心理障碍是阻止一个人前进的最大的绊脚石。搬走你心中的这块大石头，你的行程会轻松很多。

不要被自己击倒

●感 动

第一个故事：我曾经有一个朋友，是一个出类拔萃的青年教师。5年前，他因为胸部疼痛去一家医院检查，结果他拿到的是确诊为肺癌的化验单。回到家，他便倒下了，再也吃不进一口东西。从此，他目光呆滞，惶恐不安，日渐消瘦，不到6个月，这个生龙活虎的年轻人便病入膏肓了，家里为了他耗尽所有钱财，仍未挽回他的生命。

今年4月，这家医院因为管理混乱、造成很多医疗事故而被媒体曝光，接着被卫生部门全面检查，许多令人吃惊的错误被公布于众。

一天，一个男人来到我朋友的家里告诉他的父母：医院在五年前把化验单弄错了，确诊为癌的本来是他，而朋友当年的化验结果为：肺感染。

另一个故事：美国的科学家不久前做了一个试验：把一只小羊和一只狼关在一起。狼是拴着的，吃不到羊。但是羊却可以听到狼的叫声，看到狼凶巴巴的样子。而另外一只小羊是单独关起来的。8个月以后，单独圈养的羊膘肥体壮；但是和狼关在一起的那只，永远是一只长不大的小羊，后来逐渐就僵掉了，再后来就变成病羊了，最后成了一只死羊。

与一个心理学家聊天时，他告诉我，我的朋友和那只羊的确都是病死的，但这个病的病根却是源于内心，心理脆弱的人会接受外界刺激，然后转变成压力强加给自己。这种压力不断地变大，最后就把自己给压垮了。

外力往往不能摧毁一个人，包括疾病、灾难。能摧毁我们的，其实是我们自己。

这位智慧的老人给我们上了一堂生动而又富有哲理的课：把握现在，把握当下，昨天已经是紧闭的大门，明天是无法触摸的未来，只有今天是那么清晰与真实。只要我们愿意，生命中的每一段时光都可以成为最美好的时光。

我生命中最美好的时光

●[加拿大]克姆普·乔 胡敏 译

再过两天我就30岁了。但我却不安于踏入生命中的这个新10年，因为我担心我最美好的时光即将不在了。每天上班前去健身房做一下运动是我的习惯之一，而每天早上我也总能在那儿见到我的朋友尼古拉斯。他是一位已经79岁，却十分矫健的老头。

在这个有些特别的日子，当我和他打招呼时，他注意到了我没有像往日那样精神，就问我是否出了什么事。我就告诉了他我对进入30岁感到的困惑。因为我很想知道当我到他这个年纪时我又将怎样回顾自己的生命历程，于是我便问："什么时候是您生命中最美好的时光呢？"

尼古拉斯毫不犹豫地回答道："好吧，乔，对于你这个问题，正是我所能坦然回答的。

"当我在奥地利还是孩子时，一切都被照料得很好，并在父母的细心呵护中长大，那是我生命中最美好的时光。"

"当我进入学校学习我今天所了解的知识时，那是我生命中最美好的时光。"

"当我获得第一份工作，重任在肩，拿到我努力所得的报酬时，那是我生命中最美好的时光。"

"当我遇到了我的妻子而坠入爱河时，那是我生命中最美好的时光。"

"'二战'爆发了，为了生存我和妻子不得不离开奥地利。当我们一起安全地坐上了开往北美的轮船时，那是我生命中最美好的时光。"

"当我们来到加拿大共同创建我们的新家时，那是我生命中最美好的时光。"

"当我成为了一名父亲，看着我的孩子们成长时，那是我生命中最美好的时光。"

"现在，乔，我79岁了，身体健康，感觉良好，而且依然深爱着我的妻子。所以，现在就是我生命中最美好的时光。"

人生妙谛
Ren sheng miao di

爱是无私的奉献，它可以是一个手势、一个眼神、一个动作。所谓大爱并不需要轰轰烈烈，其实爱只是在举手投足之间带给别人的温暖与感动。

举手投足之间

●苏小蝉

他被评上服务标兵，就因为一个动作——温柔的一伸手。

雨天泥泞，雪天路滑，他都会习惯性地扶住那些莽撞调皮的孩子，挽住行动不便的盲人和那些上了年纪的老人。

十几年如一日。

他是市中心繁华路段的交警，也是这座城市市民的楷模。记者采访他时，他在电视镜头前拘谨地笑着说："是因为那床厚厚的报纸被子吧。"

高三那年，他迷上了打游戏。恨铁不成钢的母亲一怒之下拿鸡毛掸子打了他，于是他负气离家出走。在火车上颠簸着过了几站，他随着熙攘的人流下车，却发现兜里的钱不翼而飞了。天色已晚，寒气渐重，他颓丧地坐在候车室里，看人流如烟雾渐渐散尽。他想自己怕是要在这冰冷的候车室里蜷缩一夜了。

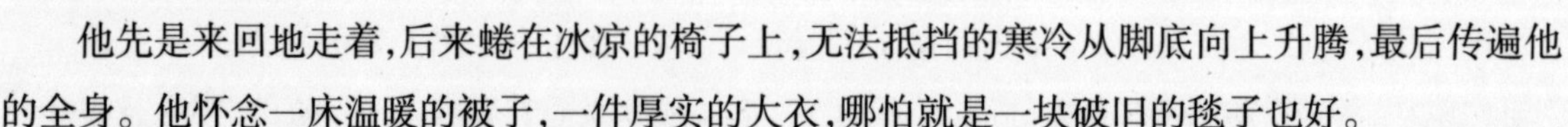

他先是来回地走着，后来蜷在冰凉的椅子上，无法抵挡的寒冷从脚底向上升腾，最后传遍他的全身。他怀念一床温暖的被子，一件厚实的大衣，哪怕就是一块破旧的毯子也好。

就在他浑身酸麻、手脚冰凉、睡得迷迷糊糊之际，他感到一阵轻柔的覆盖。他一激灵爬起来，看到的是一张陌生女人干皱的脸。他身上盖着她的一件灰旧的外套，还有一层厚厚的报纸，从胸口一直到脚。她是白天在车站卖报纸的老妈妈。

她和善地笑着，"睡吧，孩子。我的儿子如果活着，也像你这么大了。"

他了解到，为了寻找走散的儿子，她辞掉了工作，在火车站卖报纸，已经十多年了。

后半夜，他睡得很香。清晨，老妈妈为他泡了一碗热面，给他买了车票，送他上了车。

一路上，他脑子里全是老妈妈那张沧桑而又和善的脸：如果我儿子活着，也像你这么大了；如果他在外面睡着了，希望也有人为他盖件衣裳，哪怕是几张报纸。

回到家，妈妈正在联系电视台发寻人启事，一见他就哭了。嘴硬的他没说半句软话，却从此努力起来，再也没有碰过游戏机。后来，他考取了交通学校。

那次采访时他在电视上说："我妈妈老了，反应也慢了，我希望她上街的时候有人也能搀扶她一下。我做的只不过是用父母的心去顾念每一个孩子，用孩子的心去感念全天下的父母……"

电视机前，无数母亲的眼睛湿润了。

爱很简单，就在带给别人温暖的举手投足之间。

人生妙谛 Ren sheng miao di

清晨的第一缕阳光，青草上最后一滴露珠，美在生活中无处不在。美从来都是真实而纯净的，不会为个人出身、身体残缺或者丑陋世俗而掺入杂质。美值得每个人去尊重。

见到美，请行个礼

●老玉米

中国围棋的领军人物常昊当年在中日围棋擂台赛上崭露头角，以其优雅的举止和稳健的棋风赢得了围棋迷的喜爱，就连他的对手武宫正树在赛后都向赢了自己的常昊深深鞠了一躬。在赛后的新闻发布会上，记者特别问到了这个鞠躬的含义，武宫正树说："见到美，是要行礼的……"

小泽征尔在指挥瞎子阿炳的《二泉映月》时，眼里闪烁着晶莹的泪花。他一定是感受到了阿炳的心灵，想象着阿炳如何孤独地面对着泉水拉琴，他完全洞悉了一个在黑暗中流浪的凄苦的音乐家的内心感叹。

小泽征尔的眼泪，是对阿炳和他凄凉柔美音乐的一种敬礼。

伊拉克战争期间，我在报纸上看到了一幅拍摄于战火纷飞的伊拉克的照片。照片上一位美丽的新娘正在婚纱店试穿婚纱，而她身后则是战争留下的满面疮痍，与之形成了强烈的反差。而更让人心生感动的是图片底下那段文字说明所交待的背景：新娘刚刚布置好的新房被炸掉了，所有人都以为她会推迟婚礼，但她没有，她说炮火不会阻挡她的爱情。当时城里的美军在到处搜索伊拉克的武装分子，每个人都高度紧张，但看到了婚纱店里美丽的新娘，那些荷枪实弹的美国士兵纷纷放下了手中的武器，有的干脆坐在地上，或嚼着口香糖，或吸着雪茄，兴致勃勃地欣赏了起来。

战争没有让美消亡，那些士兵对她的品头论足，是另一种方式的敬礼。

美有着不可战胜的力量，古希腊有一个关于美的著名的例子：

芙丽涅是当时雅典最美的女人，在祭祀海神的节日里，借洗礼仪式之名，她裸体从海水中跳将出来，面对着祭神的人们，因此她以渎神罪被法庭传讯。富有戏剧性的是，在审判时，辩护律师希佩里德斯让被告在众目睽睽之下揭开衣服裸露躯体，并对在场的501位市民陪审团成员说：难道能让这样美的乳房消失吗？最后，法庭终于宣判被告无罪。19世纪法国画家热罗姆还以此为题材画了一幅油画《法庭上的芙丽涅》。画中的芙丽涅处于中心位置，刚被掀开衣裳的一刹那，她以臂遮脸。芙丽涅的通体红色在辩护律师蓝色外套的衬托下显得格外鲜艳，后景和中间幽暗部分的处理把女主角凸显了出来。她显得异常纯洁、妩媚、完美无瑕。她的姿势是典型的希腊式，微微扭动的身子，使曲线的韵律更加丰富。由于当众裸露，她下意识遮掩的动作使感情得到了升华。芙丽涅的表情楚楚可怜，且有几分羞涩，显得格外娇媚动人。站在一旁的辩护律师的姿势和表情异常严肃、坚定，美的高尚和不可亵渎的意志均在他的姿势、表情中得到了体现……

我们徜徉原野，贪婪地嗅着花香，那份陶醉就是在向花朵行礼；我们仰望天空，借月亮的银辉思念远方的人，那份虔诚就是在向月亮行礼；我们驻足阳台，用柔软的云的手帕来慰藉在尘世奔波劳碌的心，那份宁静就是在向云朵行礼……

红尘中的人，发现美已属不易，为美行礼的人更是寥寥无几。就像油画《法庭上的芙丽涅》中所绘的那样：在看到芙丽涅美妙的身体时，众法官的脸上除了怜悯和领悟之外，还有贪婪、呆滞的目光以及失措的表情，这充分显示了在美的面前的人生诸相以及人性的复杂与矛盾。

所以，如果你见到了美，请不要忘了行礼。

人生妙谛 Ren sheng miao di

文中的天鹅给我们上了生动的一课，动物尚能相互帮助，当我们面对困境中的人，不要袖手旁观，真诚地伸出关爱之手，也许就能使他闯过最艰难的一关。这不仅仅是一种美德，更是一次心灵的洗礼。

天鹅与黑雁

●邓迪 译

在我们居住的马里兰州的东海岸，蔚蓝色的海水泛着层层波浪，舔舐着海滩，在若干礁石之中形成了许多小溪和海湾。

黑雁知道这个美妙的地方，天鹅也知道这是一个好去处。秋天，数以千计的天鹅在回家乡过冬的途中都喜欢停歇在这里。它们在水里嬉戏，互相梳理羽毛，高兴的时候还引吭高歌，叫上一嗓子。而天鹅最美的时候是贴近水面起飞降落的那一瞬间。天鹅身段优美、轮廓秀丽、动作柔和、神情悠然、优雅高贵。和它们混杂在一起的还有不少黑雁。黑雁虽不如天鹅温柔美丽，但也淡雅洒脱、秀逸冷傲。黑雁和天鹅互不干涉、互不理会，彼此冷漠而平静地相处。

每年都有一段时间，这里天气寒冷，冰雪覆盖。就在这种天气下的一个黄昏，我妻子在面对海湾的餐厅里摆放桌子的时候，忽然喊了起来："快来看，那儿好像有一只黑雁。"

我跑向书橱，取了一架望远镜。通过望远镜，我看到一只黑雁紧夹着翅膀，身子僵硬，双足被冰冻住。

接着，我又看到落日映红的天边飞来了一条白线。这是一支天鹅的队伍。它们一字排开，由西往东，悠然展翅。领头的天鹅转身往右，于是刚才的白线就变成了一个圈。白圈由高往低降了下来，最后就落在了冰上。我心中骤然紧张。天鹅把这个冻住的黑雁团团围住，会发生什么样的事情呢？要知道，天鹅的喙大而有力，假如它们对这个可怜的黑雁群起攻之，黑雁的结局将不堪设想。

然而，这些大而有力的喙不是啄向黑雁，而是不停地敲击着它附近的冰块。它们漂亮的长颈抬起来又弯下去，一次又一次，持续了很长时间。终于，冻住黑雁的冰块只剩下身边的一小块了。这时，天鹅腾空而起，在黑雁的上方盘旋。黑雁仰起头，身子往上提，很快它就从冰块里挣脱出来，站在了冰的上面。它缓缓地走了几步。天鹅在空中注视着它。然后，黑雁哀鸣了一声，好像是说："我不能飞了。"立即，有四只天鹅重新降落到冰上。它们围住黑雁，用喙刮它的翅膀，由上而下，由外至里，将裹住羽毛的冰或削去或融化。然后，仿佛是试验一样，黑雁先是抖动翅膀，接着长长地伸展后再合上，如同演奏着的手风琴。

当黑雁能够完全自由地舒展翅膀时，四只天鹅又飞腾升空，回到了一直在上空盘旋的伙伴们的队伍中。然后，这支队伍又以优美的队形继续它们往东的旅行。

那只黑雁稍作调整之后，凌空飞翔，以不可思议的速度追上天鹅的队伍。它兴奋得一路高声歌唱，简直像小孩子加入了哥哥们的队伍那样欢天喜地。

我和妻子久久地遥望着它们，直到它们从远处丛林的树梢上空消失。当黄昏的色彩由金黄变为灰色，我和妻子才彼此注意到对方的眼角竟都挂着泪珠。

对于这个真实的故事，我不想多加解释，但是每当我听说有人处在死亡边缘，却无人伸出援手，甚至有人站在旁边当"看客"的事情发生时，我总会想到这样一个问题："禽尚有见义勇为之举，何况人乎？"

人生妙谛
Ren sheng miao di

人往往与花有着相似的特点，越单纯的人，越有内在的芳香。但这种感觉需要静下心来慢慢体会。其实，每个人都有自己的缺点与不足，正像花儿会有刺一样。仔细想来，花的开放过程不正像人的生命历程吗？

花与人生

●刘新军

有一位花贩告诉我："几乎所有的白花都很香，愈是颜色艳丽的花愈是缺少芬芳。"

他的结论是：人也是一样，愈朴素单纯的人，愈有内在的芳香。

有一位花贩告诉我："夜来香其实白天也很香，但是很少有人闻得到。"

他的结论是：因为白天人的心太浮躁了，闻不到夜来香的香气。如果一个人白天的心也很沉静，就会发现夜来香、桂花、七里香在酷热的中午也是香的。

有一位花贩告诉我："清晨买莲花一定要挑那些盛开的。"

他的结论是：早上是莲花开放最好的时间，如果一朵莲花早上不开，可能中午和晚上都不开了。我们看人也是一样，一个人在年轻的时候没有志气，中年或晚年就更难有志气了。

有一位花贩告诉我："每一株玫瑰都有刺。"

他的结论是：正如每一个人的性格中，都有你不能容忍的部分。爱护一朵玫瑰，并不要非得努力把它的刺根除，只能学习如何不被它的刺刺伤；还有如何不让自己的刺，刺伤心爱的人。

婉约细致的山水江南，轻巧灵秀的江南女子，竟赋予这渡口一个如此风情万种的名字——女儿渡。一湾清浅的湖水，一只玲珑的小船，在人生的渡口中来回摆渡。出发时满载着无限的希望，回归时，满载着喜悦和甜蜜。

女儿渡

●黄维

我和我的女友在江南水乡坐过一回渡船。那一回有一个孕妇躺在船上，垫一床花被，盖一床花被，一个老妈妈和一个男人守在孕妇身边。

船往远处的市镇摆去，孕妇要分娩了，苦不堪言，痛不堪言。她边喊疼边说："妈妈啊，干吗要生我是个女儿身?!"她折腾着、挣扎着，说："我下辈子再也不要做女人了，做女人受罪啊！"老妈妈抓住她的手，男人也抓住她的手。老妈妈叫她别喊，省点力气，孕妇就痛苦地呻吟着。船公轻轻地摆渡，清清的河水轻轻地托着船。女朋友受惊吓似的，不再敢依偎我。

仅仅是一会儿，孕妇受不了这阵痛，又喊叫了起来，她对着丈夫说："你害苦了我！"旁边的男人叫二狗子，是她的丈夫。男人做错事一般，替妻子抹抹汗，妻子一把咬住他的手，不再喊叫。男人的手有血渗出，他也不说疼。到岸了，我们也帮忙送去医院并在产房外陪着守候，听说她分娩了才离去。她生了个女儿，分娩时休克过去。女朋友没见过这一幕，她说："维，我们结婚不要孩子好吗？"她是被吓怕了。

几天后我们又坐这条渡船，我向船公打听那对母女回来了没有。船公问我哪对母女，我说就是几天前在船上喊做女人受罪的那位女人，她生了个女儿。船公说昨天刚回，一家子可高兴了。船公向我描述了这幅景致：

那女子抱着女儿，说："丫头好哩，长大了帮妈妈洗衣做饭，再长大了，就嫁出去当妈妈。"她丈夫说："还好哩，你记得在船上要生时你是怎么说的？"女子问道："我怎么说了？"男人就学着她的腔调，说："你害苦了我！"

女子说："我说的吗？我不可能这样说。"女子否认了，看上去女子又幸福又满足。女子说她丈夫："是不是你瞎编的？"男人就叫船公作证。

我问船公："你作证了？"船公说："作啥证啊，女子都这样，出去时还是女儿，叫苦连天，回来时当了妈，幸福得什么都忘了。"船公又说："要不，怎么叫女儿渡啊！"

女儿渡，妙极了，这一个来回，一个女子就脱胎换骨当了妈妈。

不久，女朋友生日，她带着我从城里回到她乡下老家，和她妈妈一起过。她对妈妈说："谢谢您，妈妈，谢谢您给了我生命！"我为之激动。过后我问她，以前为什么没有谢过妈妈，她说在女儿渡上，才知道妈妈生她不容易。她轻轻伏在我的肩头，悄悄说，结婚后我也要生个孩子，因为当妈妈幸福。

“知子莫若父”，用心良苦的父亲利用“不公平”的待遇，把儿子潜在的动力激发出来。这种望子成龙的心情，这种别样的、不拘泥于形式的爱，是无法用语言来形容的。

人生妙谛 Ren sheng miao di

特殊营养品

●夏艳平

自从一对双胞胎儿女考进了县一中，王子龙就成了“供需处长”，每个月初都要上一趟县城，给儿女送营养品。转眼到了高三下学期，离高考还剩不到半年的时间，这可是最后的冲刺阶段，他哪敢马虎？刚到一号就收拾好东西往县城赶。

以往王子龙送营养品，儿子小俊的那一份总比女儿小玉的那一份要多，小俊肚子大，能吃。可这次却反了过来，儿子小俊的那份只有基本生活费，而女儿小玉的那份除了生活费外，还有补脑的、补血的各种营养品。

看到老爸将一大包营养品全部给了姐姐小玉，小俊急了，说：“我的呢？”王子龙冷冷地回答：“没有。”小俊问：“怎么没有？”王子龙说：“姐姐学习成绩好，吃了好考重点。你吃了有啥用？像你这样读书，还不是把东西往河里丢。”

王子龙的话像一条鞭子，重重地抽打在小俊的身上。小俊做梦也没有想到，一向疼爱他的老爸竟说出这样的话来。东西不给他没什么，这话太伤他的自尊心了。姐姐小玉见他一张英俊的小脸变成了猪肝色，忙将营养品往他手上塞，小俊一把推开小玉的手，扭头愤愤地对王子龙说：“不稀罕！你看好了，没有你的营养品，我一样考上重点大学！”

自此以后，小俊像变了个人似的，一心扑在学习上。他再也不和班上那几个小哥们儿到网吧上网聊天了，有时连饭也忘了吃，幸好有姐姐小玉的照料。

工夫不负有心人。经过近半年的拼搏，小俊和姐姐小玉一样，以优异的成绩考取了北京大学。接到通知书那天，小俊有点扬眉吐气的感觉，忍不住提起了那天爸爸送营养品的事。见他仍然愤愤的样子，小玉问：“此刻你最想感谢的人是谁？”小俊说：“当然是咱老爸啦，如果不是他那天给我送来了特殊‘营养品’，我能有今天吗？”小玉知道小俊心里还在怨恨爸爸，就装起了糊涂，顺着他的话说：“看来我的弟弟不傻呀，懂得知恩图报。”接着，小玉就告诉了小俊爸爸这样做的缘由。

小俊读初中时，成绩并不比姐姐小玉差，而且接受能力比姐姐小玉还要强，很被老师看好，王子龙也对他寄予了厚望。但考进县一中后，小俊学习却不那么用心了，经常和班上几个小哥们

偷偷跑到网吧去聊天打游戏,这样,成绩就慢慢落下来了。王子龙知道这个情况后,心里很着急,每次上县城总要苦口婆心地对小俊讲一番大道理,要他好好读书,但小俊自制能力差,当面说晓得,转过身就忘得一干二净。眼看着高考一天天临近了,王子龙无计可施,就向一位高人讨了这个对策。

听了姐姐小玉的述说,小俊如梦初醒,他说:"知子莫若父,看来我还真得感谢老爸那份特殊的'营养品'。"小玉知道,小俊这次说的是真话。

春天来的时候，一定要开花

没有土壤。没有阳光。正是那棵欲被我丢弃的菜，反倒开出了美丽的花！也许，珍贵的东西从来不会说话。无论它的身份多么的卑微，它只会以另一种沉默，高贵地绽放。

人生妙谛 Ren sheng miao di

在现代的钢筋水泥建筑里，各种高科技的产品充斥了我们的生活，不仅物体是冰冷的，甚至连声音也是冰冷而陌生的，在这样的生活中，我们多么期待那些遥远而温暖的摇篮曲啊。

让歌声永不停止

●[美]凯瑟琳·卡什门 维佳 译

不久前，我听7岁的女儿罗莎弹钢琴。她一个音符一个音符地弹着“神秘的曲子”。我想，她最终一定能辨认出熟悉的旋律。但是，弹了足足3遍之后，她转过身来神情茫然。

“是《杨基歌》呀。”我惊讶不已地说。

“《杨基歌》？我从来没听过。”

我在惊讶的同时至少有点发窘。我的孩子怎么会没有听《杨基歌》和其他熟悉的曲子就长大了？我们家里几兄妹哪个不会这些曲子！现在我有了答案。这些天来我一直在观察附近有多少人在唱歌，结果是没人唱歌。

我最早的记忆是，妈妈一边摇着婴儿车一边哼着摇篮曲。她说她“不是唱歌的料”，但她深沉、婉转的女中音对我们一直是种安慰。每次我陪着发烧的孩子或是抱着做噩梦的还未到上学年龄的小儿挨到天明时，往日的歌声便萦绕心头。那歌词就像是梦的碎片，闪现又离去，然后被爱的哼唱紧握在一起。

如今，年轻的母亲惯于到婴儿用品商店买摇篮曲磁带。孩子哭闹时，他们就打开高科技音响设备放一曲——孩子们听到的是动听的陌生人的声音。依我之见，年轻的父母应该自己学会这些歌，扔掉那些立体声，在午夜时分把自己的催眠歌作为礼物送给孩子。

由于父亲在军队工作，我们经常搬家。我还能回忆起奔赴炎热南方的漫长旅途中听见父亲唱《早晨的卡罗来纳》，我们便一齐加入合唱，用最大的劲唱。

唱歌是我们测量里程的一种方式，《共和国战斗歌》能一直伴随我们跨入另一州界：唱歌也是我们了解父母的一种方式，我们由此知道了在我们出世之前父母是怎样恋爱怎样生活的。

前些日子我们去旅行，女儿们都戴着袖珍立体声耳机。她们沉浸在个人的小世界里。我忍不住想，至少在这儿、在汽车里，女儿们听到她母亲歌词不全的声音会感到高兴。不错，我的歌是走调的，但歌声能传给下一代。那些高级耳机剥夺了每个孩子应该从儿时带到成年的宝藏。

父亲70岁时，兄弟姐妹和孩子们在周末聚会庆祝。我姐姐玛丽请了一位通晓所有老曲子的班卓琴师。在秋日的阳光下，我们唱了一天，歌声又回到我们身边，仿佛又听到父亲在唱。周末快完时，最小的孩子也学着唱歌加入了合唱。

我们伴着聚会的歌声驱车回家，一路上那些优美的老曲子在我心里翻腾。真该死，我想，我为什么不在车里唱歌而用收音机取而代之呢？我为什么没在做饭时多唱几首歌呢？回到家，我要把墙上的立体声音响拆除，饭前唱祷告歌，围着钢琴唱颂歌。洗浴时也要唱歌，不再使用那些窃走我们声音、我们灵魂的防水收音机。

“妈妈，”后座上传来一个声音，突然打破了我思考时的沉默，“你唱错了。”我转过身对罗莎笑笑，这孩子过去还未听过《杨基歌》。

“我们再来好好唱一遍，”我说，“提醒我别把歌词唱错了。”

人生妙谛 Ren sheng miao di

普通的白菜，因为有了松的风骨，有了松的坚韧，而被赋予了好听的名字——“菘”。走过了人生的寒冷冬季，女孩迎来的将是一个鹅黄柳绿的美好时刻，一个姿态倾城的灿烂春天……

春天来的时候，一定要开花

●飘

菘推门进来的时候，把大家吓了一跳：从头发到脚跟，像刚从河里被捞上来似的。她低着头，哆嗦着坐到座位上。庆幸，怀里掏出的书包，并没有湿透。同学们便不约而同地看窗外：天很蓝，云很白，太阳也很红。

附近，并没有河。

菘，换了我的衣服。菘的秘密，只有我知道。

菘来自农村，别人步行十多分钟的上学路程，菘却要骑一个半小时的自行车。那天凌晨，恰好赶上下很大的雷阵雨，菘，正在路上。

菘从来不会迟到。

铃声之前，教室的窗外似乎永远天很蓝，云很白，太阳也很红。

太阳很红的时候，谁还会注意黎明前曾有过的那阵漆黑。

菘，好傻的名。为什么不是松。同学中，有好事者问。

给同学们读范文，菘的《我的家乡》：

> 我的家乡，白菜之都。白菜凌冬越雪，最冷的日子，却能常青。
>
> 因它有着松一样的节操，所以古人在：“松”字上加一个草字头，将白菜称为“菘”。
>
> 我叫菘，白菜一样的草根，松一样的倾城。

中学的三年里，菘一直很素净，也不贵气。却又极霸道：品行，成绩，无人超越。如菘的一篇日记里的那句话：一个人从哪里来并不重要，重要的是她要到哪里去。

那年寒假，菘和父亲来家看我，带了满满一大编织袋白菜。

7楼门前，一老一少。老的，驼着背，如一张欲折的弓；少的，极单薄，若料峭严冬中初绽的花。那一刻，我的鼻子忽然酸酸的。

菘不知道。十多年前，我的家乡，亦是白菜之都。我的父亲，也驼背。

菘不知道。我很多年都不再吃白菜了。因为我从小吃了很多年白菜。

菘不知道。很多年来，我一直都不知道白菜还有另外一个美丽的名字，菘。

那个寒假，我却吃了一冬天白菜。十多年来，我想要觅得的滋味，竟无非是口中白菜般的这份淡薄。

也许，淡薄才会浓厚，无味才会甘美。

春天即近时，储藏室就只剩了最后一棵白菜，却已羸弱衰老，留之，已不能食。

直到又过了很久，才想起那棵菜。春天来了，它该被扔掉了。

推开储藏室的门。突然，一簇黄色的小花，跃入眼帘。哪里来的花？在储藏室又冷又阴的角落，静静地躺着那棵已经干瘪的白菜：一根翠绿粗壮的茎，从它枯萎的老根之间抽出，挺得笔直；郁郁苍苍的新长出的菜叶，从茎的底部层叠而上；一些鹅黄色的小花，缀满纤细娇嫩的枝丫，好不热闹！

没有土壤。没有阳光。正是那棵欲被我丢弃的菜，反倒开出了美丽的花！也许，珍贵的东西从来都不会说话。无论它的身份多么的卑微，它只会以另一种沉默，高贵地绽放。

菘毕业的时候，我给她的本上写留言：菘，春天来的时候，一定要开花。

去年冬天，又有人来送白菜。那些白菜，让我想起一些人。于是，我写了一篇文章：《一棵白菜的春天》。我把它投向了东北的田野。期望，那份敬畏与感动，滋润更多的人。

2009 年，春。收到《润》的样刊。我给菘寄去了一本。

那棵白菜，像菘。身份草根，姿态倾城。

未来的土，很沃。菘的春天，也会很润。

人生妙谛
Ren sheng miao di

希望每个人都有一颗包容的心，时间会让我们明白爱的含量，倘若没有把握好时间，爱也会让我们知道它存在的价值。因此，把握当下的分秒，现在就行动——为爱。

现在就做

●丹尼斯

在我为成年人上的一堂课上，我给全班留了一个家庭作业。作业内容是：在下周以前去找你所爱的人，告诉他们你爱他。那些人必须是你从没说过这句话的人，或者是很久没听到你说这些话的人。

这个作业听来并不难。但你得明白，这群人中大部分年龄超过35岁，那个年代成长起来的他们觉得被教导表露情感是不对的。所以对某些人而言，这真是一个令人震惊的家庭作业。

在下一堂课开始之前，我问他们，是否有人愿意把他们对别人说他们爱他而发生的事和大家一同分享。我非常希望有个女人先当志愿者，就跟往常一样。但这个晚上有个男人举起了手，他看来深受感动而且有些害怕。

他从椅子上站起身子(他有1.85米高)，他开始说话了："丹尼斯，上礼拜你布置给我们这个家庭作业时，我对你非常不满。我并不感觉有什么人需要我对他说这些话。还有，你是什么人，竟敢教我去做这种私人的事？但当我开车回家时，我的意识开始对我说话。它告诉我，我确实知道我必须向谁说'我爱你'。你知道，五年前我的父亲和我交恶了，从那时起这件事就没有真正解决。我们彼此避免见面，除非在圣诞节或其他家庭聚会中非见面不可。尽管如此，我们还是几乎不交谈。所以，上星期二我回到家时，我告诉我自己，我要告诉父亲我爱他。

"说来很怪，作这决定时我胸口上的重量似乎就减轻了。"

"我一回到家就冲进房间里告诉我太太我要做的事。她已经睡着了，但我还是叫醒了她。当我这样告诉她时，她还没完全清醒，却忽然抱紧我，自从我们结婚以来，这是她第一次看见我哭。我们聊天、喝咖啡到半夜，感觉真棒！"

"第二天，我一大早就急忙起床了。我太兴奋了，所以昨晚我几乎没睡着。我很早就赶到办公室，两小时内做的事比从前一天做的还要多。"

"9点钟我打电话给我父亲，问他我下班后是否可以回家去。他听电话时，我只是说：'爸，今天我可以过去吗？有些事我想告诉您。'我父亲以暴躁的声音回答：'现在又是什么事？'我跟他保证，不会花很长时间，最后他终于同意了。"

“5点30分，我到了父母家，按门铃，祈祷我父亲会出来开门。我怕是我母亲来开门，这样我会因此丧失勇气，干脆告诉她代劳算了。但幸运的是，我父亲来开了门。”

“我没有浪费一丁点儿的时间——我踏进门就说：‘爸，我只是来告诉您，我爱您。’”

“我父亲似乎变了一个人。在我面前，他的面容变柔和了，皱纹消失了，他还忍不住哭了。他伸手拥抱我说：‘我也爱你，儿子，而我竟没能对你这么说。’”

“这一刻如此珍贵，我企盼时间凝止不动。我母亲满眼泪水地走过来。我弯下身子给她一个吻。父亲和我又拥抱了一会儿，然后我离开了。长久以来我很少感觉这么好过。”

“但这不是我的重点。两天后，我那从没告诉我他有心脏病的爸爸忽然发病，在医院里结束了他的一生。我并不知道他会如此。”

“所以我要告诉全班的是：你知道必须做，就不要迟疑。如果我迟疑着没有告诉我父亲，我可能就再没有机会！把时间拿来做你该做的，现在就做！”

人生妙谛 Ren sheng miao di

美是无心一瞥时的惊艳，是那一低头的温柔。仿佛一瓣落花随着流水漂进我们的目光，又悄然而去，毫不勉强，韵致自然。

我亦无争，天亦美

●刘墉

孙先生是一位登山摄影家，爬遍了国内的大小名山，也照了许多的风景照片，可是当朋友欣赏他的作品时，他总是遗憾地说："就是那么巧，每次看到最美的风景，都是在我底片用完的时候。"听到的人则在背地说，他那样讲，是与歌星的自称感冒喉咙不好，有着相同的心理。

问题是，在爬山时，大家确实看见他底片用完，又遇到美景时跺脚捶胸的表现，有时在下一站买到胶卷，他甚至会沿原路跑回去补拍，只是多半怅然而返。天光云影，才隔一下子，居然全变了。

有一次，同行的人特别暗地为他带了一卷底片，果然他底片用完，又遇到10年难见的美景，那人便将底片交给孙先生，岂知当他装妥，从取景窗望出去，又是频频摇头，洗出来之后，还是不满意。

恨那大自然总是跟他的照相机过不去，孙先生终于放弃了摄影。妙的是，从他不带照相机起，每一次的旅行，从头到尾都有数不完的美景。

"恐怕只有在我不汲汲追求的时候，才能无拘无束地欣赏。"孙先生说，"我亦无争，天亦美!"

如果人们的性格和特点都一样，那就会像白纸一样无法区分，当你抱怨自己得不到重用的时候，你应该在你人生的白纸上画上理想的颜色，那样才会吸引别人的目光。

人生妙谛 Ren sheng miao di

不要做一张白纸

●雪小禅

那年我们这些大学毕业生像一群蜂一样飞向了人才市场。当我们把那些自己精心包装出来的简历递上去之后，他们总是随意地翻翻，然后放在了一边，因为即使我们说得再天花乱坠，没有真本领也是不行的。但一连十几天的遭遇让我们自信心大伤，好像自己学的专业到了社会上全变成了没用的东西。

那些简历并没有给我们带来什么效果，有个单位同意接收我们，那是一家中外合资的大公司，我们一共去了 5 个人，实习期是 1 个月。

我们 5 个人抱着特别得意的态度进了公司，1 个月之后也许我们就成了这里的正式员工，因为那些一线工人的学历只有中专，所以，我们应该有骄傲的资格。

1 个月后，我们的主管把我们叫到他的办公室，给我们的不是聘用书，而是让我们离开的通知。

为什么？我们一脸无辜。至少，我们比那些中专生强吧？

他笑了，不，你们没有自己的特点和长处。那些操作线上的工人，至少有一种踏实肯干的精神，而你们一直飘在空中，拿着自己的大本学历，而且，你们就像一张张白纸，根本分不出谁和谁有什么区别。

白纸？我们疑惑地看着他。

是的。他说，要想成功，就不能只做一张白纸，你们看，说完，他拿出一叠纸来，里面全是白纸，他让我们自己找一页，过了一会儿，又把次序打乱。再找找看。他说。

我们当然没有找出来。

然后他把里面放上了一张红纸，然后对我们说，再找找看。

我们笑了，这不是把我们当成幼儿园的孩子了吧？他说，要做就做那张出色的红纸，这样人家才能记住你，你才能有出人头地的机会。如果和其他纸一样混入平常的纸里，你永远不可能被发现。

我们如悟禅机。他又说，或者，你在纸上画些乱七八糟的东西都行，只要能证明那是你就行。当然，最出色的就是做一张画满了人生理想图案的彩纸，那样的话，你就会有十分满意的人生。

那次谈话让我终生难忘，因为从那时起我就记住了，努力让自己做一张与众不同的纸，然后在上面画上最美丽的图案。

人生妙谛 Ren sheng miao di

莎士比亚曾说过:“自信是走向成功之路的第一步,缺乏自信是失败的主要原因。”我们的未来有着无限的可能,但有时我们的不自信会将这种种可能扼杀在摇篮中。放飞你的自信吧,也放飞你多姿多彩的人生!

谁拉你走向了平庸

●马德

有这样一个实验:一个长跑运动员参加一个5人小组的比赛,赛前教练对他说:“据我了解,其他四个人的实力并不如你。”于是,这个运动员轻松地跑了个第一名。后来,教练又让他参加了另外一个10人小组的比赛,教练把其他人平时的成绩拿给他看,他发现别人的成绩并不如自己,他又轻松跑了个第一名。再后来,这个运动员又参加了20人小组的比赛,教练说:“你只要战胜其中的一个人,你就会胜利。”结果,比赛中,他紧跟着教练说的那个运动员,并在最后冲刺时,又取得了第一名。后来,换了一个地方,赛前,关于其他运动员的情况,教练并没和他沟通过。在5人小组的比赛中,他勉强拿了一个第一名;后来在10人小组的比赛中,他滑到了第二名;20人的比赛中,他仅仅拿了一个第五名。而实际的情况是,这次各个组的其他参赛运动员与第一次参赛人的水平完全相同。

这使我想起自己上学的故事。在小学时,我是班里的佼佼者,觉得第一非自己莫属。升到了初中后,人多了,觉得自己能考前10名就不错了,于是一旦考到了前10名,便沾沾自喜。高中后,定的目标更低,常会安慰自己:高手这么多,已经不错了。就这样,我们一步步从优秀走向了平庸。

是的,生活中,不会永远有人告诉我们竞争对手的实力和能力,于是面对着周围越来越多的人,我们茫然不知所措,甚至妄自菲薄,主动地把自己“安排”到一个较低的位置上。这也许是前进的路上许多人都要走的一条路。一个著名的企业家曾说过:“一个优秀的人,他的自信恒久不衰。”是啊,即使你曾经是一块金子,但缺乏自信心,就会让自己黯然退色为一块铁或是甘心堕落为一粒沙子,长久地淹没在沙土里,不被人发现。我们原本是优秀的,只不过是我们缺乏自信的内心,这种心情使我们把自己一步步从优秀的高地上拉下来,一直拉到了平庸的位置上。平庸,是人生的一场灾难,也是人生的悲剧。只是,更多的时候,是我们自己为自己导演了这场灾难和悲剧。

在人生的道路上我们会经历无数的岔口，面对众多的目标难免无所适从。重新审视自我，寻求心中的最佳定位，坚定信念并努力奋进，成功就在不远处等着你。

人生妙谛
Ren sheng miao di

小目标带来大成功

●蒋光宇

有位成功的企业家在一次演讲中，拿出五颜六色的纸带，分发给每一位听众，并要求大家通过目测的方法，裁下一段30厘米的纸带。接下来，他又要求每一位听众，再以同样的方法裁下150厘米和600厘米的纸带各一段。

大家裁完纸带之后，企业家掏出一把卷尺，仔细测量每一条纸带，并公布了最终的结果：

裁下的30厘米纸带，平均误差不超过6%。

裁下的150厘米纸带，平均误差上升为11%。

裁下的600厘米纸带，平均误差高达19%，个别的居然相差100厘米。

企业家通过这个实验告诉听众，目标越小、越集中，就越容易接近成功；目标越大、越宽泛，就越容易偏离成功。这也就是说，要想提高成功的概率，就要大处着眼，小处着手，每天进步一点点，坚持下去，就会积小胜为大胜。

明朝万历年间，号称“天下第一关”的山海关，因年久失修，题匾中的“一”字已经脱落了。万历皇帝听说后觉得这不成体统，于是告示天下，向全国的书法家征集那个“一”字，以恢复山海关题匾的原貌。令人惊奇的是，最后补上这个“一”字的人，根本不是什么书法名家，而是一家客栈的店小二。

原来，这位店小二所在的客栈，恰好面对山海关的城门。每当他擦桌子的时候，视角正对着那个“一”字。于是，他每天得闲时就用抹布在桌子上临摹。年深日久，他对这个“一”字已了然于胸，写起来也比任何人都更得心应手。因为他把目标集中到一个“一”字上，所以才能临摹得胸有成竹、惟妙惟肖。

其实，无论是做什么事情，目标都要切合实际，防止好高骛远。只要我们把目标集中到一点上，并持之以恒，就能让小目标带来大成功。

人生妙谛 Ren sheng miao di

明天只能是美好的想象，今天却是未来的起点。精彩的人生从今天做起，让理想成为自己的动力，把握今天，把握生命，不懈的奋斗终将成为明天成功的基石。

10年以后你会怎样

●崔鹤同

一个女孩，在18岁之前，她不知道自己想要成为什么样的人，每天就在艺校里跟着同学唱唱歌，跳跳舞，偶尔有导演来找她拍戏，她就会很兴奋地去拍，无论角色多么小。直到1993年的一天，教她专业课的赵老师突然找她谈话，问她："你能告诉我，你未来的打算吗？"女孩一下子愣住了。她尚不明白老师怎么突然问她如此严重的问题，更不知该怎样回答。

老师又接着问她："现在的生活你满意吗？"她摇摇头。老师笑了："不满意的话证明你还有救。你现在想想，10年以后你会是什么样？"

老师的话很轻，但是落在她心里却变得很沉重。她脑海里顿时开始风起云涌。沉默许久后，她坚定地说："我希望10年以后自己能成为最好的女演员，同时可以发行一张属于自己的音乐专辑。"

老师问她："你确定了吗？"她慢慢咬紧嘴唇回答："Yes。"而且拉了很长的音。"好，既然你确定了，我们就把这个目标倒着算回来。10年以后你28岁，那时你是一个红透半边天的大明星，同时出了一张专辑。""那么你27岁的时候，除了接拍各种名导演的戏以外，一定还要有一个完整的音乐作品，可以拿给很多很多的唱片公司听，对不对？""25岁的时候，在演艺事业上你就不断进行学习和思考。另外在音乐方面一定要有很棒的作品开始录音了。""23岁就必须接受各种各样的培训和训练，包括音乐上和肢体上的。""20岁的时候就开始作曲作词。在演戏方面要接拍大一点的角色了。"

老师的话说得很轻松，但是她却感到一种恐惧。这样推下来，她应该马上着手为自己的理想做准备了。可是她现在什么都不会，什么都没想过，仍然为小丫鬟、小舞女之类的角色沾沾自喜。她觉得一种强大的压力忽然向自己袭来。老师平静地笑着说："要知道，你是一棵好苗子，但是你对人生缺少规划。我希望你在空闲的时候，想想10年以后的自己。如果你确定了目标，希望你从现在就开始做。"

想想10年后的自己——当她意识到这是一个问题的时候，她发现自己整个人都觉醒了。从那时起，她就始终记得10年后自己要做最成功的明星。所以，毕业后，对角色她开始很认真地筛

选。渐渐地她被大家接受了，也慢慢地尝到了成功的欢乐。

这个女孩就是如今红遍全国、驰名海内外的影视歌三栖明星周迅。2003 年 4 月，恰好是老师和周迅谈话的 10 周年，她不知道是偶然还是必然，她居然真的拥有了属于自己的第一张专辑——《夏天》。从 1991 年到 2008 年初的 17 年中，周迅已拍摄各类题材的影视剧 37 部，成为 32 种知名品牌的形象代言人。她已获得过 45 个影视歌奖项，百花奖、金紫荆奖、金像奖、金马奖她都先后一一问鼎，她的歌曲深受广大歌迷的喜爱，先后在国内外屡获大奖。毫无疑问，所有这些成就的取得，正是周迅牢记老师的话，孜孜以求、奋争不息的结果。

人生苦短，能有几个十年？人生没有回程票，而且稍纵即逝，无以复追。只有及时地考问自己："10 年后我会怎样？"及早规划，及早行动，并且矢志不渝，百折不挠，你就会拥有多彩的人生。是的，时刻想着 10 年以后的自己，想想 10 年以后会怎样，你就会离自己的理想和目标越来越近。

人生妙谛 Ren sheng miao di

麻袋被人看重是因为它的里面装满了金币，而它却盲目地高傲起来，直到金币一个也没有了，麻袋才明白自身的价值所在。我们被人看重是因为自身的内在价值,所以充实自己才是最好的选择。

麻袋的故事

●林 飞

有一家人很穷,常常吃了上顿没下顿。下雨了房子就漏雨,而他们只能用一个破瓦盆来接水。家门口用来擦鞋的垫子也是一条脏兮兮、皱巴巴的麻袋。虽然没有破,但麻袋还是为此觉得自己卑贱又可怜！它难受极了,整天无精打采地匍匐在地上。

突然有一天,那家穷人暴发了。他家的钱把家里所有的容器都装满之后还有一大堆。主人把麻袋也捡回了家,把它洗得干干净净,装进了不计其数的金币!

从此,装满了金币的麻袋再也不用待在门口被别人踩来踩去了。现在,它住在一个宽敞的大铁箱子里,风吹不着,雨淋不到,苍蝇也叮不着,享受着养尊处优的生活。每当有主人的朋友来拜访,主人就会打开铁箱,指着麻袋说:"瞧,我的宝贝!"那些人就会盯着麻袋,面露羡慕之色,不停地喊着:"天哪!天哪!"没有朋友来时,主人每天也要花许多时间搂着麻袋,一边抚摩着麻袋,听着里面金币撞击的声音,一边自言自语地说:"哦,我心爱的!你是我的希望!"

久而久之,麻袋变得自高自大、目中无人了,经常口出狂言,说这个不好,骂那个不是。奇怪的是,不论麻袋说什么,说得对不对,别人总是对它笑脸相迎,点头哈腰,连连称是。

这样的情况维持了一段时间。后来,麻袋里的钱开始慢慢减少了,主人和麻袋在一起的时间也越来越少了,再也没有朋友来欣赏它,赞美它了。

直到有一天,麻袋里的金币一个也不剩了,原来主人破产了,这家人又成了穷人。麻袋又重新被丢在门口,人们用它擦鞋或者蹭脚下的泥。这时候,麻袋才明白自己是因为什么被主人看重的,又是因为什么地位一落千丈的。

“沉舟侧畔千帆过,病树前头万木春”,成功路上的踟蹰不前,不只让你负担沉重,还会让你付出更多的艰辛。每个人都要为自己的停留买单,生命不会因为你的停留而驻足,相反,它只会嘲笑你的无知。

人生妙谛 Ren sheng miao di

为自己的停留买单

●李雪峰

有一天下着小雨,因为有急事,我必须赶到两位朋友家去。

出了门,躲在街旁的法国梧桐树下等了好久,才拦下了一辆出租车。我吩咐司机说:“到兰花街6号。”司机很不情愿,因为兰花街6号不太远,不到2公里,他只能收取5元的出租车启动费,而启动费里已包括了3公里内的计程费,就是说,付给他5元钱,我就不用再支付其他什么费用了。见司机不情愿,我告诉他说:“到兰花街6号办点儿事儿,我还要到兰花街附近的郊区去。”司机这才懒洋洋地启动了车子。

到了兰花街6号,我付给司机5元钱,并告诉他:“如果愿意,你可以在这里稍稍等候,一会儿我还要到郊区去。”司机像没睡醒的样子,懒洋洋地点了点头。

到了第一位朋友家,匆匆忙忙把事情办完,茶也没顾得上品一口,就匆匆忙忙下楼,可到街边一看,那辆出租车还是早走了,街上,只有打着雨伞来来往往的行人,只有一街的沙沙细雨。

只好重新再叫一辆出租车了。

又等了好久，才重新拦到了一辆出租车。这辆出租车的司机是位明眸皓齿的女孩，十分开心也十分健谈的样子，坐进车子，她问我到哪里去。我说："就沿着兰花街，到附近的郊区去办点儿事儿。"

"就这么一点点路呀？"女孩边笑着问边轻轻启动了车子。

"不足2公里。"见女孩很健谈，我就告诉她说，"不足6公里的路，我付了两次5元的启动费。"女孩不解，我向她解释说："由于中途稍作停留，我打了两次出租车，你这辆车，是我在这条街上打的第二辆。"

听了我的解释，女孩乐了，调皮地眨了一眨眼睛说："你中途停留了，所以你肯定得为你自己的中途停留买单。"

为自己的中途停留买单？我一怔。又细细想想，是啊，谁不为自己的中途停留买单呢？车辆在中途停留一次，重新启动时，要比正常行驶多耗一些油；长跑的运动员中途稍作停留，要恢复正常的运动状态，就必须多用一些力；假若飞机要在飞行途中稍作停留，那代价可能要比它的本身更为昂贵……

成功的途中不能停留，假若停留，你就要付出比别人更多的努力。

追求成功的旅程上，我们不能在中途停留，如果停留，你就肯定要为自己的停留买单。

树木生长要经常修剪枝叶，心灵的花园同样需要时时锄草。当我们在人生路途中迷路的时候，要学会舍弃和转弯，没有“舍”，哪有“得”呢？舍弃那些该舍弃的，你将会有意想不到的收获。

人生妙谛
Ren sheng miao di

舍弃

●潘荣华

小和尚去河里挑水时，没注意，所以水里带来了一只小蝌蚪。他正准备把这个拖着长尾的小蝌蚪放回木桶里，捎到河水里去时，老方丈看到了，就走过来说：“放到玻璃瓶里养些天吧，看它有什么变化，然后再放它到河里去不迟。”

小和尚就把小蝌蚪暂且养起来，有时还喂它些馍馍粒或者把玻璃瓶从房间里捧到阳光下晒晒，对小蝌蚪非常怜爱。每隔三五天，老方丈还过来看看小蝌蚪的生长情况。大概过了半个月，小蝌蚪的长尾巴明显地短了许多，后腹部位还长出了两只小腿儿；又过了十多天，小蝌蚪的尾巴更短了，嘴巴下边也长出了两只小腿儿。老方丈看看快长成青蛙的小蝌蚪，又看看勤勉饲养它的小和尚，默然不语。

不知又过了几天，小蝌蚪的尾巴彻底不见了，终于变成了一只绿色的小青蛙。老方丈捧着玻璃瓶看了又看，然后对小和尚说：“你可以放它回归大自然了，它终于由原来的蝌蚪变成青蛙了，阿弥陀佛。”

小和尚又去挑水时，就把小青蛙给放了，回来的路上，他遇到老方丈从山上下来，居然背着一捆树枝。他非常困惑地对老方丈说：“您这么大岁数了，为什么还要亲自上山砍柴呢？”

老方丈笑笑说：“我不是去砍柴，我是去为小树们超度，树木不如蝌蚪，它们的‘尾巴’不会自行消失的，必须让人动手砍去才行。”

直到这时，小和尚才翻然醒悟，一下子抛去了许多烦恼和忧虑，修行猛然长进了许多。蝌蚪不收尾成不了青蛙，苗木不砍枝成不了大树，人生不及时取舍和抉择就难以完成出类拔萃的功业，这就是适当舍弃的旷世哲理。但是，现实生活中，又有几人真正懂得适当舍弃的真谛呢？

人生妙谛 Ren sheng miao di

在世人眼中,世界上最痛苦的事不是“未得到”,而是“已失去”。不要在悔恨和遗憾中了此一生,却不见眼前如花般盛开的快乐,让往事随风,珍惜眼前所拥有的一切吧!

最后的尖晶石

●鲍尔吉·原野

天没亮的时候,一个人坐在河边的山坡上,等待夜色消退。他是渔夫,天亮后将开始支网捕鱼。

渔夫身边有一堆石子,刚好堆在他手能摸到的地方。他抓起一粒,投进河里,听“噗、噗”的响声。

石子一粒接一粒被丢进河里。河深,又很宽,波涛翻滚。渔夫挥臂把石子扔到尽可能远的地方,这算一个游戏。人在等待的时候,都喜欢发明一些游戏,打发时光。

不知为什么,渔夫手里的最后一粒石子没有扔出去,留在手里玩。他像扔羊拐骨一样,把石子扔上扔下。天光熹微,石子闪亮。再扔,还有光亮。渔夫仔细看这粒石子,天啊!它是一粒尖晶石。尖晶石用来装饰王冠或贵族的胸针与戒指。它值多少钱呢?一粒可以换10顷地,也就是渔夫打20年鱼所换来的钱。而一堆被丢进河里的尖晶石的价值,比渔夫这一生、下一生、下下一生打鱼的收入还要多。渔夫的手颤抖了,是这只手把财富扔进了河里,他恨不得吊死自己。

这是一个印度故事。读者会和渔夫一起想:尖晶石为什么堆在那里呢?上帝为什么让渔夫遇到宝石又捉弄他呢?

意味深长的是:人和宝石相遇,往往是在黑夜。

人和人相遇,人和机遇相遇,也如同黑夜。也就是说,人一生不知错过了多少机会却不自知。

不自知并不痛苦。渔夫的不幸是在晨光中认出了这颗宝石,痛苦将伴随他的一生。他手里至少还有一颗宝石,这比没宝石的人幸运。但他比所有人都沮丧,因为懊悔曾经失去更多宝石,他认为它们属于自己。如果天不亮,如果渔夫把最后一粒尖晶石投入河中,他就像所有的人一样,过着平静的生活。

命运的残酷之处,是把财富分成有形无形,让人更关注有形财富。有人为丢了的一枚戒指而急哭了,而又有谁为丢失的永不再来的时间在街上哭呢?

我不信这堆尖晶石的存在,但知道机遇女神常带着嘲弄的笑容从每个人面前走过,而人们却认不出她,女神绝不会珠光宝气。当人们盯着远处不可企及的目标时,女神在他们身边走过去了。

渔夫其实很幸运,机遇毕竟在他眼前露了露脸,尽管这让他一辈子都不安。

盲人和跛子打开了成功之门，靠的是他们的互相扶持和关爱。尺有所短，寸有所长，每个人都有自己的优势和劣势，只要精诚团结，扬长避短，就能实现目标。

人生妙谛
Ren sheng miao di

盲人和跛子

●朝天马

一天，上帝对一个盲人、一个跛子以及两个壮汉说：“你们沿着这条路一起出发，谁先把成功之门打开，他想要什么我都将满足他。”

两个壮汉看了看盲人和跛子，嘲讽道：“你们也配去打开成功之门，简直是天大的笑话。”

上帝一声令下，比赛正式开始。

只见两个壮汉拔腿就跑，其速度之快，犹如风驰电掣。而盲人因为眼疾，只能一步一步试探地前进，跛子虽然明确前方的目标，却也只能以缓慢的速度前行。

经历了无数坎坷磨难之后，盲人和跛子达成了一项协议。两个人取长补短，互帮互助共同到达终点。达成共识后，盲人背起了跛子，成了跛子的腿，跛子给盲人指路，成了盲人的眼睛，就这样，他们一步步向成功的大门逼近。虽然壮汉在前面遥遥领先，但盲人和跛子始终坚持着前进的信念。

很快，两个壮汉临近了终点，盲人和跛子看来是没有希望了。

然而，就在这时，一个壮汉突然停了一下，狠狠地将另一个壮汉推倒在地，自己又向前跑去。被推倒的壮汉迅速地爬了起来，追上前者，一脚踢在对方的后腿上。终于,两个人厮打起来,他们谁都不许对方先推开成功之门。

就在两个壮汉相互纠缠在一起的时候,两个影子正向他们的方向移动过来,不,应该是一个影子才对!尽管盲人和跛子最初的速度极慢,合作之后的速度仍相对缓慢,但他们还是赶上了两个壮汉。两个壮汉因为互相阻挠,都没注意周围事物的变化。他们心中只有一个信念:不让对方前进一步。却忽视了盲人和跛子的到来。

盲人和跛子因为相互帮助,慢慢地走到了最前面。

在成功之门的面前,盲人和跛子并没有相互抛弃,而是彼此示意了一下,共同打开了成功之门,当成功之门被开启之时,两个壮汉才悔不当初。

盲人放下了跛子,他们双手交握着,流下了喜泪。

上帝微笑着说:“恭喜你们,你们成功了。现在,我将满足你们的愿望。”

盲人说:“我想看看这世界是怎么样的。”于是他看见了光明。

跛子说:“我想灵活地跑跳。”于是他扔掉了拐杖。

上帝又问:“如果以后,你们再遇到类似的情况你们将怎样呢?”

他们同时坚毅地回答:“如果对方摔倒了,我一定会把他拉起来。因为,互相帮助才能使我们走向成功。”

生活中本没有那么多的骗子，是人们相互之间信任感的缺乏造成了人与人关系的紧张，伸出友爱的手建立一个温暖的世界吧！

骗子行径

●小河

他走在路上，迎面过来个陌生人。

陌生人就如一般的骗子那样，从怀里拿出个奇形怪状、色彩斑驳的东西给他看，口中说：这个古董，至少值2 000元，因来此做生意被骗了，想用它抵200元回家的路费。见他犹豫，陌生人又补充说："在你之前我问过9个人，都以为我是骗子，你肯帮助我吗？"

他那天心情不错，想做个测试，或者做个傻瓜。他说："古董我不懂，我就借你200元，你日后还给我。"

事后周围的人都笑他白白把钱送给了骗子，没想到一个多月后，陌生人将钱送还给了他。

正当他热心为"骗子"平反之时，陌生人又找上门来了，这次带了一大堆古董字画。陌生人说，自己将去遥远的地方闯荡，也许一时半会儿回不来，也许永远都不回来，家中没别的人，这批祖传的宝贝想转让给一个信得过的人。他问总共值多少，答曰至少30万元。他笑着说，我总共3万存款。对方说那就是3万。他心中暗暗叫苦，原来是大骗子！

陌生人走了，他没怀多大的希望请来行家鉴定。结果是，那堆宝贝远远不止30万。

他是个社会讲学师。日后他在课堂上对学生叙述完这段故事后说：10个看上去像骗子的陌生人中，只有1个是真骗子，其余9个是好人，但10个常人中却有9个把陌生人中的好人当骗子，只有一个人相信他是个好人。

人生妙谛 Ren sheng miao di

每个人的人格都有其充满魅力的一面，不要轻易贬低别人的人格，人格中所蕴涵的力量是难以估计的。所以，看到一个人人格的闪光点并予以赞许，或许不经意间就能拯救一个灵魂。

人格的见证

●明 白

唐纳德·布伦出生在美国乡村的一个贫民家庭，由于母亲早逝，父亲残疾，为了生活，他总要不时地“光顾”邻居们的鸡圈与羊栏，深受乡亲们的厌恶。从小喜欢偷鸡摸狗的唐纳德·布伦长大后依然恶习难改，后来因抢劫银行而进了牢房。

走出牢房的唐纳德·布伦很后悔自己的行为，他想重新做人，做一个对乡亲们有用的人，他觉得他很有必要将自己的想法告诉乡亲们。于是他决定回村，以自己的行动去赢得乡亲们的信任。唐纳德·布伦回到村里的时候，正好是晚上，他猜想乡亲们此时都已睡着了，于是他决定先回自己家看看，他不知道自己的残疾父亲是否还好好地活着。就在这时，村子里有一户人家的屋里突然燃起了大火，唐纳德·布伦来不及回家看父亲了，他不顾一切地冲进了那家起火的房子。直到将大火扑灭，村里人都赶来了，他才回家去看望自己的父亲。

唐纳德·布伦很想向父亲表明自己对以后人生的态度，可是他从父亲冷漠的眼神里看到了父亲对自己的不信任。无可奈何的他只得选择离开。可是，更让他不理解的是，一夜之间有关他的流言竟传遍了整个村子。村子里的人没有一个人相信他会改过自新，甚至怀疑大火就是他放的。

唐纳德·布伦悄悄地从人群聚集的地方绕过去，无比伤心的他决定离开这个生养了他又抛弃了他的地方。突然，他听到了一棵大树下几个孩子的吵闹声。孩子们正在激烈地争论着，他仔细听了才知道是在议论他。孩子们狠狠地说：“唐纳德·布伦是一个大坏蛋，等我们长大了，谁也不要像唐纳德·布伦那样。”听到孩子们也跟大人们一样误解他，唐纳德·布伦的心都碎了。他几次想站出来跟孩子们解释事情并不是他们想象的那样，他以前虽然偷过东西还因犯罪进过牢房，可是他现在已经改邪归正了，并且昨晚的大火根本不是他放的，而是他扑灭的，尽管那对失火的夫妇也昧着良心在说他的坏话。最终，他没有站出来，他觉得既然全村人都不理解他，跟几个小孩子又怎么说得清楚呢？他甚至狠狠地想：如果再这样逼他，他真的会一把火将整个村子给烧了！

就在这时，唐纳德·布伦听到了一个清脆而响亮的声音：“唐纳德·布伦叔叔不是坏人，我长

大了就要学他那样，做一个勇敢而善良的人，因为他救了我！”唐纳德·布伦看见，那是一个小男孩，没错，昨晚就是他救了那个小男孩。尽管那个小男孩的话很快被其他孩子们的声音淹没了，但唐纳德·布伦的眼里还是莫名地流出了两滴眼泪。终于有人相信他了，哪怕那只是一个孩子！也正是那个小男孩的话让唐纳德·布伦决定要做一个勇敢而善良的人。后来，唐纳德·布伦做房地产生意发家了，他成了一位有名的慈善家。

正如一个人做了坏事给其量刑时需要证人一样，人格也是需要有人见证的，哪怕只是一个孩子，见证人格的力量也是无穷的。

人生妙谛
Ren sheng miao di

生活中的小挫折太多了，不合自己心意的事也时有发生。如果总被这些东西牵绊住，生气、烦恼、闷闷不乐，并且长久无法释怀，那么你只能与成功失之交臂。振作精神，去打造你的辉煌人生吧！

别让雨下进灵魂里

●凌非

星期三下午上班的时候，一位气质极好，一看就属白领阶层的青年女子来找我同事。可是我的同事不在，她就留下了姓名。等我同事回来，我把情况同她说了，还意犹未尽地说了一遍“不去当演员可惜了”之类的话。同事笑道：“你怎么知道她没去当演员？事实上她不仅做过演员，而且还曾与一个非常重要的角色失之交臂呢。”说着她报出了那个角色的名称。我心里猛然一震：那可是令一名原本无名的演员一夜之间大红大紫的角色啊。

而她是怎样错过的呢？当时，慧眼识珠的导演挑女主角，挑来挑去，最后只剩一两位候选人。她与日后走红的那位，论外形气质，非她莫属。不巧，这时却传出她与导演有染的谣言。一向纯洁无瑕的她一赌气，竟退出竞争，又辞了职，匆匆从南边打道回府了。

10年来，她远离机会频频、可以尽展才华的演艺界，竟成了一名普通白领。偏离了自己真正的轨道，从事着自己并不真心喜欢的职业，其中郁积的遗憾和委屈又岂是一口气能赌掉的？况且她的婚姻也因之而不幸福。

小时候，我听过一个故事。说的是从前有一个人提着网去打鱼，不巧这时下起了大雨，他一赌气将网撕破了。网破了还不够，又因气恼一头栽进了池塘，再也没爬上来。小时候我想，哪有这样的傻子，这一定是个哄人的故事，现在想起来，这个故事还是很有意义的。

下雨不能打鱼，等天晴就是了。

不要让一场雨下进灵魂里，不要让一口气久久不呼出，从而输掉青春可能的辉煌和一伸手就摘到的幸福！

被别人提醒才知珍惜亲情的人，悔悟的同时心中应有份羞愧。亲情永远不应被遗忘，因为它常伴我们左右，给予我们真切的爱，帮助我们战胜人生的磨难，让我们为之感动。

人生妙谛
Ren sheng miao di

给妈妈的信

●赵强 译

我决定加入美国海军陆战队时，我还不到17岁。妈妈竭力劝说我放弃这个念头，但最终还是在同意我参军的文件上签了字。

新兵训练结束后，我被送到了地球的另一端——菲律宾的苏比克湾海军基地。在加入海军陆战队前，我还从未去过离新泽西的家80千米以外的地方。

到菲律宾快两年了，我已经把这儿当成了家。一天，我被叫到博伊德中校的办公室。中校看起来很和善，但我敢肯定他叫我来不是为了打发时间。

中校正在看文件，我站在他的办公桌前，忐忑不安地等着。忽然，他抬头问道："列兵，为什么半年多都没有给你母亲写一封信？"

我感到腿有些发软，暗自思忖：真的有这么长的时间吗？

"长官，我没什么可写的。"

中校用怀疑的目光看着我。当时的实情是，在闲暇时间，我们这些年轻的海军陆战队员们有太多的开心事去做，对我们中的大多数来说，其他任何事情似乎都不那么重要。

博伊德中校告诉我，我妈妈已经找过美国红十字会，接着红十字会又和他就我不写信的事进行了联系。随后，他问："列兵，看到那张办公桌了吗？"

"是的，长官。"

"拉开桌子的抽屉，里面有纸和笔。马上坐下来给你妈妈写点儿什么。""是，长官。"

写完一封短信后，我又站到中校面前。

"列兵，我命令你至少每周要给你妈妈写点什么。明白了吗？"我照办了。

大约三十五年后，年迈的妈妈脑力开始下降，我不得不送她到疗养院。给她收拾行李时，我翻看着一只旧的松木箱子。在箱子底部，我发现了一捆用鲜艳的红丝带捆扎的信件。

这是我在菲律宾时被命令写下的那些信件。整个下午，我坐在她公寓的地板上一封封地读着这些信，泪水顺着脸颊流了下来。我终于明白了，自己年轻时由于疏懒而使妈妈何等不安。

直到那一刻，我才认识到这一点，对妈妈来说，这也许太晚了，但对我还是有用的。

如今，我已用不着长官站在面前命令我定期给亲人写信了。

人生妙谛 Ren sheng miao di

逝去的只有悲伤,留住的却是快乐。快乐仿佛一缕阳光,把光明带到每个人的心中,而每个人又可以成为传播快乐的媒介,把它带给更多的人。做传递快乐的人,你会得到更多的快乐。

快乐墓地

●高艳明

非洲一个叫撒拉的小镇上,有一位叫布基的老人。布基的一生都过得很不愉快,究其原因,无非是他人生的许多目标都没有实现。布基在临死前的一段时间里,终于醒悟到:人无论是在什么情况下,都不应该以牺牲自己的情绪为代价。

但他的认识已经太晚了,因为这时他已经从大夫那里得知了自己大概的死期。布基不知道自己在临死前还能做些什么。他希望世上所有的人都不要像他。

他想啊想,最后终于想好要为后人留下一些文字。他的墓碑是这样写的:

> 我是一个本应该快乐的人,虽然我的一生也遇到了许多麻烦,但我相信,这一切都并不严重。我却因为这些并不严重的原因而一生不愉快。我是多么傻啊!我希望活着的人们不要像我,不要总是让自己处于烦恼之中。自寻烦恼,大概是人生最大的自我冤枉。你何必要冤枉自己呢,不要这样。

布基没有想到,他墓碑上的这段话,给人们的印象有多么深刻,因为这是一个死者对活人的忠告。

后来许多人都向布基学习。他们在临死前,纷纷要求死后葬在布基的左右,与布基做伴,成为他的邻居。他们留下的遗言,也都如布基一样,告诉活着的人们,应该怎样更好地生活和热爱生命。

请看这些遗言:

> 笑口常开,知足常乐,使我活得很开心。学我吧,我没有什么,只有两亩沙地,一片不成材的树林。一生除了饼子和粥,我没吃过什么,但我每天都在说笑中度过。我总对自己说,就这么快乐地活着吧。这么活着真好,我这么快乐地活了一生。我不知道我缺什么,也许缺许多东西,也许什么也不缺。愿你们也像我一样快乐。不要老是感觉自己缺什么,只要快乐,你

就什么也不缺。

另一块墓碑写着：

我的前半生，还算是富有的，但为了更富有，我不但一天到晚地拼命，还要总为一些不值得的事情发愁苦恼。后来我想开了，放弃了许多的"应该"。在我想开了和放弃后，生活就变成了一种轻松。其实人生在世，真的不在乎你干了些什么，也不在乎你是否成功。千万别为一种目的折磨自己，那样会把自己弄得很不快乐，甚至很不幸。你再想想，你活着到底要的是什么？

有一块墓碑上有这样的话：

我活了近百岁，长寿的秘诀就是心胸开阔。其实人越活越会懂得，在生活中干什么都不会那么顺利，但却没有过不去的事。像我这样吧，你活得一定比我更长久。

还有的写着：

行善吧，真诚地去帮助别人，这样你就会得到快乐和温暖，你会感到来自内心的一种亲切感。这样活着真好，这是一种美丽。你的人生一定会因此而变得美丽起来。

所有的墓碑上，都是这种普通人的名言——死者一生的体会。后来人们就把这里叫做"快乐墓地"。很多人甚至驱车几百里，到"快乐墓地"来转一转，换一换心情，聆听一下死者的教诲。

人生妙谛
Ren sheng miao di

文章从茉莉的故事引申出关于生活意义的思考。也许我们会因某种原因日复一日过着在自己看来没有意义的生活，当想要改变的时候却发现为时已晚。所以，在作出决定时要有勇气，坚定信心，勇敢向正确的方向前行，用自己的努力和奋斗让自己拥有一个无悔的人生。

为自己活十年

王者归来

她叫茉莉，出生在澳大利亚一个普通的小镇上，茉莉从小就接受最传统的教育。很小的时候父母就告诉她要遵守小镇上的生活准则，不要给别人增加麻烦。小茉莉一直把父母的话牢牢记在心底。茉莉一天天长大，上学、工作、结婚、生子，她没有让父母失望。

人们都说茉莉是个好人，茉莉也觉得自己是个好人。可不知道为什么，她总有种淡淡的失落感，她的大半生都生活在这个小镇上，从没有见过外面的世界。茉莉非常想过那种丰富多彩的生活，但她一直记得父母的教诲，没有任何特立独行的举动。

时光悄无声息地流逝。茉莉从豆蔻少女变成了慈祥和蔼的老奶奶。后来，她的丈夫去世了，孩子们也都各自成了家，茉莉又开始了一个人的生活。在她80岁那年，整个小镇都成了旅游区，从世界各地纷纷涌入的旅游者很快打乱了小镇的平静生活，也打乱了茉莉的心。

新年聚会的时候，旅游区开发商请小镇上年龄最大的居民——茉莉女士为小镇做广告。茉莉女士向游人们诉说着小镇上的快乐与美好。说着说着，她突然停了下来，自言自语地说道："是的，这里真的很美，但我更喜欢另一种生活。"

茉莉生平第一次没有听从别人的劝阻，毅然选择过一种全新的生活。她带着变卖房屋所得的200万澳元来到了墨尔本。她开始按照自己的愿望生活——学习绘画，去听古典音乐，和年轻人一起去看最流行的时装发布会，出席各种各样的社交活动。

茉莉变得如此快乐、自信，几乎让人忘记了她的年龄。茉莉不仅充实地生活着，还出人意料地当选了市政府的议员。很快，茉莉就成了家喻户晓的明星。人们都说，茉莉一定会在90岁那年成为墨尔本市的市长。然而，茉莉90岁那年意外地在自家门前摔倒，她的生命之花瞬间凋谢。

人们根据茉莉生前的嘱托，将她安葬在郊外的公墓里，墓碑上刻着：茉莉，1990年生，2000年快乐地结束了在人间的旅行。

很多来悼念的游客都吃惊地发现茉莉女士的生日被写错了，她明明是1910年出生的，这么重要的事情怎么会弄错呢？每到这个时候，导游都会郑重地告诉大家："茉莉女士始终觉得，从80岁那年开始她才过上了自己真正想要的生活，所以她生命的真实长度应该是10年！"

没有孩子不想念自己的母亲，只是想念的方式有所不同:有人常常向母亲说出自己的爱,有人却想用成绩让自己的母亲感到欣慰。也许“爱你在心口难开”,文中的凯利显然属于后者,这是爱的另一种告白。

人生妙谛
Ren sheng miao di

献给妈妈的毕业礼物

●张若愚 译

我的母亲死于一次车祸,当时我正念八年级,而我的弟弟凯利才六年级。妈妈死后,父亲与我常常到她的墓前,但凯利从来不愿与我们一起去,他甚至从来都不愿谈起妈妈,他好像要完全忘了她,这让我非常气愤。

在我上大学二年级时的一个休息日,我开车回家,决定要拐个弯到母亲的墓前看一看。凯利几天前高中毕业了,我想着如果妈妈还在,该多么为他骄傲。他不想念妈妈真是不对。

当我跪下来清理妈妈墓前的地面时,有什么东西让我眼前一亮。我近前一看,那是一把高中毕业帽上的流苏,规整地摆放在墓碑前。

我不相信自己的眼睛!所有这些年里他表现得好像并不在意,可凯利要妈妈与他分享他的成就,用这种他认为合适的方式。这么多年来,是我没有看到他内心的痛苦,我总是以为他没有任何感觉。

那个闪着金光的流苏,是我弟弟在乎母亲的证明。

人生妙谛
Ren sheng miao di

相信有为数不少的人因为家境的贫困、父母工作的卑微而觉得在别人面前抬不起头，这是因为他们太过于虚荣。不论父母从事什么样的工作，他们都是最值得尊敬的人。

跪下来，叫一声娘

●赵欣

国庆节学校放假7天，热恋中的女友忽然提出来要和我一起回一趟老家，见一见我的父母，我顿时变得惶恐不安。从踏上列车的那一刻起，我就下定决心，要告诉女友自己家庭的真实情况。看到头一次出远门的她是那样的意趣盎然，又不忍心扫了她的兴致。经过一夜颠簸，火车停靠在古城邯郸。我们又转乘汽车，坐了将近六个小时，才回到我的家乡——一个偏远的山区小城。

此时，灰头土脸的女友已经累极了，靠在我身上，勉强笑了笑，问："咱们到家了吧？"我不敢看她的眼睛，嗫嚅着："不，还要转车。"

女友很奇怪："你的父母不是在县委工作吗？"

"可是……可是……"

我的脸烫得厉害，"他们都住在乡下。"

"那上班多不方便呀！"单纯的女孩没有多想，又说："不过，这样也好，乡下空气新鲜，我还没去过乡下呢。"

我有些苦涩地叹了口气，拉着她，上了一辆开往乡下的破旧公交车。车上已经坐了不少人，但迟迟没有开走的意思，在零乱肮脏的车站里很慢地兜圈儿。女友百无聊赖，不停地左顾右盼，忽然一个女人的声音引起了她的注意——"报纸杂志，谁看报纸杂志……"

"喂，有《当代青年》吗？"女友推开窗，向外喊。

"有！有！"

那个中年妇女急忙向这边跑。她满脸油汗，皮肤黑红，一身沾满灰尘的衣服已辨不出本来的颜色。

我立刻惊叫一声："啊……"

旋即弯下腰，用手遮住脸，躲在女友的背后。女友挑出一份《当代青年》，从车窗里递出钱，但中年妇女却不接，她脸上堆满了卑微的笑，说："5元一份。"

"可是，这本书的定价是4.5元。"

“姑娘，我在车站里卖书，是要交管理费的。”中年妇女的嗓门很大，而且沙哑，这对于有着良好家教的女友来说，无疑是种不可忍受的噪音。她厌恶地嘟囔了一句“无商不奸”。

正要掏钱，两个穿制服的年轻人走了过来，嘴里骂骂咧咧地边往外推搡那个中年妇女边说：“你这个月的管理费还没交呢，谁让你又来了？”

我稍稍抬起头，向外张望，只见中年妇女脸上的笑容更加卑微了，她不停地向那个和她儿子差不多大的年轻人鞠着躬，赔着不是，解释说：“月底我一定把管理费补齐，您知道吗？我儿子在外面读大学，学费很高，最近又交了一个女朋友……说出来你们怕是不信，你们别看我臭婆子不怎么样，可我未来的儿媳妇却是大学校长的女儿哩！”

“就你这样子，还能有个上大学的儿子，还想娶大学校长的女儿当儿媳妇?!”

两个年轻人放肆地大声笑着，顺手推了中年妇女一把，她猝不及防，一下子跌倒了，头碰在水泥台阶上，顿时流出了鲜血。两个年轻人毫不在意，用嘲讽的目光看着在地上呻吟的中年妇女，甚至想把她拖出去，以免挡了别人的路。

“住手！”

我忽然站起来大吼了一声，我喊得那么响，车站里所有的人都吃了一惊，包括我的女友，他们都呆呆地望着我，傻了一般。

我跳下车，冲过去，推开两个年轻人，搀起那个中年妇女。我说：“是的，她只是个乡下妇女。她没有钱，却有超出常人的自尊，她甚至连自己的名字都不会写，但她却培养出一个上了名牌大学的儿子……”

说到这里，我眼眶一热，猛地转过身，扑通一声跪在中年妇女面前喊了一声：“娘！”

人生妙谛
Ren sheng miao di

母亲的手，不仅养育了我们，送我们踏上了人生的征程，还在默默地保护着我们，给予我们继续前行的信心和勇气。请握紧母亲的手吧，你会感受到灵魂的震撼，生命的跳动！她会让我们远离家园的灵魂归来。

那晚，我握住了母亲的手

●伟伟

一次聚会上，大伙儿都准备不醉不归。微醉时，坐在旁边的一位朋友对我说：“有一件事你肯定没做过。”朋友托起酒杯，在空中来回地晃着，酒吧黯红的灯光映出他一脸的严肃。然后，他慢慢地说：“你握过母亲的手吗？”这话带给我的震撼远远大于我不知道母亲生日是哪一天。

日常生活中，最应该记住的却常常被我们忘记，最应该做的却常常被我们忽视。我只记得母亲的手，却没有握过母亲的手。那晚耳边总是萦绕着“你握过母亲的手吗”这句话。第二天，我就向单位请假回家。一路上，脑子里全是母亲的身影。前些年家境不好，日子过得非常艰难。父亲在附近一家工厂上班，厂里效益差，一拖就是一年半载不发工资，有时为了应酬，父亲还要从家里拿钱，所以家里的大小事情全落在母亲一个人的肩上。自我记事起，母亲就像陀螺一样不停地转着。上大学那几年，母亲硬是省吃俭用供足了我所有的费用，其中的辛苦只有母亲一个人知道。毕业后，我被分配到离家很远的地方教书，虽然时常寄钱回家，但写信和回家的次数却越来越少，母亲在我自认为潇洒的生活里变得日益生疏起来。

晚上，母亲从外面回来，看见坐在家中的我十分惊奇："你怎么回来啦？""放假，就回家看看。"昏黄的灯光下，母亲显得更加苍老，黑发早已变成白发，额头上写满了岁月的印痕。母亲老了，我心里涌起阵阵悲凉与歉疚。我端来一盆热水，浸上毛巾，让母亲坐下。

"妈，把手伸给我。"我说，这次，母亲显得更加惊奇，她不安地伸出了双手。手背上，一条条青筋突起，皮肤像贴上了一层薄薄的皱巴巴的纸；手掌上，全是些口子和厚厚的老茧。这就是母亲的手，默默地支撑这个家支撑那段艰苦岁月的手。我擦拭着母亲被岁月磨起的手茧，轻抚着那刻满生活艰辛的手指，自己仿佛回到了童年，眼前浮现出母亲劳作不息的疲惫身影。

"妈，您辛苦了。"

紧紧握住母亲的手，我的泪水像断线的珍珠一样落了下来。那晚我看清了母亲的手，读懂了母亲的爱。母亲的手，浓缩了她一生一世的沧桑，刻满了她养儿育女的艰辛。母亲那双手，为我们遮风挡雨却被风雨剥蚀，为我们开辟前程却饱尝了辛酸。

世事如烟，转眼就是7年过去了。在这过去的7年中，每当我浮躁不安、悲观失望、自甘堕落的时候，我就会抽出几天时间回到家里，握住母亲那饱经风霜的手，用灵魂去感受母亲的艰辛和自己的责任。因为我知道，也就是在我握住母亲手的一刹那，我也握住了自己命运的手。

母亲的手，是一部震撼灵魂的巨著，读懂了它，你就读懂了整个人生。一个人要想读懂人生的真谛，就不妨常回家握握自己母亲的手。

人生妙谛 Ren sheng miao di

俗话说“子不嫌母丑”，即使母亲很“土气”，她的心却是那么美；即使你嫌弃她，母亲的爱依然是那么浓。不要做伤害母亲的事情，那会成为你以后最大的遗憾。

愧疚的泪水

●罗刚

天热的时候，母亲总喜欢在肩上搭条毛巾（那种花5角钱就能从商店买到的洗脸毛巾），不时去擦脸上的汗。后来母亲有了头痛的毛病，就常常把毛巾扎到头上，不管春夏秋冬都没有取下来过。

我在武汉读书的时候，头上扎着毛巾的妈妈来看我。我怕同学们都知道了我有这样的一个“老土”妈妈，便对母亲说：“你回去吧，你在这里我学不成习了。”妈妈转过身，擦了擦眼睛就走了，我没有去送她。

大学四年里，我很少回家，也从来没有写过家书，妈妈却是很准时地把生活费寄过来。回到家里，我也总是对母亲爱理不理。大学刚毕业的时候，我把不要的东西都搬回家，就在快要到家的时候，我出车祸了。

过路的人中有人认出我是老罗家的三儿子，于是腿脚麻利的大哥二哥大嫂二嫂都来了，看着浑身是血不省人事的我，他们哭成一团，乱了阵脚。最后赶来的母亲拨开人群，抱起已被人们断定必死无疑的我，拦住路旁一辆大汽车，她用毛巾裹住我的伤口，用肩扛着我的身体，从衣袋里摸出一大把零钱塞到司机手里，然后不停地请求司机把我送到医院抢救。嫂子说，她从来没见过懦弱的母亲那样坚强而有力量！

在认真清理完伤口之后，医生让我转院，并暗示大哥二哥准备后事。

母亲扯碎了大哥绝望之时为我买来的丧衣，大哥终于忍不住哭了。母亲说：“你们不要哭，我都没哭，你们更不要哭，老三不会死的，他才二十多岁，他一定行的，我们一定能救活他！”

医生仍然表示无能为力，他让大哥对母亲说谎：“这孩子没救了，即使要救，也要花很多的钱，就算花了很多钱也不一定能行。”

母亲一下子跪在地上，又马上站起来，把沾满血的毛巾向肩上一搭说：“求求你们了，救救我的儿子，我儿子有出息、了不起，你们一定要救他。我会挣钱交医药费的，我会喂猪、种地，我还可以出去打工，我什么都可以做，我有钱，我现在有4000块钱。”医生握住她的手，摇摇头，表示这4000块钱是远远不够的。母亲急了，指着哥哥嫂子，紧紧握起拳头说：“我还有他们，我们一起努力,我们能做到。”见医生不语,她又说:“我有房子,可以卖,我可以睡在地上,就算是倾家荡产,也要我儿子活过来,医生,请您放心,我们不会赖账的。钱,我们会想办法。”

看惯了生生死死的医生已是潸然泪下!

伟大的母爱,不仅支撑我的生命,也支撑起医生抢救我的信心和决心。我被推上了手术台。

母亲守在手术室外,她不安地在走廊里来回走动,不停地用毛巾擦汗,竟然把毛巾都擦烂了。在守候的十几个小时里,她不停地做着拜佛、祈求天主的动作,恳求上苍给儿子生命!医院的人都感动得掉下了眼泪。只有母亲,她守在我的床边,坚定地等我醒来!

为了让医生和护士们对我好,她趁哥哥换她陪床的空当,做了一大盘热腾腾的水豆腐,几乎送遍了外科所有医护人员。尽管医院有规定不准收病人的东西,但面对如此质朴而真诚的表达和请求,他们怎么好拒绝?母亲满足了,更有信心了。她说:“你们真是大好人,你们一定能治好我的儿子!”

半个月后的一个清晨,我终于睁开眼睛,我看到一个瘦得脱了形的老太婆。因为看到我醒来,母亲惊喜得满脸都是泪水,那半个月前还黑着的头发,如今全白了,半个月,母亲好像老去了20岁!

以后的日子,都是母亲陪着我,我们聊天,我们做游戏。曾经,这对母亲而言是多么奢侈的享受啊!

我终于出院了,却猛然发现母亲的毛巾不见了,大哥告诉我:“妈妈怕你看见她的毛巾不高兴。”

霎时间,我愧疚的泪水汹涌而下……

人生妙谛 Ren sheng miao di

头脑再聪明，好办法再多，若是用到无用的事情上，也只能成为他人的笑柄。故作聪明不是明智的选择，而应从客观出发，踏实地思考，同样能够想到解决事情的好办法。

最笨的事都是谁做的

●张小失

在一次拓展训练上，主持人问："树上有个苹果，离地 10 米，谁能想出最笨的方法把它摘下来？"

当时队里有个外号叫"铁蛋"的战友，是我们喜欢嘲弄的对象，因为他傻乎乎的，没什么心眼，挺憨厚。于是，好事者们叫道："铁蛋，这事只有拜托你了！"

铁蛋缓缓站起身，不住地挠头，咧嘴呵呵笑。主持人鼓励他："大胆地说，只是个游戏嘛！"铁蛋支支吾吾地说："我看，这个就是……就是跳起来摘。"大伙儿"轰"的一声，笑歪了，主持人喊道："这算什么笨办法？"铁蛋解释："就是吗，怎么也跳不到十多米高，你就是摘不到。"主持人纠正他："问题是我们要把它摘下来。"铁蛋抱歉地笑笑："那……我再想想……"

终于，有个聪明人站起来说："报告！赶明儿我驾着坦克来，用炮瞄准苹果，一炮保证打下苹果，请大家享用。"

第二个聪明人受到启发，也跳起来说："啥呀？你那一炮打去苹果就烂了，还享用？需要精准射击——我是狙击手，弄把枪，我离树 5 公里，用高倍望远镜慢慢瞄准苹果梗儿，把它打下来。"

又一个聪明人突发奇想："枪啊炮的，都是一介武夫！"大伙全都转头盯着他，看他有何高论。"我回去搬音响来，对着树，将音量开到最大，播放摇滚乐，总有一天能把苹果从树上震下来。"这个方法果然笨到家了，引得大伙一阵乐。

就在此时，真正的聪明人出现了，他说："诸位，我有一把斧头。"他举起手做一个砍树的动作，"砍树！"大伙笑了，轰他下台。主持人说："别说了，你说的没意思！"真正的聪明人一拍桌子，"树倒了！我再拿尺子量——我身高 1.7 米，所以，我要将树干砍掉 8.3 米，再将树立起来，那么，苹果离地大约只有 1.7 米了；然后，我一伸手，脚都不用踮，就能摘到苹果。"这办法果然笨得离奇。大伙对他佩服得五体投地。

主持人鼓掌笑道："很好，游戏结束。下面我来讲评——这个世界上，真正愚笨的事情，往往都是由聪明人想出来、干出来的，而像铁蛋那样的'笨人'，恰恰不会做出最笨的事。"

创新是人的一种潜质，它能使人的思想变通，使人更从容地为人处世。现实中的我们，具有同样智慧的头脑，只要让思想不再拘泥于现实中的条条框框，同样可以打造出属于自己的全新生活。

人生妙谛 Ren sheng miao di

用鼻子弹奏

●肖云龙

大作曲家莫扎特还是海顿的学生时，曾和老师打过一次赌。

莫扎特说，他能写一段曲子，老师准弹不了。

世界上竟会有这种怪事？在音乐殿堂奋斗了多年，早已功成名就的海顿对此岂能轻易相信。莫扎特将曲谱交给了老师，海顿未及细看便满不在乎地坐在钢琴前弹奏起来，仅一会儿的工夫，海顿就惊呼起来："我的两只手分别弹响钢琴两端时，怎么会有一个音符出现在键盘的中间位置呢？"接下来，海顿以他精湛的技巧又弹了几次，还是不成，最后他无奈地说："真是活见鬼了，看样子任何人也弹奏不了这样的曲子。"

显然海顿这里讲的"任何人"其中也包括莫扎特。

只见莫扎特接过乐谱，微笑着坐在琴凳上，胸有成竹地弹奏起来，当遇到那个特别的音符时，他不慌不忙地向前弯下身子，用鼻子点弹而就，海顿禁不住对自己的高徒赞叹不已。

莫扎特的这一逸闻饶有趣味。尽管他在公开演奏场合从未表演过用鼻子弹钢琴，但这种打赌所表现出来的变通思维，在他的不朽作品中处处闪光。

人生妙谛 Ren sheng miao di

即使受到了欺骗，但因对“慈善”这个词美好而高尚的理解，艾迪以博大的爱心，包容了一个走上歧途的年轻人，并以真挚的情感温暖了这个年轻人的心，从而为“慈善”一词做了最好的注解。

要对得起“慈善”这个词

●周毅

从居所到公司虽说有一段不短的路，已步入中年的经理艾迪却很少驾车，他总是走着去上班。每天艾迪都要路过地铁口，而且有空的时候，喜欢和那里的卖艺者、流浪汉聊上几句；因为他出身贫寒，少年时代同样吃过许多苦。

一天早上。地铁口一个与众不同的年轻人吸引了艾迪的目光。年轻人既不是流浪汉也不是卖艺者，他面前摆着一个箱子，箱子正面写着一行字“慈善募捐”。一向善意的艾迪，毫不犹豫地走过去往箱口投了一百美元。年轻人惊喜地感谢道：“先生，上帝会保佑您的！孤儿院里我那些可怜的弟弟妹妹们终于可以过上幸福的生活啦。”艾迪只是笑笑，然后平静地离开。

之后的几天，艾迪陆陆续续往慈善募捐箱里投放了近千美元。一周后的一个傍晚，艾迪在回家的路上又看到那个年轻人。艾迪先投放一百美元，然后笑着问：“怎么你还在？平时下午你好像不在这里。”年轻人吃惊地说：“先生，您怎么知道？”艾迪仍旧微笑：“因为每天我都路过这里。”年轻人解释道：“下午我一般去孤儿院。给孩子们买些好吃的东西，他们可高兴啦！”

艾迪望着年轻人的眼睛：“把法国大餐装进自己的胃里，能消化吗？孤儿院的孩子们怕是享用不到这种美食吧?”年轻人的脸忽的煞白,支吾道:“您跟踪我?”艾迪说:“年轻人,别紧张。我只是好奇,你想哪个慈善机构募捐时只一个人呢? 说说吧,你怎么想出这么个‘好’点子? ”

年轻人无地自容,羞愧地向艾迪介绍自己的经历。他叫托尼,在孤儿院长大。成年后,一再失业的他成了流浪汉,就想出募捐这么个主意。讲完后,托尼低着头问:“先生,您既然知道我是假冒者,为什么还如此慷慨呢? ”艾迪说:“这个问题问得好!原因很简单,因为我要对得起‘慈善’这个词。”托尼抬起头,双方目光交织的一刹那,托尼感到的是无尽的温暖。

故事并未结束,艾迪拿出几千美元陪着托尼去了孤儿院,托尼亲手将“慈善募款”交给院长。后来,艾迪收托尼为义子,并安排他到自己的公司上班。托尼每次经过地铁口时,都会往流浪汉的盆里扔几美元。临终前艾迪把公司交给了托尼,望着托尼没有说一句话。托尼从老人眼神中读到了许多。

托尼没有辜负义父艾迪,他将公司财产的一半捐助给了慈善机构。因为托尼永远忘不了艾迪说过的那句话——要对得起“慈善”这个词。

人生妙谛
Ren sheng miao di

“物以类聚，人以群分”，我们的交往群体很重要，它影响着我们的生活，更重要的是，它反映了我们自己的人生态度，决定了我们的前进方向。

羽毛相同的鸟儿一起飞

●[美]苏珊·肖特 张昆群 译

星期六的晚上，电影散场后，我和我的好朋友站在德克斯剧院门口，等着爸爸来接我们回家。

我们在那儿等的时候，看见一群初中的男孩子在那里晃荡，他们大声地笑着，拿一群更小的男孩开心。

这群惹是生非的男孩看起来自我感觉挺好，准是觉得自己抽烟的样子气度非凡呢!

这帮家伙，唯一的人生使命就是看起来要像个硬汉，而且凡事都能搞定。他们想要酷，而且相信要想显得够酷就非得抽烟。即便是我这个七年级的学生，也能一眼看穿他们——无非是想扮成熟罢了。

对这种德行，我可没什么好感。

爸爸开车过来了。我看到当他瞥见这群男孩的时候也皱了皱眉，我知道爸爸讨厌抽烟。我们上车的时候，他说了一句：“羽毛相同的鸟儿一起飞!”

霎时间，我脑海里涌现出了这些年来爸爸对我在选择朋友方面的教导。

爸爸说过，选择朋友是非常重要的事情，要想成为朋友，就得有共同点。如果你的朋友在学校里成绩很好，你也会希望自己功课再好一点儿；如果你的朋友成绩不怎么样，你就不会很用功地去取得好成绩，因为你不想让好朋友感觉更糟糕。所以，你要么失去一个朋友，要么开始忽略你的学习成绩。

爸爸告诉我，长大以后我就得自己把握人生方向了，从我所选择跟我一块儿飞翔的“鸟儿”就可以预见我的人生方向。

爸爸劝我，要好好看看我现在属于什么样的一群“鸟儿”，要想清楚自己是不是想去他们要去的地方。

如果回答是否定的，那么即便我还只是个十多岁的孩子，也必须坚定、理智地去寻找一群更好的“鸟儿”。

人生的战场上,你可以被打倒,但不可以被打败。承认失败,就是失去了重新出发的勇气。在经受挫折的时候,要韬光养晦、积蓄力量,为下一次的挑战做好准备,要知道"江东子弟多才俊,卷土重来未可知!"

人生妙谛
Ren sheng miao di

没有赢

●刘墉

今天你参加纽约市的演讲比赛,没能进入决赛,我和你的母亲一起去地铁车站接你,不是为了安慰,而是为了鼓励!

记得你上车时,我问你的第一句话吗?

我问:"你是输了,还是没有赢?"

你当时不解地说:"这有什么分别?"

我没回答,只是再问你:"下礼拜在史泰登岛(Staten Island)的另一场比赛,你还打算参加吗?"

你十分坚决地说:"要!"

于是我说:"那么你今天是没有赢,而不是输了!"

一个输了的人,如果继续努力,打算赢回来,那么他今天的输,就不是真输,而是"没有赢"。相反地,如果他失去了再战斗的勇气,那就是真输了!

小时候,我读海明威的《老人与海》,里面说"英雄可以被毁灭,但是不能被击败";当时只觉得那是一句很有哲理的话,却不太了解其中的意思。

后来我又读尼采的作品,其中有一句名言:"受苦的人,没有悲观的权利。"我也不太懂,心想,已经受苦了,为什么还要被剥夺悲观的权利呢?

直到自己经过这几十年的奋斗争战,不断地跌倒,再爬起来,才渐渐体会那两段话的道理:

英雄的肉体可以被毁灭,但是精神和斗志不能被击败。受苦的人,因为要克服困难,所以不但不能悲观,而且要比别人更积极!

据说徒步穿过沙漠,唯一可能的办法是等待夜晚,以最快的速度走到有荫庇的下一站,中途不论多么疲劳,也不能倒下,否则第二天烈日升起,加上沙漠炙人的辐射,只有死路一条。

在冰天雪地中历险的人,也都知道,凡是在中途说"我撑不下去了,让我躺下来喘口气"的人,必然很快就会死亡,因为当他不再走、不再动,他的体温就会迅速降低,跟着就会被冻死。

记得陈光霖伯伯吗?他曾经自己请愿当战斗蛙人,是一个浑身是胆、充满斗志的人。他说过一段我永远不会忘记的话:

“当你的左眼被打到时，右眼还得瞪得大大的，才能看清敌人，也才能有机会还手。如果右眼同时闭上，那么不但右眼也要挨拳，只怕命都难保！”

可不是吗？在人生的战场上，我们不但要有跌倒之后再爬起来的毅力，还要有拾起武器再战的勇气，而且从被击败的一刻起，就要有开始下一次奋斗的精神，甚至要有不允许自己倒下，不准许自己悲观的决心。那么，我们就不是彻底输，只是暂时的“没有赢”罢了！

你可以清楚地听见家里其他人的鼾声和桌上滴答、滴答的钟响，你觉得孤独了！进一步发觉，恐怕在未来的人生中，父母不可能是你永远的依靠……

即使是最卑微的生命，也闪烁着灵魂的高贵的光泽。在生活的急流中，我们往往随着命运之舟顺流而下，但是不要忘了，生命之桨掌握在自己手中，也许奋力划过急流，前方是一片迷人的湖光山色。

另起一行

崔修建

他年轻时曾进入政界，但命运似乎总是有意地跟他作对，因政见不同，他又喜欢率性直言，不免屡遭政治是非的牵连，数次被投入监狱。50岁那年，当初与他一起入伍的同乡，都已胸前佩满勋章荣归故里，他仍没有获得一官半职，依然穷困潦倒。

从政之路屡败屡战的他，终于在年过半百时决定另辟新路——投身商海。他雄心勃勃地涉足了许多个领域，从金融到房产，从餐饮到加工贸易。然而，也许是命运多舛，他在商海中屡遭风雨，虽然顽强打拼，但收获的还是一连串的失败，到头来不仅血本无归，还债台高筑。白发满头的他，常常为躲避上门的债主而有家难归，四处漂泊。

53岁那年，在许多人的眼里，人生已输得很惨的他，应该低头认命了，可以就此借酒买醉，也可以得过且过地打发余生了，而此时的他心头仍燃烧着新的梦想。几经斟酌后，他又将奋斗的目标投向另一个崭新的天地——写作。

几乎所有认识他的人都认为他的这个选择实在是荒唐透顶，人们普遍认为写作要从年轻时起步，大家很难想象一个连温饱都成问题的53岁的老人，此时开始尝试自己并不擅长的写作将会有什么样的成就。

然而，他却在众人纷纷涌来的困惑和嘲笑中，毅然地拿起了笔，激情澎湃地开始书写自己对社会、历史和人生深邃而独特的思考和感受。谁也不会想到，他这次人生转航竟抵达了理想的彼岸——他奇迹般地向世人献出一部风行天下的小说，那就是跨越时空深受全球无数读者喜爱的经典名著《堂·吉诃德》。

没错，他就是350多年前的西班牙作家——塞万提斯。

一位传记作家在整理关于他的资料时，这样感慨道："他就像他小说中的人物堂吉诃德一样，自信得有些不知天高地厚，固执得近乎愚笨，但最可爱的一点，是他屡屡碰壁之后，懂得人生在该转弯时要毅然地转弯，就像写作时另起一行，开始书写新的段落……"

这位传记作家说得极是——即使屡遭失败的重创，也不必悲观消沉，而应该自信地仰起头来，"另起一行"，写下了那位硬汉作家海明威所言的"生命可以被打倒，就是不能被征服"的辉煌篇章……

人生妙谛

Ren sheng miao di

因为有爱，我们不放弃生命的美好；因为有爱，我们不慨叹命运的不公。也许正是无数的爱给予了我们力量，让我们笑看人世的风雨，在无数次跌倒后无畏而坚定地站起来，为爱着我们的人们奋进！

跨越极限

●崔修建

那是20世纪50年代，在朝鲜战场上一次惨烈的阻击战中，二十多岁的他永远地失去了双手，下肢自小腿以下也都被截去，住进了荣军院。

看到自己成了处处需要照顾的“废人”，他心情极为沮丧。绝望的他几次企图自杀都没成功——那时，他连自杀的能力都没有了。

后来，在别人的讲述中，在影视作品中，他认识了奥斯特洛夫斯基、海伦·凯勒、吴运铎……这些人在残酷的命运面前那永不折弯的坚韧品性，深深地震撼了一度迷茫的他：原来，生命的硬度远在钢铁之上啊。

于是，他开始近乎自虐般的学习生活自理。在常人难以想象的跌跌撞撞中，他终于学会了照顾自己生活起居的本领，并毅然地告别了他完全有理由享受安逸的荣军院，回到了当时还很贫穷的沂蒙山老家。

不满足于能够做到生活自理的他，又拖着残躯无数次地山上沟下的摔打，带领着乡亲们开山修路、架桥引水、种树建果园……直到贫困的山村真正地富裕起来。他这个无手的村支书一当就是三十多年，当得乡亲们无比敬佩。

从村支书的位置上退下来后，不甘寂寞的他，为给后代留一份精神遗产，又开始艰难地写书。他用嘴咬着笔写字，用残臂夹着笔写字，用嘴、脸和残臂配合笨拙地翻字典。写上几十个字，就累得他浑身是汗。

从未上过学的他，仅仅在荣军院的习字班里学会了几百个字，虽说他后来一直在坚持读书看报，但也谈不上有什么文学素养。很多人都不相信他以那样的文化功底、那样的身体条件还能够写作，许多知情者劝他别自讨苦吃了，可他写作的信心毫不动摇，硬是花了三年多时间七易其稿，写出了令著名军旅作家李存葆都惊叹的撼人心魄的三十多万字的小说——《极限人生》。

他就是中国当代的保尔·柯察金——特残军人朱彦夫。

没有双手、双腿残疾、视力仅有0.25的朱彦夫，硬是凭着自立自强的渴望，凭着挑战命运的坚忍不拔的毅力，打碎了生活中的一个个的“不可能”，以无手之臂书写了传奇人生，留下了熠熠闪光的生命篇章。就像他那部小说的名字一样，他打破了人生的许多极限，创造了生命耀眼的辉煌。

“盛年不重来，一日难再晨。及时当勉励，岁月不待人。”理想来源于现实的努力，只有一步一个脚印地努力，才能品尝成功的甘甜，不劳而获的人永远也感受不到收获的喜悦。

人生妙谛
Ren sheng miao di

乞丐的三个愿望

●江莉

耶路撒冷圣地有一个又老又脏的乞丐，天天站在路旁乞讨，有一顿没一顿的，日子过得穷苦不堪，但是他每天早上仍虔诚地祷告，希望奇迹能降临到自己身上。

一天，当他祈祷完毕，抬头一看，竟然有位全身发光的天使站在眼前。天使告诉乞丐，上帝可以实现他的三个愿望。

老乞丐心中大喜，毫不迟疑地立刻许下了他的第一个愿望：要变成一个有钱人。刹那间，他就置身于一座豪华的大宅院中，身边有无数的金银财宝，终其一生也享用不尽。老乞丐马上又向天使许下第二个愿望：希望自己能年轻 40 岁。果然，一阵青烟过后，老乞丐变成了 20 岁的年轻小伙子。这时，他兴奋到了极点，不假思索地说出了第三个愿望：一辈子不需要工作。天使点了点头，他立刻又变回了路旁那个又老又脏的乞丐了。

乞丐不解地问：“这是为什么？这个愿望说出来之后，我为何变得一无所有了呢？”

一个声音从天际传来：“工作是上帝给你最大的祝福。想一想，如果你什么都不做，整天无所事事，那是多么可怕的一件事！只有投入工作，你才能变得富有，才有生命的活力。现在你把上帝给你的最大的恩赐扔掉了，当然就一无所有了！”

人生妙谛
Ren sheng miao di

成长的过程是不断积累的过程，鲜花、红毯和掌声代表不了什么，真正的学者必须有“面壁十年图破壁”的精神，摒弃世俗杂念，才能够在不断的自我思考和勤奋进取中收获装满生命的瓶子。

盛满水的瓶子

●李雪峰

一个年轻人去拜见苏格拉底。

年轻人说：“我怀疑你的学识。别人说你如何如何有学识，怎么怎么渊博，但我看来，你不过徒有虚名罢了。”苏格拉底不言语，只是微笑着看着那个年轻人。

年轻人为了印证自己的质疑，接着对苏格拉底说：“那些有学识的高士，他们四处讲学，为人解惑，广收门徒，个个声名远播，有数不清的讲座在热情地等待他们，有数不清的人在追随着他们，有数不清的盛宴在迎接他们，而你呢？”年轻人环顾了苏格拉底几乎家徒四壁的居室说：“你冷冷清清的什么也没有，没有络绎不绝的门徒，没有欢迎你的盛宴，也没有邀请你讲学的请柬。一个人像休眠的昆虫一样无声无息地蛰居在这里，人们都不知道你，都看不到你，你比一个普通人还普通，怎么能算是个学问家呢？”

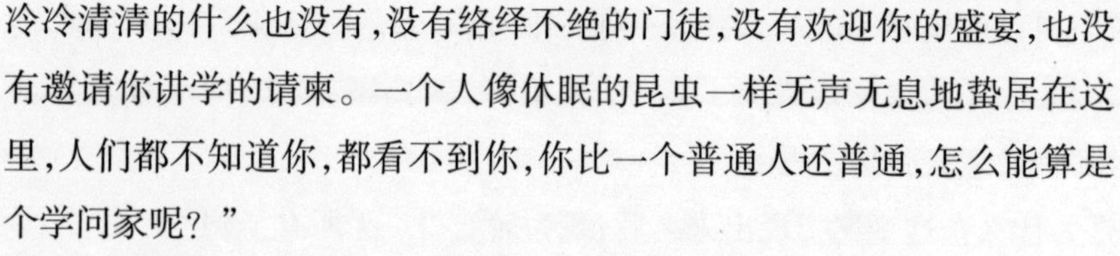

苏格拉底听了，什么也不说，只是拿来两个透明的瓶子放在那位年轻人面前，然后往一个瓶子里灌了半瓶清水问：“年轻人，你看见水了吗？”

年轻人一指瓶子里的那条水平线说：“这水平线下面的不就是水吗？”

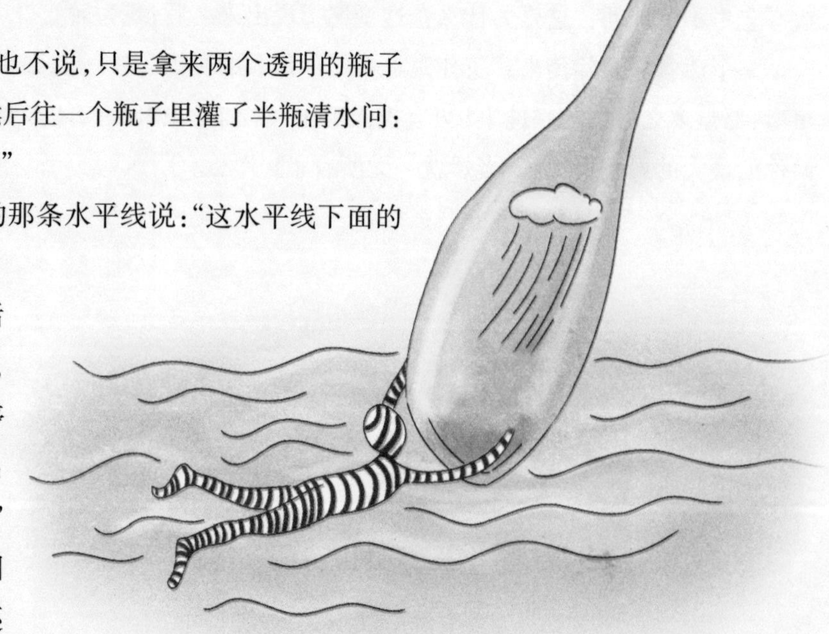

苏格拉底笑了。然后他又朝另一个瓶子注水，直到把水注得满满的才停下来，然后对年轻人说：“年轻人，你能看见水吗？”

年轻人俯下身子，围着瓶子看了又看，最后还是摇摇头说：“水太满了，所以尽管我知道这瓶子里有水,但却看不到水。”

苏格拉底笑了,对年轻人说:“人就像这透明的瓶子,学问就像清水,瓶子盛上半瓶清水的时候,你可以透彻地看到瓶里的清水;但如果瓶子里盛满了水,你就看不到清水而只能看见瓶子了。”

年轻人马上惭愧起来,肃然起敬地对苏格拉底说:“我明白这个做人的道理了。”

怎么不是呢?

在最晴朗的天空里你看不到一丝云彩,在最深的河流里你看不到浪花,在最纯的钻石里你看不到杂质……当一个人在你的眼里成为一个纯粹的人时,他就“大象无形,大音希声”了。

因为他生命的瓶子已经被盛满了水。

人生妙谛 Ren sheng miao di

有一种情怀，让大爱播散；有一种感动，让名利汗颜；有一种力量，让我们彼此依靠，这就是帮助，如寒夜中那燃烧的炭火，如迷雾中引航的灯塔，将温暖与希望播撒进每个人心间，饱含着无限的真情。

蚂蚁的求助

●南北

夏天的一个下午，我给放在阳台上的几盆花木浇水。在浇石榴时，看到有几只黄蚂蚁浮在水面上，挣扎着。我知道，蚂蚁虽不会游泳，但它们是一些生命力极强的小生灵。我没有对它们实施救援，因为花盆中的水几分钟后就会洇下去，蚂蚁们就可以自由着陆了，决无生命危险的。

不一会儿，水没有了。几只蚂蚁在湿漉漉的泥土上又恢复了正常活动，但有两只不幸的黄蚂蚁被湿泥埋住了半个身子，在那里努力挣扎着向外爬，可又爬不出来。我想，我应该救助一下这两个遇难者了。我必须找一个细小的工具，不然，用手指或稍微粗大的棍棒，都可能将救助变成杀生。但是，就在此时，一件意想不到的事情发生了：当我从室内取了一枚大头针走出来时，发现两只被埋的蚂蚁同时被另两个同伴救助着。那两只来救助的黄蚂蚁都在用力向外拉扯着它们。我放弃了与两只英勇救助同伴的黄蚂蚁争功的机会，静静观察着这个夏天让我的心灵感动的生命故事。

一只蚂蚁先被同伴救了出来，另一只在救助者的努力拉扯下，也从泥土中挣出了身子。它们在小心翼翼向四周探试了一番后，便迅速地逃离了。奇怪的是有一只救援的黄蚂蚁，在救出同伴后并没有一起离开，而是在救助现场的泥土上，继续衔咬着泥土，似乎下面还有什么东西被埋着。我想看个究竟，就没有打扰它。不久，我看到有一对小小的触角晃动着露了出来，不仔细看还发现不了，原来下面还有一只遇难的同伴。这次我必须帮助它们了，因为这场水灾是我造成的，对于这些小小的生灵，我是负有责任，甚至可以说是有罪过的。

我极其小心地用针尖挑开泥土，果然有一只小蚂蚁露了出来。救助的黄蚂蚁看到同伴后，立即上前去亲吻触抚，并试图把它衔走。这时被救的蚂蚁已恢复过来，与救助的蚂蚁互相用触角碰了一下，便一起爬开了。

我不是昆虫行为学家，不知道蚂蚁的救助行为是偶然还是自然的本能，但我觉得在这一点上它们确实是表现出了一种人类所具有的道德理念。

不，也许我又错了，它们其实比人类做得更好，因为它们不具有功利意识和附加条件。

人需要两面镜子,一面用来看清自己,一面用来窥伺你的对手。而我们面前的镜子常常形同虚设。背后的那面镜子才是照亮生活的明灯。若没有对手的鞭策我们便没有生活的多彩,生命的深刻。敬你,对手!

人生妙谛
Ren sheng miao di

向你的对手敬杯酒

●张传岐

康熙大帝在继位执政60周年之际,特举行"千叟宴"以示庆贺。在宴会上,康熙敬了三杯酒,第一杯敬孝庄太皇太后,感谢孝庄辅佐他登上皇位,一统江山:第二杯敬众大臣和天下万民,感谢众臣齐心协力尽忠朝廷,万民俯首农桑,天下昌盛;当康熙端起第三杯酒时说:"这杯'酒敬我的敌人,吴三桂、郑经、噶尔丹还有鳌拜。"宴会上的众大臣目瞪口呆。康熙接着说:"是他们逼着我建立了丰功伟绩,没有他们,就没有今天的朕,我感谢他们。"

如果没有吴三桂这些敌人,康熙会有一番丰功伟绩吗?历史不能假设,但有一句话说得好:"一个人的身价高低,就看他的对手。"没有对手,你看不出自己的价值,显示不出你的能力。

对手总会给你带来压力,逼迫你去努力地投入到"斗争"中去,并想办法成为胜利者。在同对手的对抗中,你才能真正磨炼自己。从这一层意义上而言,你的对手是你前进的推动力,是你成功的催化剂。

生于忧患,死于安乐。如果你不想一生平庸,就微笑着迎接一切挑战吧。向你的对手敬杯酒,感谢他们给了你成就自己的机会。

人生妙谛
Ren sheng miao di

面对五彩斑斓的世界，欲望得到了膨胀的空间，求不得的痛苦和追求的困惑时刻刺激着人的欲望，使世界笼罩在迷离的尘雾中。但当繁华逝去，尘埃落定，你就会发现：欲壑难填，知足者常乐，这才是真理。

知足

●鲁先圣

一个商人到山区寻找财富，在一座山脚边的小村头看到一个樵夫在那里晒太阳，一捆用来烧木炭的柴放在一边的石头上。这个商人很不理解，好好的天气，为什么不上山砍柴，却在这里晒太阳，真是太懒惰了。他走上前去对樵夫说："你在这里晒太阳就能够晒来财富吗？你要趁着好天气上山砍柴！"

樵夫懒洋洋地打了个哈欠。直起腰，用眼睛白了白商人说："我今天已经砍足了我烧的柴，还去干什么？"

商人更不理解了，他甚至有些气愤地说："难怪你这么贫穷！你不知道这样的道理吗？你已经砍足了自己烧的，如果再去砍一些，不就可以把剩余的柴卖了积攒下财富吗？"

樵夫还是一脸迷惘地不理解："积攒下财富干什么？"

商人说："干什么？日积月累，你的财富越来越多，你就会变成一个富足的人，然后你就可以投资建一个木柴加工厂，投资建一个木炭厂，你的财富就会更多，你就可以在半山腰买一幢别墅了。"

樵夫更不理解了："买了别墅干什么？"

商人用教导的口吻说："那样你不就可以无忧无虑地躺在山脚边晒太阳了吗？"

樵夫站起身，拍了拍屁股上的沙子，用眼睛盯着商人质问："难道我现在不是无忧无虑地躺在山脚边晒太阳吗？如果不是你这个无聊的人来打扰，我正梦见自己坐在山林王的宫殿里赴宴喝酒呢！"

商人愕然，随之默然无语。

毫无疑问，在这场辩论中商人败给了樵夫，樵夫给商人上一堂浅显易懂的人生课。

在一个人的心灵之中，如果有了知足二字，幸福和快乐就会漫溢在生命的角角落落。早晨的霞光照射到穷人的窗口上，如同照射在富翁的窗口上一样吉祥夺目。在一个富翁的庭院里，并不都是喜悦的笑脸。而在一个穷人的陋室里，一个知足的人，却如同生活在天堂里一样富足安详。

对于一个欲壑难填的人来说，不论多么富有，他依然不会快乐，因为他的目的永远都不可能达到；对于一个知足的人来说，心满意足的心境，会让快乐永远洋溢在他的脸上。

人生妙谛
Ren sheng miao di

处世艺术的确是一门必须掌握的学问，但常常被妄自尊大的人们忽视。不能从容处世的人，也不能从容做人。学会尊重别人，为别人着想，生活需要我们有一颗细腻的心。

咖啡加奶精

●刘墉

记得我在美国教书的时候，有一天，一个台北来的助教哭丧着脸跑来找我，说她受了教授的气。

“那教授早上对我说：‘倒杯咖啡，加奶精。’我就去帮他倒，但是加完奶精，想到每天看他自己弄咖啡时也加糖，所以又帮他加了一包糖。可是当我端给教授，他尝了一口，居然板着脸问我为什么加糖。我说：‘您不是都加糖吗？’他就冒起火来，说他没要我加糖，只说加奶精，他因为血糖太高，不能吃糖了。”那助教一边说一边掉下眼泪，“我是好心给他加，没想到好心没好报，下次再也不好心了！”

我问：“下次你怎么做呢？”

“他要加奶精，我就只加奶精，决不会多此一举。”她恨恨地说。

我拍拍她：“你是学到了在西方世界处世的方法，但是没学到处世的艺术。”

“处世的艺术？”助教看我。

“对！如果你懂得处世艺术，就照他说的，只给他加奶精，但是另外，你可以附一包糖和一根搅拌棒在旁边。”我说。

转眼十几年过去。

有一天遇到那个助教，她已经结婚，而且当上银行的主管，居然还记得那杯咖啡的事。一见面就对我笑道：“谢谢您当年告诉我，我现在回想，当时确实做错了，我发现新来的中国朋友常犯这毛病，就是画蛇添足、自作主张，还认为自己对，甚至认为那是人情味的表现。可是，换个角度，如果在中国做事就不一样了，老板叫你加奶精，你不给他加糖，他真可能认为你笨。结果，在东西方都不出错的方法，就是照您说的——附加一包糖。”那学生笑道：“我后来碰上这种情况，照您说的做，对方都会先一怔，然后赞美我细心，我还把这一招教了好多朋友呢！”

再提一件小事——

某年，我去日本的一个大出版社，一位年轻职员在门外迎接我，他先带路在前面走，但是到大门前，突然止步，伸手请我先进，接着下楼，他先鞠躬，说由他带路。但是转过一个长廊，上楼，

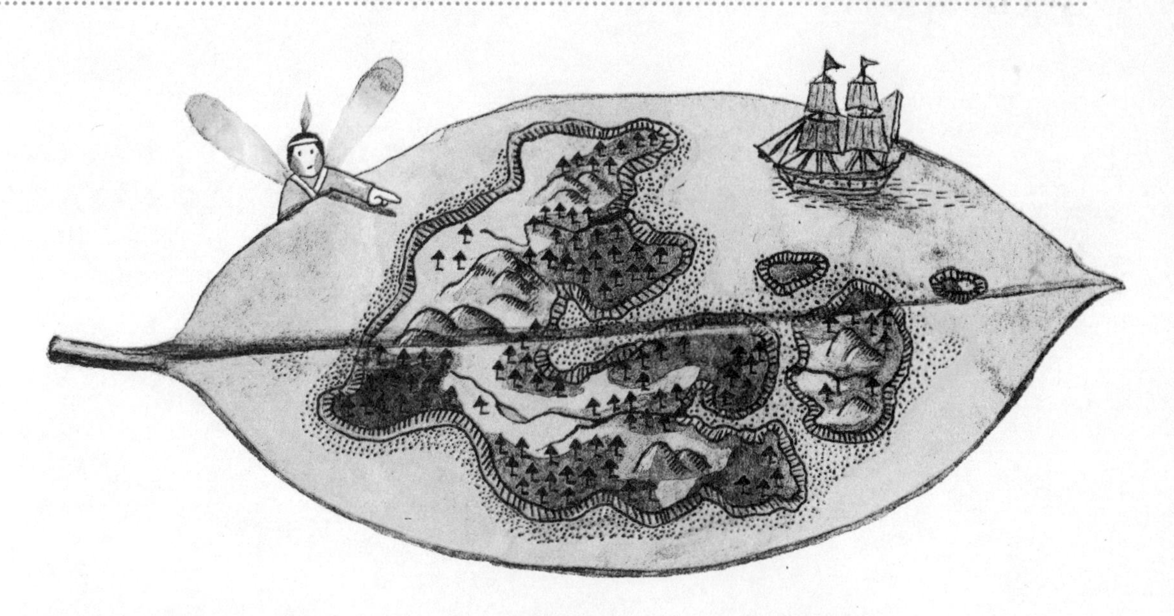

他又让开，要我先上。等到了楼上，再快步跑到我前面一点，说由他带路。

我被弄得一怔一怔，但是不能不赞赏那职员的态度，因为他严格遵守了“下楼时主人先下，上楼时客人先上”，以及“对熟悉的地方，客人走在前面；对生疏的地方，由主人在前面带路”的原则。使我对那公司一开始就有了“他们做事会很严谨”的好印象。

人生妙谛 Ren sheng miao di

有时候放弃不代表承认失败，而是看清形势下的趋向利益进行最大化的理智选择。正如蝮蛇螫手，壮士断腕，放弃是为了留下更多，不懂放弃，就要全盘皆输，取舍之间，尽显智慧。

敢于放弃

●唐慧志

电视上有一个娱乐节目，就是数钞票比赛。主持人拿出一大沓钞票，这一大沓钞票里面，有大小不一的各类币种，按不同顺序杂乱重叠着，在规定的3分钟内，让现场选拔的4名观众进行点钞比赛。这4名参赛的观众中，谁数得最多，数目最准确，那么，他就可以获得自己刚刚数的现金。

主持人将游戏规则一宣布，顿时引起全场轰动。在3分钟内，不说数几万元，总能数出几千元来吧。而在短短的几分钟内，就能获得几千元钱的奖励，能不叫人兴奋吗？

游戏开始了，4个人开始埋头"沙沙沙"地数起了钞票。当然，在这3分钟内，主持人是不会让你安心点钞的，他还会拿着话筒，轮流给参赛者出脑筋急转弯的题目，打断他们的思路，并且，必须答对题目才能接着往下数。几轮下来，时间到了，4名参赛观众手里各拿了厚薄不一的一把钞票。主持人拿出一支笔，让他们写出刚才所数钞票的金额。

第一名：3 472元；第二名：5 836元；第三名：4 889元；而第四名，只数出区区500元。当主持人报出这4组数字的时候，台下顿时一片哄笑声，他们都不理解，第四名观众为什么会数得那么少呢？

这时，主持人开始当场验证刚才所数币值的准确性。众目睽睽之下，主持人把4名参赛观众所数的钞票重数了一遍，结果分别是：3 372元、5 831元、4 879元、500元。也就是说，前三名数得多的参赛观众，不是多计算了100元，就是少计算了5元，或者10元，距离正确币值都只是一"票"之差。只有数得最少的第四名完全正确。按游戏规则，也只有第四名参赛观众获得500元奖金，而其他的三名参赛观众，都只是紧张地做了三分钟的无用功。

得到这样出乎意料的结果，台下的观众先是沉默，继而爆发出热烈的掌声。这时，主持人拿着话筒，很严肃地告诉大家一个秘密："自从这个娱乐节目开办以来，所有参赛者所得的最高奖金，从来没人能超过1 000元。"

全场观众若有所悟。

原来，有时候聪明的放弃，其实就是经营人生的一种策略，也是人生的一种智慧。不过，它需要更大的勇气和睿智啊。

作为一棵小草，无须仰视大树的伟岸，因为你可以冲破坚硬的土壤；作为一滴水珠，无须羡慕大海的浩瀚，因为你可以去滋润干枯的花蕊；作为一粒沙，无须感叹大漠的无垠，因为你可以将自己打磨成金。

卑微也是一种力量

李智红

曾读过一则民间故事，说是从前在澜沧江边的大山深处，有一个美丽富饶的寨子。许多年来，寨子里的百姓一直过着衣食无忧、幸福吉祥的生活。可是有一天，寨子里突然来了一位巨人。这位巨人力大无比，脾气暴戾，每天要吃掉一只羊，每三天要吃掉一头牛，而且只要稍不如意就拔树毁屋，寨子里的百姓苦不堪言。

在巨人的折腾下，没几年的工夫，苍翠的山岗都光秃了，碧绿的田野都荒芜了，原先那种五谷丰登、牲畜兴旺的富饶而美丽的景象再也见不到了。老百姓们对这个巨人恨之入骨，连做梦都想将他除掉，可是整个寨子中谁都不是巨人的对手，便只好年复一年地忍受着巨人的欺辱和折磨。

后来，寨子里来了一位游方的僧人。这位僧人是个智者，曾帮助山那边的百姓制伏了一个经常危害百姓的妖精。寨子里的百姓悄悄找到这位僧人，希望他也能帮助大家制伏巨人，永远除去这个祸害。

僧人爽快地答应了乡亲们的请求，他带上寨子里的几位长老来到巨人栖息的山洞，心平气和地对巨人说："人们都说你力大无比，本领高强，可是我不相信，你能不能露一手让我看看呢？"巨人一听便大声吼道："你竟然敢不相信我的能力，那我就露一手让你瞧瞧。"巨人于是走向一棵大树，稍一用力，大树便被连根拔起。巨人又走向一块巨石，双手轻轻一擎，上百吨重的巨石便被举过了头顶，巨人随手一抛，地上便被砸出了一个一丈多深的大坑。就在巨人得意扬扬的时候，一头大象突然走了过来，于是巨人伸手一抓，然后又向外轻松地一摔，一头活生生的大象瞬间便被摔得血肉模糊。

看到巨人竟有如此的蛮力，僧人不免也大吃了一惊。但他很快便镇静了下来，故意装出一副轻蔑的神情走到巨人跟前，对巨人说："你虽然力大无穷，但你却战胜不了一只小小的蚂蚁。如果不信，咱俩可以打赌。不过得有一个条件，如果你赌输了，你要远远地离开这个地方，并且永远不许再踏进这个地方半步；如果是我输了，那我就让寨子里的百姓除了按惯例给你提供食物外，每年再加 100 头牛。"巨人听了僧人的话，觉得非常可笑，便轻蔑地说："赌就赌，说话算话。为了防止双方反悔，我们最好一同到天神面前去订立誓约。”巨人心想：我能一把推倒一棵大树，一脚踹翻一间房子，一拳砸扁一头大象，怎么可能战胜不了一只小小的蚂蚁呢？

巨人怕僧人反悔，马上拉起僧人来到天神庙中，当着天神的面订立了誓约。

随后，僧人捉来一只蚂蚁，小心翼翼地交给了巨人。巨人双手接过蚂蚁就狠狠地往地下一摔，结果小蚂蚁不但安然无恙，而且还继续在地上欢快地爬来爬去。巨人恼羞成怒，又抬起他毛茸茸的大脚，对着小蚂蚁使劲地踩了下去，结果小蚂蚁又从他宽大的脚趾间爬了出来。巨人用尽了各种办法，直到把自己折腾得筋疲力尽，依旧奈何不了这只小小的蚂蚁。

巨人输了，只好无可奈何地仰天长叹一声，极不情愿地离开了寨子。

在巨人的眼里，小蚂蚁不过是一种渺小得不能再渺小的生命，他甚至根本就不曾意识过它们的存在。但就是这么一个与那些飘荡的尘埃没有多少区别的卑微而又弱小的生命，却毫不费力地击败了他这个力大无穷的巨人。

巨人当然不会明白：卑微的生命，也同样蕴藏着巨大的力量和潜能。

在我们的现实生活中，其实也不乏这种鲜活的事例。东南沿海有一个靠近大陆的小岛，由于一直未受过台风的袭击，岛上巨树参天，灌木成林，绿草如茵，景色非常迷人，是一个远近闻名的旅游胜地。可就在不久以前，一场罕见的台风却突然席卷了整个小岛。台风过后，人们才惊讶地发现：那些参天大树有的已经被连根拔起，有的已经被拦腰折断，甚至连小岛上那些用钢筋水泥浇铸的旅游设施，也被肆虐的台风弄得一片狼藉。但那些矮小的灌木和柔弱的小草却安然无恙，依旧是绿意葱茏，生机盎然。横扫千军的台风，轻易地摧毁了那些高大挺拔的大树，但却奈何不了那些卑微而弱小的灌木和小草。

其实在整个自然界中，无论是小蚂蚁也好，小草小灌木也好，可以说它们都是卑微的、弱小的，但就是这种被我们司空见惯的，平时不显山不露水的卑微与弱小，在生死攸关的时刻，反倒显现出了一种巨大的力量。

我们许多人在平时都会犯这种错误：只对高贵和强大崇仰有加，而对卑微和弱小不屑一顾。其实，每每到了生死攸关的时刻，高贵和强大往往会成为一种致命的“短处”，而卑微和弱小反而常常能够成为保障自己得以平安生存的“长处”。

在母亲的爱子之心面前，任何指责与不满都显得苍白无力。在这位母亲的字典里，爱可以包容一切，她爱她的孩子，不论孩子是优秀还是平凡，我想，唯有体谅与理解才对得起这份深厚的爱。

人生妙谛 Ren sheng miao di

一个苹果

●邹云

大学毕业后，我来到县城一所省重点中学任教，渐渐有了城里人的优越感，又好为人师，脾气就慢慢变大、变坏了。尤其是面对大多数来自农村的学生，他们稍有过失我便横加指责，还习惯于请家长，对他们也没有好脸色，不断地数落孩子，弄得他们十分难堪。但后来的一件小事，让我改变了许多，也学会了许多。

松是班里的"双差生"，隔三差五地被请进办公室，但他依然我行我素。我通知了他的家长。

那天午后，松的母亲找到了我家。这个瘦弱的乡下女人进了客厅，很拘谨，坐在软和的沙发上有些不知所措，手总是握啊握的。我谈起了松的近况，她安静地听着，不时插上一句："唉，松这孩子……"

我感慨她不幸的家事，丈夫早逝，孩子无知。

我们面对面坐着，隔着一张精致的茶几，上面摆着一篮好看的苹果。一个小时很快过去了，我拿出了教育方案，下了最后"通牒"：再违纪必须退学！无助的母亲默认了。谈话结束的一刹那，我猛地意识到自己的疏忽，她毕竟是我的客人，随即拿起一个苹果塞到她的手中，她努力地推辞着。末了，我总算说服了她，她才拿了那个苹果并说着多谢一类的客气话离去。

下午，我正在办公，门被敲开了，抬头一望，竟是松的母亲，那个拘谨的乡下女人。她在门外欲步不前，欲言又止，一副心事重重的样子。她终于鼓足了勇气，红着脸，径直走到我的桌旁，从肩上的挎包里拿出一个苹果，说："老师，没找着松，这个托你给他……"我震惊了，那又大又红的苹果分明是……这时，我喉头发热，无言以对。送她走出房门时，我只有一个想法：相信松能善待母亲。

当晚，我给学生们讲了一个苹果的故事，大家静静地听着，一双双明亮的眼睛里闪烁着晶莹的泪花，他们的心被揪得很紧。之后，我单独告诉松，这个故事是关于他和他母亲的，并把那个苹果给了他。松哭了，哭得很伤心。一段时间里，松和其他的同学都有了明显的进步。而我，一个脾气又大又坏且好为人师的人，在这位母亲面前，分明感觉到自己是怎样的"小"。从那以后，我改变了自己曾有过的教育者姿态，学会了宽容，也学会了爱。

人生妙谛 Ren sheng miao di

俗话说:"活到老,学到老"。时不我待,不论鹤发还是童颜,在知识面前都是求知者。因此,我们应该摒弃世俗的偏见,在有限的时间里追求真知,追求真理,并为此而奋斗终身。

永远不晚

●孙盛起

日语学习班开学报名时,来了一位老者。

“给孩子报名?”登记小姐问。

“不,自己。”老人回答。

小姐愕然。屋里那些年轻的报名者也愕然,有的还嗤笑他。

老人解释:“儿子在日本找了个媳妇,他们每次回来,说话叽里咕噜,我听着着急。我想听懂他们的话。”

“您今年高寿?”小姐问。

“68。”

“你想听懂他们的话,最少要学两年。可两年以后您都70了!”

老人笑吟吟地反问:“姑娘,你以为我如果不学,两年以后就是66吗?”

事情往往如此:我们总以为开始得太晚,因此放弃,殊不知只要开始,就永不为晚。明年我们增加一岁,不论我们走着还是躺着;明年我们同时增加一岁,可有人收获,有人依然空白——差别只在你是否开始。

老人学与不学,两年以后都是70,差别是:一个能开心地和儿媳交谈,一个依然像木偶一样在旁边呆立。

多么善良、睿智的母亲,多么感人的故事。坚韧的母亲给予子女的不仅仅是简单的嘘寒问暖,更是一种生命的支撑。有了这份爱,儿女们便拥有了生活的航向标。

人生妙谛
Ren sheng miao di

母亲的信念

●陈文英

有一个女孩,没考上大学,被安排在本村的小学教书。由于讲不清数学题,不到一周就被学生轰下了台。母亲为她擦了擦眼泪,安慰她说:“满肚子的东西,有人倒得出来,有人倒不出来,没必要为这个伤心,也许有更适合你的事情等着你去做。”

后来,她又随本村的伙伴一起外出打工。不幸的是,她又被老板轰了回来,原来是剪裁衣服的时候,手脚太慢了,品质也过不了关。母亲对女儿说:“手脚总是有快有慢,别人已经干很多年了,而你一直在念书,怎么快得了?”

女儿先后当过纺织工,干过市场管理员,做过会计,但无一例外,都半途而废。然而,每次女儿沮丧地回来时,母亲总安慰她,从没有抱怨。

30岁时,女儿凭着一点儿语言天赋,做了聋哑学校的辅导员。后来,她又开办了一家残障学校。再后来,她在许多城市开办了残障人用品连锁店,这时的她已经是一个拥有几千万资产的老板了。

有一天,功成名就的女儿凑到已经年迈的母亲面前,她想得到一个一直以来想知道的答案。那就是前些年她连连失败,自己都觉得前途渺茫的时候,是什么原因让母亲对她那么有信心。

母亲的回答朴素而简单。她说:一块地,不适合种麦子,可以试试种豆子;豆子也长不好的话,可以种瓜果;如果瓜果也不济的话,撒上一些荞麦种子一定能够开花。因为一块地,总有一粒种子适合它,也终会有属于它的一片收成。

听完母亲的话,女儿落泪了。她明白了,实际上,母亲恒久而不绝的信念和爱,就是一粒坚韧的种子;她的奇迹,就是这粒种子执著而生长出的奇迹。

人生妙谛
Ren sheng miao di

热情面对生活的人，生活才会向他敞开热情的怀抱。社会是人与人组成的有机体，真诚的沟通就能创造和谐的环境。努力在世俗中寻求善良的天性，用真诚感动你身边的每一个人，总有一天，你那柠檬般的独特芳香会感染你周围的一切。

独一无二的柠檬

●罗西

大学毕业后，我不走“包分配”的老路，直接到一家外企工作。这儿雇员很复杂，有香港人、台湾人，还有新加坡人……碰面时，他们都很客气地“Hi”一声；领工资时，如果谁掉了一张钞票在地上，都可以听得见它的声音，那种安静太冷了。

领工资是件开心至极的事，特别是我第一次领到薪水，想打开钱袋和大伙一起分享快乐。可是，他们却严肃地来，又肃穆地去，我只好傻傻地对着钱笑了……

后来才知道，每个人的工资及“红包”是不同的，谁也不想把老板对自己的“秘密”公开，也许只有我这个新人才会天真地期待与大伙一起放声地笑，坦然地交流。有时，他们也会三人一群，在洗手间里小声地商讨什么，等我大步流星地走进去时，他们马上又不说话了，各自点头做鸟兽散，我脸上肯定有一丝僵着的微笑。于是，我边“放松”边吹口哨，以示解嘲。

是不是因为我拥有学生式的热情，农民式的纯朴，进而成为他们的异类？

一种无法走近他们的落寞与孤独，令我很不开心。自己是不是做错了什么？还是因为太

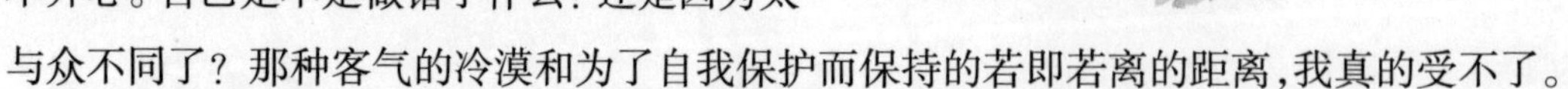
与众不同了？那种客气的冷漠和为了自我保护而保持的若即若离的距离，我真的受不了。

公司每个月最后一个周末，都举行一场派对，晚餐是雇员各自带去的一份食物，这种自助餐往往很丰富。第一次参加这种餐会，没什么经验，不知是带烤鸭好，还是带一瓶葡萄酒。正拿不定主意，妈妈说话了：“带一个水果拼盘去，肯定会大受欢迎！”这似乎也合我意。于是，马上行动，买

了一个特别的白色果盘，有斗笠那么大；还提了好几袋水果回家，有紫色的葡萄、粉红的海棠果、绿色的橄榄、褐色的猕猴桃，还有黄澄澄的柠檬……

拼盘的时候，妈妈只摆进去一个柠檬。我想都放进去，妈妈说，只放一个就好，它与其他水果不一样，不能太多，但不能没有它，你看，在它的映衬下，一盘水果一下子生动起来，情趣也出来了。

我点头赞叹母亲的巧手与慧眼。那个柠檬原来就是我当时处境的写照，妈妈没有点明，但她用一个柠檬勉励我，启发我，不要害怕与众不同，只要认定那是一种魅力，孤芳自赏又何妨?！更何况，总有一天，人们会接受那种独具的感染力，因为每一个集体，都像一盘水果，彼此映衬中，人们会发现那枚柠檬的阳光般的色彩和真诚的芳香。

当天的聚餐会，只有我一个人带去水果，但最受欢迎。独具匠心的水果拼盘，还吸引了来自香港的总裁比尔先生的目光，他幽默地说："真不忍心吃它。"还特地用美酒敬我，并记下我这个普通职员的名字。

后来，我就被总裁点名去做"外联"，理由只有一个，我有创意和感染力。我喜欢这种挑战性的工作。接到第一个单子，也极富戏剧性，当时，我和同事阿达去拜访某公司的会计小姐，询问他们公司是否准备搞装修，是否需要我们公司的办公家具……会计小姐很客气地告诉我们：对不起，本公司没这个计划！

我们很礼貌地退出，阿达还深深地鞠了一躬说"再会"，他说，这种人，不能得罪。

坐电梯下楼时，开电梯的阿姨对于我的微笑招呼似乎很惊讶，便主动与我聊了起来，我还很恭敬地递给她一张名片。同事阿达不屑地冷笑一下，转身支镜梳头。在他看来，我这是多此一举，无的放矢。当阿姨听说我们是来推销办公家具的，赶忙告诉我一个"风声"，说是前一天，总经理与副总经理在电梯里，谈到下个月决定大装修，还要添加不少办公设备……

于是，我马上决定上楼找总经理，阿达坚决不去，他说："你相信一个开电梯的老太太的话？"那好，我一个人去。最后见到了总经理，他十分惊诧："你怎么知道的？"第一个单子就这么拿下，总价达 80 万元。

我的热情，没有浪费。

从那以后，我不再为自己的本色而惭愧、不安、自责。"真实"比"做出来的真诚"更具说服力，也更可爱。月亮从不为自己不是星王而从天上掉下来，相反，它处于一种非常美妙的格局中：这便是众星拱月。那么，我决定继续做水果拼盘里的那个唯一的柠檬，独具芳香，又拥有阳光般的色泽；脱俗，却又与之浑然一体。

人生妙谛 Ren sheng miao di

深夜的灯光点燃了新的希望，唤醒了久违的勇气。伟大的亲情，在传递爱的同时，也把健康的心态和走出苦痛的力量带给了我们，使人沉浸其中，感动非常。

深夜，那盏灯

●傅东流

那年的春天，我被一场飞来的车祸轧断了双腿，造成粉碎性骨折。医生说，治愈的希望很渺茫。除了整天瞪着天花板过着以泪洗面的日子，我还能做什么呢?

在小学教音乐课的姐姐给我抱来了高中课本，默默地放在我枕边，我怒气冲冲，一股脑儿地将它们撒了一地，姐姐弯下腰，一本一本拾起来，大滴大滴的泪水从她眼睛里涌出来，我忍不住失声痛哭。

一天夜里，姐姐突然推门进来，把我扶起，指着对面那栋黑黝黝的楼房，激动地说："弟弟，瞧见那扇窗子了吗？三楼，从左边数第二个窗户？"她告诉我里面住着一个全身瘫痪的姑娘，和她的盲人母亲相依为命。姑娘白天为一家工厂糊鞋盒，晚上拼命地读书和写作。才 17 岁，已发表了十几万字的作品……看着那扇窗子的灯光，我脸红了。

"弟弟，拿出勇气来呀！"

打那时起，那扇窗口的灯光时时陪伴着我。只要能看到那束柔和的灯光，我就不由自主地拿起枕边的课本。

在一个大雨滂沱的下午，姐姐为了抢救一名落水儿童，不幸牺牲了！噩耗传来，全家人悲痛欲绝。

夜幕降临，凉风习习，我躺在床上辗转反侧，泪流满面，突然，一束灯光柔和地射到我脸上，我心里倏地起了个念头：我想见见那姑娘，把姐姐的故事讲给她听，还要……还要感谢她夜晚的灯光，伴我度过了这个难熬的季节。我拄着双拐，跌跌撞撞地爬上了那幢楼，轻轻叩响了门。

没有回音，我使劲敲了敲它。对面的房门打开了，一位慈眉善目的老太太上下打量着我说："小伙子，别敲了，那是间空房。"我呆住了。

"……从前我儿子住在这儿，后来他调走了，这间房就一直空着。两个月前，一个长辫儿姑娘租下了，可说也奇怪，她并不在这儿住，只是吩咐我晚上把电灯拉亮，第二天早上再把灯关掉……"

我突然扔了双拐，跌倒在那扇门前，失声痛哭起来。耳畔似乎又想起姐姐那叮咛的声音："弟弟，拿出勇气来呀……"

父爱如灯，那是无限的宽容与慈爱，更是无私的给予与祝福。父母为子女倾其所有，劳心费力，只为了一个“爱”字。愿此时，每一个儿女的心中都饱含对父母的感恩之情。

人生妙谛 Ren sheng miao di

父爱如灯

尤天晨

他原本在一家外企就职，一次意外使他的左眼失明。他失去了工作，到别处求职，却因眼睛问题连连碰壁。挣钱养家的担子，便落在妻子肩上，日长月久，妻子开始鄙夷他无能，对他颐指气使。

她日渐感到他的老父亲是个负担，整天拖鼻涕、淌眼泪，让人看着恶心。她不止一次跟他商量，要把老人送到老年公寓去，他总是不同意。有一天，他们为这事在卧室里吵起来，妻子嚷道：“那你就跟你爹过，咱们离婚！”他一把捂住妻子的嘴说：“你小声点儿，当心让爸听见！”

第二天早饭时，父亲说：“有件事我想跟你们商量一下，你们每天上班，孩子又上学，我一个人在家太冷清。我想到老年公寓去住，那里都是老人。”

他一惊，父亲昨晚果真听到他们争吵的内容了！

“可是，爸……”他刚要说些挽留的话，妻子瞪着眼，在餐桌下踩了他一脚，他只好把话咽了回去。

一个星期天，他带着孩子去看父亲。一进门，便看见父亲正和室友聊天。父亲一见孙子，就像见了心肝宝贝似的又抱又亲，还抬头问他工作怎么样，身体好不好……他好像被人打了一记耳光，脸上发起烧来。

“你别过意不去。我在这里挺好，有吃有住，还有得玩……”父亲看上去很满足，他的眼睛却渐渐蒙起一层雾来。

等到又一个星期天，他去看父亲，刚好碰到市卫生局的人动员老人们亡故后捐献遗体器官。很多老人都说，他们这辈子活得很苦，要是死都不能保个全尸，太对不起自己了。这时，父亲站起来，他问了两个问题：一是捐给自己的儿子行不行，二是趁活着捐可不可以。

父亲说：“我不怕疼！我也老了，捐出一个角膜，生活还能自理；可我儿子还年轻呀，他因一只失明的眼睛，失去了多少机会！要是能将我儿子的眼睛治好，我就是死在手术台上，也心甘情愿……”

屋子里静静的，所有人停止了谈笑，把震惊的目光，投向老泪纵横的父亲。

他满脸泪水，迈着沉重的脚步，一步步走到父亲身边，和父亲紧紧地拥抱在一起。

当天，他不顾父亲的反对，办好有关手续，接父亲回家。至于妻子，他已做好最坏的打算。临走时，父亲一脸欣慰地与室友告别。室友一把眼泪一把鼻涕地埋怨自己的儿子不孝，赞叹老人的福气。父亲说：“别这样讲。俗话说，庄稼是别人的好，儿女是自己的亲，打断骨头连着筋。自己的儿女，再怎么都是好的。你对小辈宽容些，孩子们终究会想过来的……”

说话间，父亲还用手给他捋了捋衣上的皱褶。他再次哽咽，感到父亲的爱，在他的眼前照出一条明亮的路。